KIELER KRIMINALITÄTEN

AF196014

Cornelia Leymann, geboren 1951 in Hannover, hat dort erst Pädagogik und dann Verkehrsingenieurwesen studiert und ist nach einigen Umwegen in Kiel hängen geblieben, wo sie als EDV-Spezi in Kieler Großbetrieben arbeitete. Heute widmet sie sich neben ihrer großen Liebe Bridge nur noch dem Schreiben und Malen.

CORNELIA LEYMANN

KIELER KRIMINALITÄTEN

Küsten Krimi

emons:

Bibliografische Information der Deutschen Nationalbibliothek
Die Deutsche Nationalbibliothek verzeichnet diese Publikation
in der Deutschen Nationalbibliografie; detaillierte bibliografische
Daten sind im Internet über http://dnb.d-nb.de abrufbar.

© Emons Verlag GmbH
Alle Rechte vorbehalten
Umschlagmotiv: Robin Vandenabeele/Arcangel.com
Umschlaggestaltung: Nina Schäfer, nach einem Konzept
von Leonardo Magrelli und Nina Schäfer
Umsetzung: Tobias Doetsch
Gestaltung Innenteil: DÜDE Satz und Grafik, Odenthal
Lektorat: Marit Obsen
Druck und Bindung: CPI – Clausen & Bosse, Leck
Printed in Germany 2022
ISBN 978-3-7408-1506-6
Küsten Krimi
Originalausgabe

Unser Newsletter informiert Sie
regelmäßig über Neues von emons:
Kostenlos bestellen unter
www.emons-verlag.de

Ellen

Man muss es einfach mal ganz deutlich sagen: Kiel ist nicht wirklich berühmt für eine raffinierte Verkehrsführung. Da ist noch jede Menge Luft nach oben.

Na, das ist nun richtig gemein von mir. Kiel hat selbstverständlich ganz viele wundervolle Straßen, von denen mir so auf die Schnelle allerdings grad keine einfällt. Und vom Stadtrand aus ist man zum Beispiel in knapp einer Viertelstunde am Hauptbahnhof. Welche Landeshauptstadt kann das schon von sich sagen?

Alle unsere Straßen sind befahrbar.

Nicht immer natürlich und nicht überall, aber meistens oder zumindest ziemlich oft. Nun sagst du vielleicht, »befahrbar« zu sein sei das Mindeste, was man von einer Straße erwarten kann. Aber du musst bedenken: Es kann auch schon mal ein bisschen regnen, oder es sind vielleicht noch andere Verkehrsteilnehmer auf der Straße und man hat obendrein das Radio an, ist also etwas abgelenkt – selbst dann sollte eine Straße noch befahrbar sein.

Siehst du. Da liegt die Latte schon etwas höher.

Zum Beispiel die Eckernförder Straße Kreuzung Olof-Palme-Damm. Du pirschst dich von der Stadt kommend einspurig ran und willst einfach nur geradeaus weiter. Nicht ganz simpel. Die verwirrende Vielfalt von Fahrspuren, die sich plötzlich und unvermutet vor dir auftut, lässt bei dem einen oder anderen schon mal den Blutdruck steigen. Eh du dich's versiehst, bist du rechts abgebogen und auf dem Never-come-back-Olof-Palme-Damm gelandet.

Schöne Scheiße.

Das nächste Mal bist du natürlich mächtig auf der Hut. Nützt aber nichts. Schon bist du wieder bei Olof auf der Palme, nur diesmal in der anderen Richtung. Es bedarf einiger

Versuche, bis du endlich den Bogen raushast: drei, vier geschickte Spurwechsel mitten auf der Kreuzung, und schon hat dich die Eckernförder Straße wieder. *Das* meine ich mit »nicht befahrbar«.

Ellen steht an einer Kreuzung der Eckernförder Straße, die sogar ganz wunderbar befahrbar ist. So was gibt es nämlich auch in Kiel. Aber sie fährt nicht mit dem Auto. Sie wartet auf den Bus.

Jetzt müsste er eigentlich gleich kommen. Ellen sieht auf die Uhr. Noch zwei Minuten. Sie tritt aus dem Wartehäuschen und sieht die Straße hinab. »Ransehen« hat ihre Mutter das immer genannt. »Komm, meine Kleine, wir sehen sie mal ran«, hatte sie gesagt, war mit ihr vor die Tür gegangen und hatte in die Richtung geschaut, aus der die Großeltern, die Tante, die Straßenbahn oder auf was sie gerade warteten, auftauchen mussten. »Dann geht es schneller.«

Dadurch ging es natürlich nicht schneller. Doch das Warten war schneller vorbei, wenn man die »Rangesehenen« bereits hinten um die Ecke kommen sah.

Neben Ellen stehen jede Menge Mitwarter. Alles Nicht-Ranseher. Das Jungvolk heutzutage hat andere Möglichkeiten, sich das Warten zu verkürzen. Den einen hängen Strippen aus den Ohren, andere starren gebannt auf ihr Handy und tippen hektisch mit den Daumen auf der blanken Oberfläche herum. Die beiden Mädchen hinten in der Ecke haben sich um die Schultern gefasst, lächeln das Smartphone an, das die eine weit von sich gestreckt hält, und dann beugen sich beide kichernd über das nun in die andere Richtung lächelnde Ergebnis. Sie alle wollen die Zeit verkürzen, bis der Bus kommt.

Das ist natürlich Quatsch. Zeit kann man nicht verkürzen, sie bleibt immer gleich. Es lässt sich von der Uhr ablesen, wie gleich sie bleibt. Und doch schleicht sie manchmal dahin und kommt kaum vom Fleck, nur um wenig später davonzugaloppieren.

Wer wüsste das besser als Ellen. Die Zeit rast vor ihr her

durch den Supermarkt, sodass sie kaum hinterherkommt und ihre Einkäufe hektisch in den Einkaufswagen wirft, um dann an der Käsetheke endlos zu warten, nur weil der Mann vor ihr sich nicht entscheiden kann, ob er lieber den jungen Gouda oder den alten Amsterdamer nehmen soll. In aller Seelenruhe klaubt er jeweils ein Scheibchen von der hingehaltenen Forke der Käsefachverkäuferin, speichelt die Probierstücke gut ein und entscheidet sich dann nach einigem Zögern doch für zwei Scheiben von dem dahinten. »Von dem?« – »Nein, der weiter rechts.« – »Der?« – »Nein, von Ihnen aus links.«

Ellen könnte wahnsinnig werden. Sie hat keine Zeit, das Essen muss auf den Tisch. Das wird jede halbwegs einsichtige Nicht-Rabenmutter verstehen. Kinder brauchen mittags was Warmes. Aber muss es immer was Großartiges sein? Spaghetti mit Tomatensoße sind schließlich auch warm. Bevor man sich total unter Stress setzt und harmlosen käseverkostenden Männern die Pest an den Hals wünscht, könnte man ja zweimal die Woche auf vollwertige Ernährung verzichten. Müsste doch möglich sein!

Ist es aber nicht. Für die Kinder schon. Da könnte sie sich das erlauben. Und wenn Dr. Oetker dann noch seinen Ruck-zuck-Pudding hinterherschiebt, wird es für die lieben Kleinen ein Festessen, das es gar nicht oft genug geben könnte. Aber Omi kann diese weißen »Wabbeldinger«, die sich Spaghetti nennen, nicht leiden. So alt ist sie denn nun doch nicht. Schließlich erfreut sie sich noch aller zweiunddreißig Zähne. Durch und durch solide und bissfest sind die. Und immerhin noch Marke Eigenbau. Und von dieser roten Matschepampe, die beim Drehen der Nudeln durch die Gegend spritzt und den Kindern die Münder verunstaltet, dass man gar nicht hinschauen mag, davon will sie schon gar nichts wissen. Schließlich ist Ellen in erster Linie Hausfrau und Mutter, da kann man schon ein wenig Kochkunst erwarten. Muss ja nicht jeden Tag Entenbraten sein. Aber ein paar nette Kleinigkeiten, hübsch dekoriert mit einem Salatblatt unter der geringelten Tomate, dazu etwas frische Petersilie über die Kartoffeln, das ist doch nicht zu viel verlangt. So hat sie es doch auch immer gemacht, damals, als der arme Kurt noch lebte, Gott hab ihn selig. Aber die jungen Frauen haben ja heutzutage Wichtigeres zu tun, und der arme Horst muss darunter leiden.

Ellen sieht auf die Uhr. Jetzt müsste der Bus aber wirklich jeden Augenblick kommen. Erneut tritt sie aus dem kleinen Kabäuschen und sieht ihn ran.

Nichts.

Na ja, *nichts* ist stark untertrieben. Hinter der Kreuzung stehen Autos in Zweierreihen an der roten Ampel. Ellen erblickt im Prickeln ihrer Scheinwerferaugen die Bereitschaft, beim leisesten Anflug von Gelb loszupreschen. Da sollte sich die Frau auf dieser Seite der Kreuzung, die gerade mit ihrem kleinen Terrier an der Leine über die Fahrbahn zockelt, vielleicht ein wenig beeilen.

Doch die Alte schleicht in aller Gemütsruhe weiter. Auf dem Mittelstreifen wird sie anhalten müssen, denn dahinter stehen die Autos der Gegenrichtung in den Startlöchern. Es ist abzusehen, dass das kleine grüne Männchen mit dem roten tauschen wird, bevor sie die vier Fahrspuren überquert hat. Dann muss sie – gefangen von dem um sie herumbrausenden Verkehr – auf der kleinen Insel des grünen Männchens harren. Das wird Herrn Terrier nicht sehr schmecken. Vielleicht lässt sie die Leine etwas weiter raus, damit er am Gras des Grünstreifens schnuppern kann und sein Geschäft erledigt. Dann hat Frauchen das schon mal hinter sich, zwei Fliegen mit einer Klappe sozusagen.

Für das Erschlagen von zwei Fliegen mit einer Klappe hat Ellen eine Art siebten Sinn entwickelt. Sonst schafft sie es einfach nicht mehr. Das geht gleich morgens los: Rick und Lea müssen »schulfein« gemacht werden, wie sie das nennt. Also: die Kinder aus den Betten jagen, die Kaffeemaschine anwerfen, durchs Badezimmer hetzen, Pausenbrote schmieren, »Trödel nicht mit dem Essen«, »Spiel nicht in dem Müsli rum«,

»Hast du dein Sportzeug eingepackt?«, »Fährst du heute die Kinder?« (Letzteres an den Gatten gerichtet) – das ganze Programm. Und alles, während Horst gedankenvoll dem Toaster beim Toasten zusieht und sich darüber beschwert, dass Ellen sich beim Einräumen der Teller in die Spülmaschine unwirsch von ihm befreit, wenn er sie umarmen und küssen will, weil der Gute-Morgen-Kuss im Schlafzimmer für seine Begriffe etwas zu spärlich ausgefallen ist. »Meine Güte, Horst, du stehst im Weg. Ich muss die Maschine noch bestücken und anstellen. Die soll arbeiten, sonst müssen wir heute Mittag von Papptellern essen.«

»Du weißt aber schon, dass es Omi stört, wenn die Leitung gluckert. Obendrein grad um diese Zeit, wenn sie unten im Bad bei der Morgentoilette ist.« Dazu kullert er lustig mit den Augen und formt mit seinen Händen kleine Schallmuscheln, die er sich hinter die Ohren hält, damit er auch kleinste Geräusche besser einfangen kann. Ja, die Omi kann sehr feinhörig sein, wenn sie etwas stören soll.

Das sind dann die Momente, in denen Ellen lachen muss und deswegen die Teller lieber auf die Anrichte stellt. Die Gefahr wäre sonst einfach zu groß, dass sie ihr aus der Hand rutschen. Wie sehr es Omi stören würde, wenn im Stockwerk über ihr vier Teller samt Besteck auf die Küchenfliesen knallen, möchte man sich gar nicht ausmalen. Es gibt überhaupt einen Haufen Dinge, die Omi nur schwer ertragen kann, wohingegen Ellen nur eins stört – und das ist Omi. Aber jetzt, wo sie die Hände schon mal grad frei hat, kann sie ihren Horst auch mal umarmen und ihm einen dicken Kuss auf seine süßen Hamsterbäckchen drücken.

Ellen lächelt, als ihr die morgendliche Szene hier an der Bushaltestelle wieder einfällt. Dann kehrt sie schnell in das Wartehäuschen zurück, weil es anfängt zu nieseln. Dafür hat sie nicht eine halbe Stunde ihrer ohnehin viel zu knappen Zeit beim Friseur verbracht, um sich gleich wieder alles ruinieren zu lassen.

Sie sieht erneut auf ihre Uhr und dann wieder hoch zu dem Geschehen auf der Straße. Auch von hier im Wartehäuschen hat sie Hund und Dame gut im Blick und kann beiden zusehen, wie sie der grünen Insel zwischen den Fahrbahnen entgegenstreben. Hochaufgerichteten Schwanzes an stramm gespannter Leine erreicht der Terrier sie als Erster. Jetzt muss erst mal Stopp sein, und er könnte sein Schwänzchen eigentlich sinken lassen. Doch der Kleine marschiert munter weiter. Macht nichts, denn noch haben die Autos Rot. Jetzt sollte Frauchen ihn aber wirklich langsam mal an der Leine zurückziehen. Doch sie tuffelt, ohne das grimmige rote Ampelmännchen eines Blickes zu würdigen, gemächlich hinter ihrem Terrier her.

Als sie den wuchtigen Van passiert und damit die Hälfte der Strecke zum rettenden Ufer geschafft hat, springt die Ampel für die Autos auf Gelb. Ein Motor röhrt auf, und ein schwarzer Sportwagen hechtet aus dem Sichtschatten des Vans auf das Mütterchen zu. Ellen hört ein dumpfes Plopp. Der Terrier fliegt zur Seite.

Und die Zeit bleibt stehen.

Der Terrier steht waagerecht in der Luft, die Ampel starrt mit ihrem gelben Auge böse auf die wartenden Autos, während das rote Männchen die Fußgänger im Zaum zu halten versucht, und der Sportwagen hält wie ein Panther auf der Jagd das Mütterchen unter seiner linken Vorderpranke gefangen. Der Van hat aus der geöffneten Fahrertür einen dicken Mann auf die Fahrbahn entlassen, die Füße schweben noch in der Luft. Ellens Mitwarter im Wartehäuschen stieren in sich gekehrt ins Leere.

Es dauert schier endlos, bis die Zeit wieder weitergeht. Der Terrier landet auf der Straße und bleibt winselnd liegen. Die Ampel lächelt mit ihrem freundlichsten Grün die Autofahrer an, während das rote Männchen weiter auf die Fußgängerinsel stiert. Der Sportwagen schiebt nun auch das hintere Rad auf das Mütterchen, bevor er mit einem Ruck zum Stehen kommt. Der dicke Mann landet mit beiden Füßen auf der Fahrbahn und umrundet langsam die Fahrertür. Die Mitwarter kehren gelangweilt den Blick aus sich heraus und blicken blöde auf die Straße.

Entsetzt starrt Ellen auf das Mütterchen, auf den schwarzen Wagen und auf die Tatsache, dass die alte Dame wahrscheinlich gerade das letzte Mal über eine rote Ampel gegangen ist. So verquer, wie sie unter den Rädern liegt, wird sie schwerlich wieder auf die Füße kommen.

Ein Hupkonzert beginnt, denn die Ampel zeigt Grün, und nichts tut sich da vorne. Stattdessen halten ein Van und ein schwarzer Porsche den ganzen Verkehr auf. Da darf man schon mal empört auf die Hupe drücken, wovon die ganze Schlange hinter den beiden auch regen Gebrauch macht.

Das Jungvolk neben Ellen nimmt die Strippen aus den Ohren. Was soll das Gehupe? Sie brauchen eine ganze Weile, bis sie das Geschehen erfassen und sich auch auf ihren Gesichtern Entsetzen ausbreitet.

»Ey, krass«, sagt der Junge neben Ellen und starrt in Richtung der Kreuzung. »Was'n da passiert?«, fragt ein anderer. Die beiden Mädchen, die eben noch kichernd über ihre Smartphones gewischt haben, fangen an zu kreischen, und der einzige andere Erwachsene im Wartehäuschen lässt ein tiefes Brummen hören.

Ellen sieht sich um. Ihre Mitwarter haben offensichtlich alle erst etwas von dem Unfall bemerkt, als er schon passiert war. Die übrigen Passanten auf der Kreuzung scheinen ebenso ahnungslos zu sein. Zumindest stehen sie nur dröge rum und glotzen. Die Autos, die in der Gegenrichtung vor der roten Ampel auf der Lauer lagen, preschen jetzt an ihr vorbei und haben augenscheinlich nur ihre freie Fahrt für freie Bürger im Sinn. Einzig der Fahrer des Vans könnte Genaueres mitgekriegt haben. Er ist inzwischen so weit um sein Auto herumgegangen, dass er einen unverstellten Blick auf die Hinterachse des Sportwagens einschließlich des Mütterchens darunter hat. Er kratzt sich am Kopf. Das ist nicht die Geste eines Mannes, der einer herbeigerufenen Polizei umfänglich bezeugen kann, wer wann wie bei welcher Ampelphase wo gegangen oder gefahren ist.

Der Porschefahrer sitzt wie versteinert in seinem Auto. Dann kehrt das Leben in ihn zurück, und er tritt aufs Gas. Niemand, nicht einmal der Fahrer des Vans, scheint Notiz von ihm zu nehmen, als er mit quietschenden Reifen um die nächste Ecke biegt.

Ellens Blick dreht eine zweite Runde. Sie kann auf Anhieb mindestens fünf Handys erkennen, aber keins scheint dazu benutzt zu werden, Krankenwagen und Polizei zu rufen. Ihr wird klar, dass sie die Einzige ist, die den Unfall genau gesehen hat und weiß, was jetzt getan werden muss.

Da kommt der Bus.

Das rote Ungetüm hält vor ihr an, schnauft, bevor es die Tür öffnet – und sie steigt ein.

»Ich hab zum ersten Mal im Leben gedacht, es trifft immer die Falschen«, flüstert Ellen, als sie in dieser Nacht neben ihrem Horst im Bett liegt.

Jetzt mal ehrlich: Was denkst du, wenn eine Frau im Bett flüstert? Dass die Situation entweder total erotisch ist oder verboten. Etwas Verbotenes kann ich mir bei einem Ehepaar im eigenen Ehebett allerdings nicht vorstellen, und offen gesagt: etwas total Erotisches nach fünfzehn Ehejahren auch nicht mehr. Bliebe noch die Möglichkeit, dass die Wände nur als Sichtschutz dienen und dünn wie Papier sind. Doch Omis Haus ist solide gebaut.

Trotzdem hat Ellen sich angewöhnt, auch dann möglichst leise zu sprechen, wenn sie mit Horst allein ist. Erstens schlafen die Kinder gleich nebenan, und sie möchte auf gar keinen Fall, dass die Kinder aufwachen und irgendwas davon mitkriegen, dass ihre Mutter nicht jede Sekunde vor Glück Purzelbäume schlägt, weil sie alle kostenlos bei der Omi in ihrem herrlichen Haus wohnen können.

Ihr Hauptgrund für das Flüstern aber ist ihr Verdacht, dass Omi mehr hört, als sie zugibt. Woher sonst soll sie wissen, was Ellen mit Horst unter vier Augen besprochen hat? Wenn Omi will, hört sie blendend, das ist Ellens Überzeugung. Und wenn sie etwas nicht mitkriegen *soll*, will sie ganz besonders. Doch mit ihrer Schwerhörigkeit versucht sie, es zu verschleiern: »Ach, Ellen, sprich doch etwas lauter, man versteht ja kein Wort« und: »Die Kinder nuscheln ja furchtbar. Lernen Kinder heutzutage denn keine artikulierte Sprechweise mehr? Also wirklich, Ellen, dass du ihnen das durchgehen lässt …« Ihre fortwährenden Klagen nimmt Ellen ihr nicht so ganz ab. Omis Hörgerät ist ein Hightech-Teil, das sie per Fernbedienung unbemerkt aus der Rocktasche steuern kann.

Manchmal könnte Ellen schon etwas fuchsig werden. Omi hat den Mercedes unter den Hörgeräten und stellt trotzdem den Fernseher laut, zumindest deutlich lauter, als es Ellen zumutbar erscheint. »Kannst du den Fernseher etwas leiser stellen?« – »Was? Dann höre ich ja gar nichts mehr. Also wirklich, Ellen, er steht doch nur auf zweiunddreißig. Das sollte auch für dich eine erträgliche Lautstärke sein.«

Ja, ich muss zugeben, es kommt deswegen bisweilen zu kleinen Misshelligkeiten zwischen den Eheleuten, denn Ellen ist das Geschrei aus dem Fernseher wirklich unangenehm. Dabei müsste Omi nur ihren Mercedes etwas feiner tunen, und schon wäre die achtundzwanzig auch für sie prima verständlich. »Setz dir doch Kopfhörer auf«, hatte sie einmal angeregt. Na, also da war was los. »So weit kommt es noch«, hatte Omi in höchster Entrüstung gepoltert. Im eigenen Haus! Vor ihrem eigenen Fernseher! In ihren eigenen vier Wänden könne sie schließlich machen, was sie wolle – womit sie Ellen mal wieder klargemacht hatte, dass sie, Ellen, nicht über den Luxus eigener vier Wände verfügt.

Als ob das nötig wäre.

Horst steht ihr in Sachen Lautstärke nicht zur Seite. »Lass

sie doch. Stopf dir Watte in die Ohren. Sie ist doch schon alt. Immer dieses Gehampel mit euch beiden! Das versaut uns nur wieder den gemütlichen Abend.« Aber Ellen ärgert das, und am meisten ärgert es sie, dass sie sich Watte in die Ohren stopfen soll. Keine eigenen vier Wände, dafür Watte in den Ohren. Na bravo.

Wenn es darum geht, wie der Abend verbracht wird, hat Horst seinen eigenen Kopf. Schließlich ist Omis Fernseher breit wie ein Kleiderschrank. Beim Fußballspiel muss er den Kopf hin- und herdrehen, um alles mitzukriegen. Gegen Omis Flachbildschirm ist ihr eigener Fernseher mehr so eine bessere Briefmarke. Wenn den Fußballern der Angst- oder sonstiger Schweiß auf der Stirn steht und man das in Originalgröße zu sehen kriegt – was gibt es Herrlicheres?

Ellen könnte sich etliches Herrlicheres vorstellen.

Weil Omi gern zusätzlich zum Angstschweiß auch noch die Angstschreie mitkriegt und dank Lautstärke zweiunddreißig bei jedem bejubelten Tor der Kronleuchter bebt, geht Ellen dann manchmal nach oben, lässt Mutter und Sohn in trauter Zweisamkeit zurück und zieht sich bei einer Lautstärke von fünfundzwanzig ein wenig grimmig die dritte Wiederholung eines Tatorts rein – auf Briefmarkengröße.

Nun gibt es durchaus Tage, an denen keine Live-Übertragung eines Fußballspiels gesendet wird. Doch auch dann ist Horst am liebsten unten, um bei einem kleinen Bierchen die Idylle einer Familienserie zu genießen. »So einen Quatsch kann ich nicht ertragen«, sagt Ellen. »Selbst bei Lautstärke achtundzwanzig nicht. Und bei zweiunddreißig erst recht nicht.« – »Ach, nun sei doch nicht so«, antwortet er dann. »Ist doch immer so nett. Ihr beiden Mädels trinkt ein schönes Glas Wein, wir sehen den … wie heißt er noch, der Schauspieler, den du so gern magst? Und die Omi freut sich doch so, wenn wir abends bei ihr sind.«

Wenn *du* bei ihr bist, denkt Ellen, aber sie ist klug genug, es nicht zu sagen. Auch dass es ihr gewaltig auf die Nerven geht, dass Biere immer klein und Weingläser immer schön sind, sagt sie nicht. Und auf sein betrübtes »Wer weiß, wie lange wir die Omi noch haben« entgegnet sie nichts, obwohl sie sicher ist, dass die Omi sie alle überlebt. Bis auf Lea vielleicht.

Doch »Es trifft immer die Falschen« zu sagen, das hat sie sich heute getraut, wenn auch nur flüsternd.

»Warum bist du denn nicht dageblieben? Du wärst doch ein erstklassiger Zeuge gewesen. Und wenn du den Krankenwagen gerufen hättest … Vielleicht hätte man die Frau noch retten können.«

»Klar, alles ganz toll, und dann hätte ich mir den ganzen Nachmittag Omis Gemecker anhören dürfen, dass das Essen nicht rechtzeitig fertig ist.«

»Na, nun übertreibst du aber«, sagt Horst grantig. Gleich darauf lächelt er: »Ist schon was dran. Sie hat nun mal gern einen geregelten Tagesablauf, die Gute. Gegessen wird um eins und damit basta. Das gehört sich einfach so.« Er lacht und knabbert zärtlich an Ellens Ohr.

»Lass das«, sagt Ellen und stößt ihn weg. Leicht gekränkt verzieht sich Horst auf seinen Teil der Matratze.

»Sag mal«, sagt er – die Stimmung ist nach ihrem Schubser ohnehin verdorben, da kommt es nicht mehr drauf an –, »was machst du eigentlich immer nach dem Dienst? Omi hat erzählt, dass du oft erst nach eins kommst. Im Büro ist doch um zwölf für dich Schluss.«

»Zwischen zwölf und eins befriedige ich meine beiden Liebhaber, das braucht halt seine Zeit«, sagt Ellen.

»Ach so, na dann …« Horst dreht sich auf die Seite, und schon ist er weggepennt.

***

Du wirst es mir wahrscheinlich nicht glauben, aber es gab Zeiten, da hatte ein Mann schon gewonnen, wenn er dem Objekt seiner Begierde sagen konnte: Ich habe ein Auto. Später konnte man Frauen dann nur noch mit einem Achtzylinder ins Bett locken, und heute hat sich die Welt so weit gedreht, dass vor allem die Männer top sind, die sagen: Ich habe kein Auto, ich nehme das Rad. In Zeiten bewusster Körperlichkeit zählen Muckis eben mehr als PS. Auto kann schließlich jeder. Sogar mehrfach. Ich kenne ein kinderloses Ehepaar, das hat drei Autos.

Doch das sind Ausnahmen. Bei Horst ist alles ganz so, wie es sich gehört: für ein Ehepaar, zwei Kinder und eine Omi nur ein einziges Auto. Von Düsternbrook zu seiner Arbeit im Ministerium braucht er etwa fünf Minuten. Mit dem Auto. Der Weg zu Ellens Arbeitsstelle ist deutlich länger, aber die Busverbindungen sind wirklich ideal. Deshalb nimmt er das Auto und sie den Bus. Dann kann sie auch in der Holtenauer Straße noch mal kurz aussteigen und was einkaufen, sagt er. Mit dem Auto schier unmöglich. Zwar gibt es in der Holtenauer rauf wie runter massig Parkplätze und es ist auch immer mal wieder einer frei, aber nicht dann und dort, wo man's braucht. Natürlich könnte Ellen seit Einführung der Brötchentaste im Parkhaus, wo immer was frei ist, eine halbe Stunde umsonst parken, um schnell ein paar Besorgungen zu machen, aber inzwischen hat es sich eingebürgert, dass Horst das Auto nimmt. Ist auch besser so, denn wenn Ellen was wirklich Leckeres kocht, ruft Omi ihn kurz an, und er kann mittags mal eben rasch vorbeihuschen und muss nicht immer den Kantinenfraß im Landeshaus essen. Ohne Auto wäre das gar nicht möglich.

Ganz vorsichtig hatte Ellen einmal angedeutet, dass ein Fahrrad im Keller steht. Damit könnte er es sogar in drei Minuten schaffen. Ja, Ellen kann bisweilen richtig sarkastisch sein. Aber nicht bei Omi. »Runter«, kontert Omi, »runter vielleicht. Aber bergauf? Soll er einen Herzinfarkt kriegen, wenn er gegen das Düsternbrooker Gehölz antreten muss?«

Insgeheim denkt Ellen zwar, dass es wahrscheinlicher ist, dass er einen Herzinfarkt kriegt, wenn er *nicht* das Düsternbrooker Gehölz hochfährt, aber gegen Omis Fürsorge ihrem einzigen Sohn gegenüber ist sie machtlos, egal wie falsch sie ist. Also die Fürsorge, nicht die Omi. Oder vielleicht doch auch die Omi. Oder … ach was!

Rick und Lea

»Na, meine Kleine«, sagt Omi und zieht Lea liebevoll zu sich heran. Sie sitzt auf ihrem Lieblingsplatz auf der Terrasse, im Liegestuhl, Kopf im Schatten, Beine in der Sonne. Sie kann ihre Beine noch zeigen und zeigt sie am liebsten braun. »Jetzt erzählt die kleine Leonora der Großmutter mal, was sie heute gelernt hat.«

»Fu«, sagt Lea.

»Gott, Kind«, sagt Omi leicht verwirrt, »sprich in ganzen Sätzen. Was heißt Fu?«

»Du musst mit mir einen Fu basteln«, erklärt Lea.

An den schleswig-holsteinischen Grundschulen hilft ein roter Strickstrumpf mit Puschel auf dem Kopf, genannt Fu, den Grundschulkindern durchs Alphabet. So eine Art Ernie aus der Sesamstraße, nur eben in Rot und meist auch nicht sonderlich humorvoll, wie man an dem inhaltsschwangeren Satz »Fu ruft tut« auf Anhieb merkt. Aber so haben die lieben Kleinen nach kurzer Zeit das U schon mal im Sack und können sich frisch gestärkt dem A von Fara, der Gespielin von Fu, zuwenden. Fara wird meist nicht mehr gestrickt, weil die Mütter noch von Fu die Nase voll haben und weil es doch etwas schwer vermittelbar ist, was deutsche Grundschüler mit dem persischen Kaiserhaus zu schaffen haben. Zudem ist Fu langsam im Umbruch. Schließlich müssen immer mal wieder neue Unterrichtsbücher her. Von den Arbeitsheften, die jeder Schüler frisch erwerben muss, weil der Vorgänger alles vollgekritzelt hat, können Klett, Schrödel und wie sie alle heißen nicht leben. Die Ständige Konferenz der Kultusminister schickt jetzt das »ABC der Tiere« ins Rennen, feiert mit Uhu große Erfolge (die Kinder heben die Arme hoch zu einem U), hat sich aber leider mit dem Affen Ali (die Kinder strecken die Arme zum A gespreizt nach unten) etwas vergaloppiert. Ali ist ein persischer Heiliger, und unsere islamischen Mitbürgerinnen und Mitbürger sehen es mit Missfallen, dass ihre Angebeteten als Äffchen verunglimpft werden. Tja, wie ein ständiger Kultusminister es auch macht, er macht es falsch.

»Was meinst du mit Fu?«, fragt Omi.

»Na, eben Fu. Er muss bis nächste Woche fertig sein«, antwortet Lea.

»Äl-len«, ruft Omi hinüber zur Küche, in der Ellen gerade Wasser für Omis Nachmittagstee aufsetzt, »Ellen, komm doch mal raus. Ich versteh dein Kind nicht.«

Ellen kommt mit einem Tablett aus der Küche, verteilt die Tassen auf dem kleinen Tischchen und stellt Lea ein Glas Saft hin. »Geht es um den Fu? Vielleicht habe ich den von Rittschi noch irgendwo«, sagt sie.

»Nenn den Jungen nicht Richy«, sagt Omi. »Einen schönen Namen wie Richard so zu verunstalten! Grässlich.«

Ich weiß wirklich nicht, welcher Teufel Ellen immer reitet. Normalerweise nennt sie ihren Sohn Rick. Aber wenn Omi dabei ist, sagt sie Richy – wie seine Freunde übrigens auch. Aus Gedankenlosigkeit wahrscheinlich. Oder auch nicht. Aus dem geplanten Lennart hat Horst, als sie hilflos im Wochenbett lag, einen Richard gemacht, und Ellen musste nicht raten, um zu wissen, dass er Omis Einflüsterungen erlegen ist.

»Er wird natürlich nach seinem Großvater heißen«, hatte Omi gesagt, als Ellens Bauch sich wölbte. »Alle von Weinsteins nennen ihre Erstgeborenen nach dem Großvater.«

»Und warum heißt Horst dann Horst?«

»Gott, Kind, es war Krieg.«

Was der Krieg mit der Namensgebung für einen zwanzig Jahre später geborenen Sohn zu tun haben sollte, erschloss sich Ellen nicht, und auch Horsts damaliger Antwort auf ihre Nachfrage war nichts Sinnvolles zu entnehmen: »Lass doch, Ellen. Mutter ist über siebzig, da baut man geistig schon etwas ab.«

Wer will es Ellen da verdenken, wenn sie ein wenig grantig darüber ist, dass ihr Sohn seinen Namen seiner geistig abgebauten Großmutter und nicht den glücklichen Eltern zu verdanken hat. Aber mal ehrlich: Er hätte es schlechter treffen können. Mit Rick respektive Richy ist Richard – im Nachhinein gesehen – ganz gut bedient. Außerdem gibt der Name Ellen die Möglichkeit, der Omi immer wieder mal einen kleinen Nadelstich zu versetzen. Obwohl ich nicht glaube, dass Ellen sich dessen bewusst ist, so herzensgut, wie sie ist.

»Vielleicht klärst du mich jetzt endlich mal darüber auf, was Fu bedeuten soll«, sagt Omi zu Ellen.

»Mach du das, Lea«, sagt Ellen, »ich schau mal, ob ich den von Rittschi irgendwo finde.«

Sie hat gekocht, aufgedeckt, abgedeckt, das dreckige Geschirr in die Spülmaschine geräumt, Omis Frühstückskrümel vom Küchenboden gefegt und Tee für Omi gekocht. Damit, findet Ellen, hat sie ihren Job fürs Erste mehr als gemacht. Für Omi-Bespaßung ist Lea zuständig. Sie muss schließlich irgendwann auch mal ihre eigene Wohnung aufräumen, Staub wischen, und die Fenster hat sie auch vor ewigen Zeiten das letzte Mal geputzt.

»Der macht immer so lustige Grimassen«, erklärt Lea. Sie ergreift und schaukelt mit den Händen ihre Rattenschwänzchen, verzieht die Mundwinkel und beginnt zu schielen: »So macht er das. Schau doch mal, Omi.«

»Leonora«, sagt Omi streng, »lass das. Das sieht ja grässlich aus. Und sag bitte Großmutter zu mir. Omi hört sich so furchtbar vulgär an.«

»Okay, Omi«, sagt Lea, hopst im Schlusssprung von Steinplatte zu Steinplatte und probiert dabei das neue Wort aus: wull – hops – gär – wull – hops – gär.

Am Ende der Terrasse angekommen, schlägt sie zwei Räder beziehungsweise das, was sie dafür hält, und verschwindet hinter den Johannisbeersträuchern.

***

Rick wacht um sechs Uhr auf. Auf seiner Bettdecke sitzt der Geburtstagshase aus Plüsch und starrt ihn mit seinen Glasaugen an. Na bitte, die dreizehn wäre geschafft. Bis gestern war er unsicher gewesen, ob nicht doch noch was dazwischenkäme und er am Ende ewig zwölf bleiben müsste. Die Omi hatte einen Haufen Gründe gewusst, warum Jungen wie er nie dreizehn würden. Das fing bei nicht leer gegessenen Tellern an und hörte bei schlampig gebundenen Schnürsenkeln auf. »Wenn du so weitermachst, wirst du nie dreizehn«, hatte sie gesagt. Das Szenario, das sie ausmalte, war so ein bisschen wie eine Ehrenrunde in der Schule. Wer vorm Besuch im Kino nicht noch mal aufs Klo ging oder ständig sein Sportzeug vergaß, der war eben noch nicht reif für die dreizehn und musste noch ein Jahr länger zwölf bleiben. Wenn das überhaupt reichte! Ja, so war das. Aber er hatte es geschafft! Der Hase sitzt auf der Bettdecke, also ist er dreizehn. Für ein weiteres zwölftes Lebensjahr würde der bestimmt nicht da hocken.

Rick nimmt sich vor, bei seinem nächsten Geburtstag auf den Hasen zu scheißen, denn mit vierzehn ist er zu alt für so'n Quatsch. Aber für dieses Mal ist es dann doch noch ganz tröstlich. Er kickt das Teil von der Decke, springt aus dem Bett, schaut auf seinen Wecker und springt wieder ins Bett. Sechs Uhr, genau genommen fünf Uhr dreiundfünfzig, das ist keine gute Zeit, um aus dem Bett zu springen. Mutti ist wahnsinnig hellhörig. Auch wenn er jetzt noch so leise ins Bad schliche, würde sie trotzdem wach werden und sofort mit dem Geburtstagskind-Mutterding anfangen. Ihn fragen, was er geträumt hätte, und ihm einzureden versuchen, dass das in Erfüllung ginge, ihn zu der Wand zerren, wo sein und Leas Wachstum dokumentiert wird, und so weiter und so fort. Was natürlich alles zu ertragen wäre, aber sicherer noch als Muttis Wachwerden ist Omis Wachwerden.

Sehr ungern erinnert er sich an seinen zwölften Geburtstag. Da war er um halb sechs aufgewacht, aus dem Bett gesprungen und hatte den Fehler gemacht, nicht schnellstens wieder hineinzuspringen. Mutti hatte das ganze Geburtstagsprogramm losgetreten, und sie hatten auch schon mal an der Geburtstagstorte rumprobiert. Dann waren Lea und Papa dazugekommen, und es war ganz lustig gewesen – bis sie schließlich alle vier im Gänsemarsch zum Frühstücken runter zur Omi getrabt waren.

Na, und da war was los!

Omi hatte in einer Mischung aus erbost und beleidigt im Sessel gehockt und Reden geschwungen: Ob sie wohl gar nichts von Richards Geburtstag haben sollte? Oben würde gefeiert, und sie dürfe hier unten dumm rumsitzen. Sie sei ja wohl nur dazu gut, alles zu bezahlen. Aber da hätten sie sich geschnitten. Und ob Richard ein Geburtstagsgeschenk von ihr bekäme, sei mehr als zweifelhaft.

Rick kann sich nicht mehr genau erinnern, was eigentlich das Schlimmste daran gewesen war. Die Sache mit dem Geschenk hatte ihn in dem Augenblick schon sehr bedrückt, denn es sollte das ersehnte neue Rad sein, sündhaft teuer, mit ungefähr viertausend Gängen und allem Schnick und Schnack. Aber er denkt trotzdem, dass Papas Verhalten ihm noch unangenehmer war, weil er fand, sein Vater solle sich vor einem anderen Menschen nicht so kleinmachen, und wenn es zehnmal seine Mutter war. Dann meint er sich zu erinnern, dass das tatsächlich schrecklichste Verhalten das von Mami war. Ihre roten Augen, dieses Schlucken, das leichte Zittern, ein Bild der Angst. Und doch war auch etwas in ihren Augen, das er bis dahin nicht darin gesehen hatte.

Nun, wie auch immer, er will das nicht noch einmal erleben und verkriecht sich lieber zurück ins Bett, steht dann aber doch noch mal auf, um sein Handy zu holen. Am liebsten hätte er das Radio angemacht, aber das geht natürlich überhaupt nicht.

Also spielt er das Game »HELL'O'WEEN«, bis es Zeit ist, zu erwachen und im Kreise der Familie – er merkt, wie ihm bei dem Gedanken ein ganz klein wenig übel wird – seinen Geburtstag zu zelebrieren.

* * *

Geburtstage sind so ein bisschen wie die Weihnachtstage. Man denkt, man hat ewig Zeit, bis sie kommen, doch dann stehen sie ganz plötzlich unvermutet vor der Tür, und man kann froh sein, wenn man sich bereits im Herbst mit den entsprechenden Geschenken aufmunitioniert hat. Wer wüsste das besser als Ellen. Diesmal hatte sie es geschafft, sich perfekt auf Ricks großen Tag vorzubereiten, wie du an dem Geburtstagshasen sicher schon gemerkt hast. Und wenn ich dir sage, dass sie außerdem noch rechtzeitig die lang ersehnten Kopfhörer gekauft und geschenkpapierlich eingewickelt hat, dann denkst du vielleicht, dass sie geburtstagstechnisch über den Berg ist.

Was allerdings leider nicht der Fall ist.

Ellen steht an der Bushaltestelle und sieht den Bus ran. Den Bus, den sie normalerweise nimmt, hat sie verpasst. Also, *wahrscheinlich* hat sie ihn verpasst, genau weiß man es nicht. Er könnte sich verspätet haben – bei den Kieler Verkehrsbetrieben nicht gänzlich ausgeschlossen. Aber eigentlich verspätet er sich nur, wenn sie es entsetzlich eilig hat. Wenn's mal passen würde – so wie jetzt –, ist er noch nie zu spät gekommen, soweit sie sich erinnern kann. An sich sollte sie, statt den ohnehin längst durchgefahrenen Bus ranzusehen, noch schnell bei Fiedler reinhuschen und ein wenig Obst kaufen. Aber sie traut sich nicht. Nachher steht ein altes Mütterchen mit unpassendem Kleingeld vor ihr an der Kasse, und der nächste Bus fährt ihr vor der Nase weg, bevor das Mütterchen ihr Portemonnaie zu Ende umgegraben hat.

Und das heute, am Tag, an dem Rick seine Geburtstagsparty steigen lässt. Die Geburtstagtorte hat sie Gott sei Dank gestern Abend noch dekoriert und sogar die Dreizehn gleichmäßig und in schönster Schönschrift hingekriegt, aber jetzt müsste sie dringend ein paar Luftschlangen, Luftballons und Gedöns kaufen. Rick hat ungefähr die halbe Klasse eingeladen. Da kommt es sehr ungut, wenn die Mutter den Tisch nur mit ein paar übrig gebliebenen Weihnachtsservietten festlich eindecken kann.

Ellen ist so spät dran, weil sie vorhin noch ganz kurz ein wenig im Internet gestöbert hat, bevor sie ihren Schreibtisch aufgeräumt hat und zur Haltestelle gerast ist. Aber eben wohl doch nicht kurz genug. Der Bus ist weg, was man an dem sonst gut besuchten, nun aber wie leer gefegten Wartehäuschen eigentlich überdeutlich erkennen kann. Aber vielleicht doch nicht. Die Hoffnung stirbt bekanntlich zuletzt – und bei Ellen noch später.

Sie überlegt, was schlimmer ist: ein Geburtstagstisch mit ohne alles (wenn man von ein paar Weihnachtsmännern absieht) oder Omis zu erwartendes Gegreine: »Mein Gott, Ellen, ich bin am Verhungern. Und die Kinder warten auch schon eine geschlagene Stunde auf ihr Essen. Nur gut, dass ich den Jungen nicht angerufen habe, dass er zum Essen rüberkommen soll. Horst schuftet so schwer, damit ihr es schön habt ... und dann nicht mal ein Mittagessen, und die Kantine ist schon zu ... also wirklich, Ellen, wie schaffst du das eigentlich immer, zu spät zu kommen? Manchmal verstehe ich dich wirklich nicht. Immer dasselbe ... und die Familie muss drunter leiden.«

Ellen beschließt, auszuharren und den Bus ranzusehen. Wer weiß, vielleicht verfrüht sich der nächste und sie schafft es doch noch, rechtzeitig das Essen auf den Tisch zu bringen. Außerdem hat sie Omi das Versprechen abgeluchst, dass Rick mit seinen Gästen in ihrem geheiligten Garten feiern darf. Das will sie nicht wegen ein paar alberner Luftschlangen aufs Spiel setzen. Denn leicht war es nicht gewesen.

»Warum soll ich mir durch das Kindergeschrei meine wohlverdiente Mittagsruhe verderben lassen?«, hatte Omi gesagt. »Du könntest die ganze Bagage oben ins Bad einsperren. Dann säßen sie auch nur auf dem Badewannenrand, jeder eins dieser entsetzlichen Teile in der Hand, und würden auf ihren Handys rumwischen.«

Erst Ellens Argument, dann könnten sie doch auch im Garten auf ihren Handys rumwischen, wenn Omi sowieso davon überzeugt wäre, dass sie nichts anderes täten, wirkte. Das Wischen geschehe doch verhältnismäßig lautlos.

»Na gut, wenn du mir versprichst, dass sie keinen Mucks machen …«

Ellen hatte es versprochen, in der Gewissheit, das Versprechen nicht halten zu können. Vielleicht kann sich Horst ja, wie ebenfalls versprochen, zu Ricks großem Tag früher aus dem Büro loseisen. Wenn ihr Goldjunge da ist, erträgt Omi alles, sogar die Muckser der pubertierenden Geburtstagsgesellschaft, egal wie viele sie von sich geben.

Was soll ich sagen? Der Bus ist pünktlich, aber leider doch zu spät. Weil es eben nicht der Bus ist, der es sein sollte, sondern der nächste.

»Wir sind am Verhungern«, hört Ellen Omi sagen, kaum dass sie den Schlüssel ins Schloss gesteckt hat. Und richtig: Rick und Lea sitzen am Tisch in Omis großer Küche und verhungern gerade. Damit die Zeit bis dahin nicht so langweilig ist, hat Rick sein Geschichtsbuch aus der Schultasche gekramt und liest, während Lea mit Messer und Gabel um ihren Teller herumfährt und abwechselnd »Brummm, brummm« und »Schsch, schsch« sagt. Als Ellen in die Küche tritt, hopst Lea vom Stuhl und wickelt ihre Arme um Ellens Taille. Rick blickt auf und sagt: »Hey, Mom.« Ganz cool, dieses »Hey, Mom«. Hat er aus dem Fernsehen. Er weiß, dass Jungens, die bald erwachsen sind – und immerhin ist er seit heute dreizehn, also auf dem besten Wege dahin –, sich so verhalten müssen. Alles andere wäre total uncool. Das Strahlen auf seinem Gesicht, weil die Mutter endlich da ist, kann er allerdings nicht verbergen. Daran muss er noch arbeiten.

An der Stirnseite des Tisches, am Platz, auf dem Omi zu sitzen pflegt, liegt ein aufgeschlagenes Buch. Auch Omi hat sich also die Zeit des Verhungerns verschönt.

»Gott, Kinder«, sagt Ellen und gibt Lea einen Kuss, »draußen ist das herrlichste Wetter, und ihr hockt hier drinnen. Ich hab gedacht«, sagt sie, während sie sich die Schürze umbindet, »ich hau uns nur schnell ein paar Eier in die Pfanne, taue etwas Spinat auf und mache Kartoffelbrei aus der Tüte. Schließlich kommen um drei schon deine Gäste.«

»Und ich habe gedacht«, sagt Omi mit Betonung auf dem »ich«, »dass es heute doch wohl etwas Besonderes geben sollte. Schließlich hat Richard Geburtstag.«

Als der angerufene Catering-Service mit den fünfzehn verschiedenen Warmhalte-Töpfchen an der Tür klingelt, ist es schon nach halb zwei. Ellen hockt immer noch wie versteinert am Tisch, Omi thront mit umwölkter Miene an der Stirnseite, Lea fährt mit Messer und Gabel um Tisch- und Stuhlbeine, und Rick ist in den Tiefen des Gartens verschwunden. Und es ist kurz vor drei, als die gelieferten Warmhalte-Töpfchen in Porzellan-Töpfchen umgefüllt, auf Tellern drapiert, kommentiert, für gut oder nicht so gut befunden und verzehrt, die Teller und Töpfchen nebst Messer und Gabel in der Spülmaschine versenkt sind und der Tisch abgewischt worden ist.

Dann klingelt es. Ellen, die wie aufgezogen das Essen nach Omis Anweisungen in Töpfchen und Tiegelchen angerichtet, umgerichtet und weggerichtet hat, steht stumm am Küchentisch. Alles an ihr ist völlig regungslos, wenn man von dem leichten Zucken ihres linken Unterlids absieht. Es ist noch nichts passiert, damit sich Ricks Gäste willkommen fühlen können. Der Tisch auf der Terrasse ist nicht gedeckt, keine zusätzlichen Stühle aufgestellt, kein Kakao gekocht, von lustiger Geburtstagsdekoration ganz zu schweigen.

»Na, ihr Lauser, dann kommt mal rein.« Omi setzt ihr muntertes Lächeln auf, während sie für die Lauser die Tür öffnet. Dann dirigiert sie die Jungs in die Küche, drückt jedem etwas von dem Kaffeegeschirr – das für jeden Tag, nicht das gute – in die Hand und komplimentiert die ganze Mannschaft hinaus auf die Terrasse zum Tischdecken. Mit großem Hallo werden Stühle aus allen Ecken herbeigezaubert und um den Tisch geschart, zwei Jungs durchwühlen den Kühlschrank und zerren die Geburtstagstorte und Blechkuchen heraus, bewaffnen sich mit Wasserflaschen und Saft aus der Speisekammer.

Als alles bereit ist, erscheint Rick betont lässig auf der Bildfläche, mit dreckigen Schuhen, schmutzigem Hemd und völlig versauten Hosen, offensichtlich frisch von einem Trip durch den Urwald heimgekehrt. Er wird überschwänglich begrüßt, beglückwünscht und mit liebevoll verpackten Geschenken bedacht.

Mitten im Bewundern des ersten Geschenks betritt Omi die Terrasse, sie ist mit etlichen kleinen Paketen beladen. »Nun schaut mal, was ich für euch habe«, sagt sie, schiebt die Torte beiseite und legt die Pakete auf den Tisch. »Für jeden eins und für das Geburtstagskind natürlich das größte.«

Ja, das muss ich wirklich zugeben: Omi rettet die Feier. Ihre Geschenke sind der absolute Knaller. Hättest du sehen sollen, wie elf Jungen mit vor Aufregung roten Ohren die Pakete aufreißen und jubeln, als zehn kleine und eine etwas größere Drohne zum Vorschein kommen.

Einziger Wermutstropfen ist vielleicht, dass Lea unter dem Tisch hervorkrabbelt, die Großmutter am Rock zieht und fragt: »Wo ist denn meins?«

»Ach Gott, Kind, nun stör doch nicht«, sagt Omi und zieht den Rock wieder zurecht. »Heute hat Richard Geburtstag. Da wirst du ja wohl mal ein bisschen zurückstecken können. Spiel mit deinem Fliewatüüt. Für eine Drohne bist du noch zu klein. Geh schön auf dein Zimmer.«

Es wird still in der Kaffeerunde, während die Drohnen entfaltet, die Controller untersucht und alles mit Batterien bestückt wird. Dann geht es auf den Rasen, der als Flugfeld herhalten muss. Nach zwei Zusammenstößen und etlichen unsanften Landungen im Blumenbeet finden sich alle wieder um den Terrassentisch ein und machen die Geburtstagstorte nieder, während sie die Bedienungsanleitungen zurate ziehen. Alles nicht so einfach wie zuerst gedacht. Frisch gestärkt, übt man erst mal Starten und Landen. Gut, dass Omi jede Menge Zusatz-Akkus gekauft und aufgeladen hat, sonst hätte der Spaß bald ein Ende.

Es ist schon recht spät, als Horst endlich kommt. Eigentlich hatte er viel früher losfahren wollen. Aber als er schon in Hut und Mantel war, kam der Anruf von Herrn Winzel. Der Winzel ist Abteilungsleiter. So einen versetzt man nicht. Und mit der Entschuldigung, dass der Sohn heute dreizehn wird, schon gar nicht. Dazu ist so ein Winzel zu wichtig. Von seiner Sorte gibt es schließlich in ganz Deutschland nur sechzehn.

Sechzehn Stück, denkst du jetzt vielleicht, für jedes Bundesland einen, Besoldungsgruppe 4, also bummelig achttausend Euro im Monat. Das geht ja noch. Das kann der Steuerzahler sich leisten. Stimmt eigentlich. Ist aber natürlich zu kurz gedacht, denn Abteilungsleiter wie Herrn Winzel gibt es in jedem Ministerium einige, um nicht zu sagen etliche. Und die Herr Winzels sind ja in ihrer Abteilung auch nicht allein, sondern haben noch jede Menge Horsts, Unterhorsts und Horstis unter sich. Von den Staatssekretären und Ministern, die in der Gehaltsstufe noch weiter oben stehen, ganz zu schweigen. Alles mal sechzehn. Das läppert sich.

Horst hat also den B4 nicht warten lassen, sondern sich sogar ganz großartig gefühlt, denn sehr oft passiert es nicht, dass ein Winzel mit einem Unterhorst etwas zu besprechen hat. Da muss ein Geburtstagskind schon mal auf den Papa warten. Trotzdem hat Horst so ein bisschen ein schlechtes Gewissen und stürmt, um keine weitere Zeit zu verlieren, durch das Seitengatter direkt in den Garten – und schon liegt er flach.

Nicht richtig flach, Gott sei Dank. Trotzdem ist es Rick oberpeinlich, dass Papa vor der gesamten Geburtstagsgesellschaft einen Beinahe-Bauchklatscher hinlegt. Ist schon schrecklich genug, dass seine Eltern außer der lummeligen Geburtstagtorte nichts vorbereitet haben. Andere Eltern veranstalten einen riesigen Zirkus, fahren die ganze Mannschaft nach Trappenkamp zu einem Event mit Ritterspielen oder haben zumindest einen großen Grill aufgebaut, an dem der Vater unter hundert Luftballons und Girlanden Steaks und Würstchen wendet. Und was geschieht an seinem großen Tag? Papa glänzt durch Abwesenheit, Mutti sitzt stundenlang teilnahmslos in der Küche, Omi schwirrt in hektischer Fröhlichkeit durch den Garten, und Lea hüpft von einem zum andern, versucht die Drohnen zu fangen und macht alles kaputt.

Genauso hatte Rick es kommen sehen und war rechtzeitig im Garten verschwunden, um allen zu zeigen, wie egal ihm ein Buhei um seinen dreizehnten Geburtstag war. Als er dann aber sein Super-Flugteil ausgepackt hatte und sah, wie begeistert die anderen waren, hatte auch er angefangen, Spaß zu haben. Der Stress war von ihm abgefallen. Mit Feuereifer ließ er seine Drohne steigen und bestaunte mit den anderen im Handy die Bilder, die die Kamera der Drohne schoss.

Es war wirklich alles wieder okay, bis jetzt die Scheiße mit Papa passierte.

Kaum war der nämlich vom Seiteneingang her um die Ecke gebogen, stieß er mit Schockys Drohne zusammen, stolperte kopflos über die Gießkanne, landete auf seinem linken Knie, das sowieso von der ganzen Familie mit Samthandschuhen angefasst werden musste, rappelte sich mühsam wieder hoch und humpelte mit grimmigem Gesicht auf die Terrasse.

»Was ist denn hier los?«

Na, was soll hier wohl los sein? Sein gerade frisch gedreizehnter Sohn amüsiert sich geburtstäglich in Omis Garten. Das ist los. Beziehungsweise: Das war los gewesen. Denn jetzt landen natürlich alle Drohnen unsanft auf dem Boden, und während Lea sie gar nicht schnell genug einsammeln und vor Vergnügen quietschen kann, stehen zehn Jungen betreten in der Gegend rum und sehen Papa beim Humpeln zu.

Schrecklich. Papa, hohes Tier im Ministerium und Leiter der Geschicke des Landes, mit dem Rick vor seinen Kumpels ganz gern mal dickegetan hat, dazu Herr über eine tolle Villa in Düsternbrook, die er nun allen einmal hat vorführen wollen – dieser tolle Typ fällt über seine eigenen Füße, macht auf bedauernswerten Behinderten und versaut die ganze Stimmung. Missmutig sieht Rick seinem Vater hinterher, der sich mit schmerzverzerrtem Gesicht am Geländer die drei Stufen zur Küche hochzieht, wo Mutti noch immer reglos sitzt und aus dem Fenster starrt.

»Was machst du hier?«, fragt Horst und lässt sich vorsichtig auf einen Stuhl sinken.

»Wie?« Ellen kämpft sich mühsam aus den Tiefen ihres Innersten zu ihrem demonstrativ leidenden Mann empor.

»Was du hier machst, möchte ich wissen. Die Kinder verwüsten den Garten, Omi ist sonst wo, und du sitzt hier rum.«

»Jaaa«, sagt Ellen gedehnt, »das wusste ich nicht.«

»Was wusstest du nicht?«

»Dass Omi den Garten verwüstet.«

»Quatsch«, sagt Horst und vergisst, vor Schmerz das Gesicht zu verziehen und sein Knie zu reiben. »Nicht Omi. Die Kinder verwüsten den Garten. Omi ist weg.«

»Warum ist sie weg?«

»Ja, eben, das frage ich dich!« Langsam wird Horst wirklich etwas ungehalten.

»Ich meine, woher weißt du, dass sie weg ist?«, fragt Ellen.

»Wenn sie nicht weg wäre, wäre sie hier und würde sich um mein Knie kümmern.«

»Was ist mit deinem Knie?«

»Mein Gott, Ellen, du bist ja völlig weggetreten. Ich bin schwer gestürzt.«

Jetzt endlich scheint Ellen zu sich zu kommen. Ihr lethargischer Gesichtsausdruck verschwindet und erhält etwas Hektisches, sie springt auf und beugt sich über Horst. »Zeig her. Wieder die schlimme Stelle?«, fragt sie besorgt.

Horst kann nur ergeben nicken. »Es ist die Hölle«, presst er zwischen zusammengebissenen Zähnen hervor.

Ellen sprintet nach oben und kommt Augenblicke später mit Salbe und Bandage zurück.

Ellen und Rick

Ellen sieht den Bus ran. Er müsste jeden Augenblick kommen, jedenfalls laut Fahrplan. Es ist wichtig, dass er jetzt kommt, denn Ellen muss unbedingt noch kurz in das Haushaltswarengeschäft neben der Pizzeria »Heinrich der Achte«. Alle ihre Messer sind verorgelt, sie bekommt kaum noch vernünftige Scheiben vom Braten abgeschnitten und muss sich beim Entbeinen eines Schinkens entsetzlich abmühen. Und der Scherenschleifer kommt auch nicht mehr. So kann es nicht weitergehen.

Ein Besuch in diesem Laden ist Ellen immer eine große Freude. Jetzt natürlich nicht mehr ganz so groß wie früher, als die Wände noch mit Schränken bis zur Decke zugestellt waren. Aus den unendlich vielen Schubladen und -lädchen hatte der Chef Schrauben, Klingen, Verbindungsstücke und allen möglichen Kleinkram hervorgezaubert. Damals konnte sie mit allem kommen, was im Haushalt kaputtgegangen war. Der Chef ging zu einem Schrank, stand eine Weile sinnend davor, um schließlich ganz gezielt eine Schublade aufzuziehen und die Rettung herauszuholen. Heute jedoch: alles futsch. Die alte Einrichtung ist Regalen mit Kochtöpfen, Toastern und allem möglichen Tinnef gewichen. Bis auf den Schrank ganz hinten und mit Ausnahme eines einzigen Verkäufers, des letzten seiner Art, der weiterhin die Kompetenz in Person ist.

»Ich brauche ein Messer«, sagt Ellen.

»Wofür?«, fragt der Verkäufer freundlich.

Ellen wird rot. »Für zu Hause«, flüstert sie.

»Natürlich.« Der Verkäufer nickt. »Ich meinte: für Brot oder zum Schälen oder um Fleisch zu schneiden oder zum Filetieren? Danach richten sich Länge, Form und Biegsamkeit der Klinge und natürlich der Schliff.«

»Jaaa«, sagt Ellen gedehnt und sieht den Verkäufer unglücklich an. »Ich dachte mehr so für sonntags.«

»Selbstverständlich.« Der Verkäufer nickt. Der Kunde ist König, und Könige haben immer recht, egal was für einen Quatsch sie reden. Dieser König weiß augenscheinlich nicht, was er will beziehungsweise braucht. Deshalb beschließt der Verkäufer, dem Vorrang zu geben, was *er* braucht, und das ist Geld in der Kasse. »Ich habe hier den Ferrari unter den Schnittwerkzeugen. Ein großartiges Messer, damit können Sie notfalls einen Ochsen zerteilen. Wenn Sie mal schau'n mögen.«

Ellen mag mal schauen und sieht ein schlichtes, circa dreißig Zentimeter langes Messer mit blitzender Klinge.

»Nicht anfassen«, warnt der Verkäufer, »das ist wirklich extrem scharf. Und natürlich nicht ganz billig.«

»Natürlich«, sagt Ellen rasch und zückt ihr Portemonnaie. Sie hat es eilig, muss noch zum Bäcker an der Ecke. Das Brot ist alle.

Wieder an der Bushaltestelle angekommen, ist sie schwer bepackt. Das Brot, zwei Liter Milch, etliche Tetrapaks Sahne, drei Tüten Schnipselkäse und der große Blumenkohl wiegen so einiges. Dagegen ist das Messer ein Fliegengewicht. Aber musste alles sein. Heute gibt es Blumenkohlgratin. Sie will unbedingt das Messer ausprobieren. So einen Kohlkopf abstechen – das hat doch was.

Beschwingt sieht sie zur Uhr. Mist. Den um Viertel nach kann sie vergessen, und der nächste kommt erst in einer halben Stunde. Sie beschließt, noch mal eben am Zeitungskiosk vorbeizuschauen. Nicht dass sie jemals eine der Illustrierten kaufen würde. Probleme der umliegenden Königshäuser interessieren sie nicht. Aber die Titelseiten kann man sich schon mal ansehen.

Ja, was soll ich sagen: So eine Titelseite ist natürlich schnell überflogen. Auch das Durchblättern der Hochglanzseiten dauert nicht wirklich lange. Selbst für den einen oder anderen Artikel zum Thema »Wie style ich mich richtig?« oder »Käsekuchen in fünf Minuten« braucht man nicht ewig. Aber für alles zusammen und den abschließenden Kauf der »Kieler Nachrichten« geht dann doch einige Zeit ins Land. Beinah hätte sie den Bus um Viertel vor auch noch verpasst.

Als sie zu Hause in die Küche hetzt, hat Omi gerade alle Hoffnung aufgegeben, sie jemals wiederzusehen. Zumindest tut sie so. »Was soll das werden?«, fragt sie, als Ellen die eingekauften Sachen auf die Anrichte stapelt.

»Nach was sieht es aus?«, fragt Ellen mit vielsagendem Blick auf den Blumenkohl.

»Nach mindestens halb drei. Früher ist der Blumenkohl auf keinen Fall gar – so dick, wie er ist.«

Mit Blumenkohl kennt Omi sich aus. Zwar weiß auch sie, dass Blumenköhler heutzutage nicht mehr vier Stunden in Essigwasser liegen müssen, damit sich alle Schnecken und Käfer an die Oberfläche retten können, um von dort in den Mülleimer entsorgt zu werden. Gemüse erlebt inzwischen seine Kindheit und Jugend im Gewächshaus und wird gegen alles und jedes gespritzt, weshalb sich Schnecken lieber umbringen würden, als darin heimisch zu werden. Das Befreien von unliebsamen Bewohnern ist also kein Erfordernis mehr. Doch bis man ihn geputzt, in Röschen zerteilt und im Ofen gegart hat, das dauert.

»Nix da«, sagt Ellen und zückt ihre Neuerwerbung. »Der wird geschlachtet.«

»Ah«, sagt Omi nur, als die Klinge sie anblitzt, und sieht dem weiteren Geschehen aus respektvoller Entfernung von ihrem Küchenthron aus zu.

Der Verkäufer hat wahrhaftig nicht zu viel versprochen. Der Kohl ist kein Gegner. Wie durch Butter gleitet das Messer. Nach zwei Minuten ist der Kohl nur noch ein Haufen Trümmer, und nach weiteren zwei Minuten ist er zusammen mit Milch, Sahne, Eiern und Käse in einer Auflaufform und im Backofen verschwunden.

»Basta«, sagt Ellen, haut mit Schwung die Ofentür zu und stellt den Schalter auf zweihundert Grad.

»Und was gibt es dazu?«, fragt Omi.

Nein wirklich, man mag gar nicht hinsehen. Aus der taffen, selbstsicheren Frau Ellen wird praktisch von einer Sekunde zur anderen ein verschüchtertes Häschen. »Ach, also, ich dachte –«, stottert sie.

»Gott, Kind«, sagt Omi und sieht Ellen vorwurfsvoll an, »wir leben doch nicht mehr in der schlechten Zeit. Mittags gehört Fleisch auf den Tisch. Oder willst du die Kinder verhungern lassen?«

Richtig. Die Kinder. Die hatte sie ja ganz vergessen. »Ich könnte vielleicht eine Dose Würstchen aufmachen«, sagt Ellen zaghaft.

»Würstchen?« Omi ist entsetzt. »Weißt du, was da alles drin ist?«

»Nein«, sagt Ellen.

»Eben«, schnaubt Omi, »das weißt du nicht. Das weiß niemand. Und ich will dir mal was sagen: Das willst du auch gar nicht wissen. Dosenfutter kommt mir nicht auf den Tisch.«

Eine Weile noch steht Ellen mit hängenden Schultern in Omis Küche herum und lässt ihr linkes Lid zucken. Dann greift sie in einem unbeobachteten Moment die Zeitung und huscht nach oben. Deshalb bekommt sie auch nicht mit, wie die Kinder aus der Schule nach Hause kommen, in die Küche stürzen und den Auflauf vertilgen. Und natürlich bekommt sie auch nicht mit, dass Rick aus der Speisekammer eine Dose Würstchen greift, sich selber drei auf den Teller haut und eins seiner Schwester in die Hand drückt. Mit Senf schmecken die ihm auch kalt ganz hervorragend.

Dass sie auch Omis vorwurfsvollen Blick nicht mitkriegt, muss ich dir sicherlich nicht extra sagen. Ist auch nicht nötig, denn der wird – wiederbelebt und aufgewärmt – auf den Abendbrottisch kommen, damit Horst einmal mehr merkt, was für eine Rabenmutter er seinen unschuldigen Kindern zumutet.

»Was machst du denn hier oben, Mami?«, fragt Lea und wischt sich den letzten Rest Senf vom Mund. »Wir dachten, du bist noch nicht da, und haben ohne dich gegessen. War lecker.« Sie patscht die Zeitung zur Seite, in der Ellen liest, krabbelt auf ihren Schoß und beginnt zu plappern. In der Zeit nach dem Essen sind die Rollen klar verteilt. Lea spricht und Ellen hört. Hört von Bea, die total gemein war, und von Ullu, die sie in der Pause an den Haaren gezogen hat, wobei man nicht sicher sagen kann, ob Ullu an Lea oder Lea an Ullu gezogen hat. Und dass beim »i« immer der Punkt verrutscht und ganz viele weitere Sachen, die alle ganz wichtig sind, wenn man sechs ist und gerade die erste Klasse erlebt. Ellen lächelt, krault Lea im Nacken, streicht ihr sanft eine Strähne aus dem Gesicht und nickt an den passenden Stellen.

Die Kleine ist glücklich, das ist deutlich zu sehen.

Ellen ist nicht ganz so glücklich, das ist aber Gott sei Dank nicht zu sehen. Sie fühlt sich nicht gut, denn es interessiert sie eigentlich herzlich wenig, was Bea und Ullu machen und ob der Punkt vom »i« da ist, wo er hingehört. Hauptsache, die Kinder sind fröhlich, der Rest ist ihr egal. Natürlich weiß sie, dass es für eine Mutter das höchste Glück sein sollte, am aufregenden Schultag der Kinder teilzuhaben, die spannenden Erlebnisse der lieben Kleinen nachzuvollziehen und die traurigen mit ihnen zu durchleiden und jeden Augenblick das Band zu spüren, das eine Mutter mit ihren Kindern so inniglich verbindet.

Sie horcht tief in sich hinein, versucht, den i-Punkt zu fassen und ihm die Bedeutung anzutragen, die ihm augenscheinlich zusteht, will sich mental in die Psyche einer total gemeinen Bea und einer an den Haaren ziehenden Ullu versetzen, doch sie empfindet – nichts. Stattdessen spürt sie den spitzen Ellbogen von Lea, der sich in ihre Brust bohrt. Das tut weh. Nicht das geringste Gefühl von Glück, dieses von ihr geborene Wesen, diesen kleinen Engel, den ihr Gott geschenkt hat, auf dem Schoß zu haben, will sich einstellen. Es tut einfach nur weh. Wie machen andere Mütter das? Wie blenden sie Schmerzen und Ärger aus und konzentrieren sich ganz auf das erhebende Mutterglück? Ellen hat keine Ahnung. Denn sie ist, das weiß sie dank Horst und Omi, als Mutter leider eine Niete.

»Ruder nicht so mit den Armen«, sagt Ellen, dreht Lea auf ihrem Schoß vorsichtig ein wenig herum und umfasst sie so, dass ihr linker Arm festklemmt und nur noch der andere freie Bahn hat, die weiteren Geschehnisse des Tages gestisch zu untermalen.

Nachdem das »M«, das genauso aussieht wie das »N«, nur anders, und das »W«, das aussieht wie ein »M«, nur umgekehrt, und etliche weitere Buchstaben mit dem rechten Arm ausgiebig erwedelt worden sind, hopst Lea vom Schoß der Mutter runter und macht mit den Worten »Ich geh jetzt zu Bea« die Wohnungstür hinter sich zu.

Ellen langt über die Sessellehne, hebt ihre Zeitung vom Boden auf und versucht, sich auf den Leitartikel zu konzentrieren. Klappt aber nicht richtig, denn immer wieder funkt ihr das Wort »Rabenmutter« dazwischen. Sie blättert um, doch auch die Tatsache, dass der Abriss der Alten Levensauer zu Verkehrsproblemen führen kann und Lady Di eine Rehabilitation erfährt, kann sie nicht wirklich fesseln. Da sind die Kontaktanzeigen doch schon was anderes. Alles Wichtige auf drei Zeilen zusammengefasst. Sie hätte gar nicht gedacht, dass es so was zu Zeiten des Internets noch gibt, wo doch Parship und Co. inzwischen große Erfolge feiern. Es dauert eine ganze Weile, bis ihr klar wird, dass es sich hierbei nur um Reklame handelt. Claudia, das »süße Häschen«, das »dich, den sanften Bären« sucht, wird nur eine von vielen Claudias sein, die unter der Nummer »Ruf mich an« zu erreichen sind. Und ob der Bär wirklich ein Bär sein muss oder vielleicht doch nur als Meerschweinchen daherkommt, ist vermutlich auch egal. Hauptsache, er hat genug Goldkörnchen in seinen Hamsterbacken.

Gelangweilt blättert sie weiter. »Schwerer Unfall auf der Eckernförder«, liest sie unter »Verschiedenes«. »Wer hat am ...«

Ja, siehst du, das meine ich: Ihr Töchterchen ist noch keine fünf Minuten zur Tür raus, da hat Ellen ihre Gedanken schon wieder woanders und vertieft sich voll und ganz in einen Aufruf an Zeugen, die den Unfall am Dienstag gesehen haben, sich zu melden. Ellen liest die Annonce dreimal durch und prägt sich die Handynummer ein.

✳✳✳

Als ich vorhin behauptet habe, dass Geburtstage und Weihnachten stets erschreckend plötzlich über einen hereinbrechen, war das natürlich die Sicht eines Erwachsenen. Für Kinder ziehen sich die Tage bis zum großen Ereignis so endlos hin, dass man schier wahnsinnig werden könnte. Und wenn sie dann endlich da sind, rauschen sie in solch einem atemberaubenden Tempo vorbei, dass man erneut wahnsinnig werden könnte. Daher sind Kinder quasi permanent dicht vorm Wahnsinn. Bei manchen hat man sogar den Eindruck, sie könnten schon einen Schritt weiter sein.

Bei Rick ist das nicht der Fall. Er macht drei Kreuze, als sein Geburtstag endlich vorbei ist. Es war der reinste Höllentrip. Lea war eine einzige Katastrophe, was aber nicht weiter schlimm ist. Kleine Schwestern sind immer eine Katastrophe, das ist ganz normal. Die Eltern und Omi hätten sich an seinem großen Tag allerdings wirklich mal zusammennehmen können. Aber nein, alles wie immer: Mutti starrt den ganzen Tag verschreckt auf Omi wie das Kaninchen auf die Schlange, Papa macht vor Omi Männchen bis zum Abwinken, und Omi ist für jede Menge Stress gut. Erst die blöde Warterei nach dem Aufwachen, dann das Trara wegen des besonderen Mittagessens, und an die Sache mit den Drohnen denkt er auch nur ungern. An sich eine Superidee von ihr, aber dass sie den ganzen Nachmittag so getan hat, als ob es eigentlich *ihr* Geburtstag wäre, hat ihn doch tierisch genervt. Als Papa dann noch seinen großen Auftritt mit dem Knie veranstalten musste, wäre er am liebsten ins Bett gegangen.

Er!

Ins Bett!

Obwohl er ab jetzt dreizehn ist und eine Stunde länger aufbleiben darf.

Er möchte sie alle umbringen. Genüsslich versenkt er drei Löffelchen Strychnin im Zuckertopf und sieht der ganzen Mischpoke beim Verenden zu. Als ihm einfällt, dass Mutti auch ihm immer Zucker über das Müsli streut, verwirft er den Gedanken wieder, packt die Bande stattdessen ins Auto und lässt die Bremsen versagen. So richtig glücklich ist er mit dieser Idee allerdings auch nicht. Wahrscheinlich würden sie dabei alle draufgehen, nur Omi nicht, die schält sich unbeschadet aus dem Vordersitz. Dabei müsste es genau umgekehrt sein.

Je länger er darüber nachdenkt, desto klarer wird ihm, dass es im Grunde reicht, wenn Omi wegkommt. Dann könnte Mutti endlich aufhören, wie ein verschrecktes Kaninchen zu starren, und Papa hätte niemanden mehr, vor dem er Männchen machen muss. Lea wäre zwar weiterhin eine Katastrophe, aber das verwächst sich, hat er gehört.

Na bitte, jetzt hat er die Lösung. Omi muss weg.

Für jeden Scheiß gibt es Bücher, denkt er, aber »Wie entsorge ich meine Großmutter?« oder »Omi-Schlachten für Dummies«, so was ist natürlich nicht dabei. Vielleicht regelt sich die Angelegenheit ja auf natürlichem Weg.

»Wie alt bist du eigentlich?«, fragt Rick Omi beim Abendessen.

»Du kannst meinen Tod wohl gar nicht abwarten«, entgegnet Omi, und Rick kann nicht verhindern, dass er rot wird.

»Aber Mutti, wir wissen doch alle, dass du mindestens hundert wirst«, sagt Horst, und Rick wird noch röter.

»Das will ich nicht hoffen«, murmelt Ellen leise genug, dass nur Rick es hören kann.

Rick verzieht das Gesicht. Muttis Hoffnungen werden nur selten Wirklichkeit. Er müsste die Sache mal mit Papa besprechen, so von Mann zu Mann. Aber wie soll das gehen? Papa ist selten zu fassen, und wenn doch, dann ist Omi immer dabei.

»Tobi will als Austauschschüler für ein Jahr nach Kanada«, sagt er.

»Wer ist Tobi?«, fragt sein Vater.

»Das ist Ricks neuer Freund«, erklärt Ellen. »Kommt manchmal vorbei und holt Rick ab. Ist eine Klasse über ihm.«

»Wenn du alt genug bist, darfst du auch ein Jahr im Ausland zur Schule gehen«, sagt Papa.

»Unsinn«, sagt Omi, »glaubst du wirklich, dass du es dort auch nur halb so gut hast wie hier?«

Ja, das glaubt Rick. Davon ist er sogar überzeugt. »Na ja«, sagt er zögerlich, »Mutti und Papa würden mir natürlich fehlen.«

»Und ich?«, fragt Omi. »Würde ich dir nicht fehlen?«

Das lässt Rick einfach mal so im Raum stehen, bis Papa die unangenehme Stille bricht: »Muttchen, du fehlst uns allen, wenn du nicht da bist.«

»Das wüsste ich aber«, murmelt Ellen – diesmal laut genug, dass auch Horst es hören kann.

***

Handynummern sind so eine Sache. Sie beginnen meist mit null, eins, das ist einfach. Aber der Rest ist für jede Menge Zahlendreher gut. Nach drei Fehlversuchen muss Ellen die Zeitung aus dem Papiermüll klauben – die Papiertonne wird in Kiel nur alle vier Wochen geleert, Gott sei Dank – und hat dann endlich den Richtigen an der Strippe. Sagt man so: an der Strippe, obwohl natürlich bei Handy von Strippe keine Spur.

»Sie suchen einen Unfallzeugen?«, sagt Ellen jetzt zum nunmehr vierten Mal zu einer fremden Männerstimme, darauf gefasst, wieder ein »Was für ein Unfall?« zu hören.

»Ja«, sagt der Mann. »Meine Mutter ist bei dem Unfall zu Tode gekommen. Der Fahrer ist flüchtig. Sie waren dabei?«

Solche brisanten Fragen lassen sich natürlich nicht am Telefon erörtern. Deshalb verabreden sie sich für morgen zum Mittagstisch im »Mercato«.

»Ich habe einen Hund dabei«, sagt der Mann. »Daran bin ich ganz einfach zu erkennen.«

Ich will jetzt nicht behaupten, dass im »Mercato« jeder Zweite einen Hund dabeihat. Das wäre übertrieben. Aber ein wirkliches Erkennungsmerkmal ist ein Hund nicht. Erstens liegen dort etliche Hunde unter den Tischen, und zweitens bemerkt man sie kaum, weil sie keinen Mucks von sich geben, sondern allenfalls mal ihren Schwanz beiseitenehmen, damit niemand aus Versehen drauftritt. Daher meine ich, es wäre vielleicht sicherer gewesen, wenn der fremde Mann gesagt hätte: »Ich bin der mit der Nelke im Knopfloch.« Im Grunde würde es ausreichen, wenn er sagte: »Ich bin der mit dem Knopfloch«, denn die wenigsten »Mercato«-Besucher tragen Knopfloch mit Jackett drum herum.

Aber je mehr ich darüber nachdenke, desto mehr glaube ich, dass der Mann vielleicht doch genau das Richtige gesagt hat. Unser Terrier gehört nicht zu den Hunden, die schüchtern bei Herrchen unterm Tisch ausharren, wenn rings um sie der Bär los ist. Hocherhobenen Schwänzchens und mit wachem Blick beobachtet er die vorbeiflitzenden Kellner, wie sie Herrlichkeiten von Tisch zu Tisch tragen. Außerdem kennt Ellen den Hund ja als eigentlichen Unfallverursacher.

Die Identifizierung ist also kein Problem. Doch dass Ellen es schafft, um halb eins im »Mercato« ihr Rumpsteak zu verschlingen, über den Unfall zu berichten und um eins zu

Hause das Mittagessen auf dem Tisch zu haben, halte ich für fraglich. Selbst Ellen, deren Hoffnung bekanntlich zuletzt stirbt, hat gewisse Zweifel, weswegen sie Rick am Tag vor morgen, also im Grunde heute, beim Gute-Nacht-Kuss ins Ohr flüstert, dass sie es morgen vielleicht nicht ganz zum Mittagessen schaffen könnte.

»Vielleicht oder bestimmt?«, flüstert Rick.

»Vielleicht eher bestimmt«, antwortet Ellen.

»Okay«, sagt Rick, »ich regele das.«

***

Morgen, jetzt also im Grunde heute, steht Ellen im »Mercato« an der Theke und schaut. Der Terrier schaut zurück, sagt »Wuff«, und das zugehörige Herrchen winkt. Während des Rumpsteaks – medium rare, genau auf den Punkt – erzählt Ellen alles, was sie vom Unfall mitgekriegt hat.

»Also doch ein schwarzer Porsche«, sagt der Mann, der sich als Oliver Kallweg vorgestellt hat. »Vom grünen Polo bis silbergrauen Mercedes war alles dabei. Ein Zeuge hat sich sogar zu einem roten Ferrari verstiegen. Die Polizei sucht jetzt, glaub ich, nach einem lila Passat.«

Ellen beteuert, den schwarzen Porsche genau gesehen zu haben, und er verzieht leicht den Mund, um ein Lächeln anzudeuten. Aber natürlich nur ganz zart, dem traurigen Thema angepasst.

»Willst du noch ein Tiramisu?«, fragt Oliver, nachdem Ellen die Folienkartoffel niedergemacht hat. »Das ist hier göttlich.«

So ist das manchmal. Es gibt Menschen, die würde man auch nach hundert Jahren nicht duzen, und dann wieder spürt man solche Schwingungen, dass das Du ganz automatisch kommt und man nachher nicht sagen kann, wieso eigentlich.

Bei einem Glas Wein verabreden die beiden, dass Ellen sich der Polizei nicht als Zeugin zur Verfügung stellen soll und

Oliver lieber einen Privatdetektiv beauftragt, um nach dem Porschefahrer zu fahnden.

»Du hast deine Mutter wohl sehr geliebt«, sagt Ellen.

»Natürlich«, sagt Oliver.

Natürlich. Warum sollte es in Kiel nur *einen* Horst geben.

»Meine Mutter war etwas ganz Besonderes«, sagt Oliver.

Auch hier: natürlich. Warum sollte es in Kiel nur *eine* Omi geben.

»Wir haben wie in einer WG gelebt. Sie machte ihr Ding und ich meins. Weißt du, sie gehörte zu den Menschen, die einem nicht auf die Nerven gehen.«

Ellen nickt. Vielleicht war der Vergleich mit Horst und Omi doch etwas übereilt.

»Wie hätte deine Mutter wohl reagiert, wenn du geheiratet hättest?«, fragt Ellen.

»Da wäre sie vor Freude ganz aus dem Häuschen gewesen. Weißt du, ich war schon mal verheiratet, aber das hat nicht geklappt. Seither hoffte sie, dass bald die Richtige auftaucht«, sagt er und strahlt Ellen an.

Um halb vier kommt Ellen nach Hause. Eigentlich hätte sie schon eine Stunde früher da sein können, weil das »Mercato« um halb drei schließt und Oliver sie mit dem Auto nach Hause gebracht hat. Aber sie haben vor dem Schuhgeschäft in der Holtenauer noch kurz in zweiter Reihe geparkt.

Oliver hat sich nichts dabei gedacht, als sie ihn bat, kurz zu halten, damit sie ihre Schuhe abholen kann. Du dagegen wirst dir – zumindest, wenn du eine Frau bist – vielleicht doch etwas denken. Denn so richtig plausibel ist das nicht. Was für eine Situation soll das sein, in der man sich von einem Schuhgeschäft *seine* Schuhe abholt? Dort kauft man Schuhe, und es sind erst die eigenen, wenn man dafür bezahlt hat. Dann kann man sie natürlich gleich mitnehmen und muss nicht später wiederkommen.

Aber Oliver hat sich nichts dabei gedacht, nur kurz auf die Uhr geschaut. Um vier Uhr beginnt wieder der Praxisbetrieb, und es ist gut, wenn der Doktor dann auch da ist und die bestellten Patienten nicht auf ihn warten müssen. Ellen ist in den Laden geeilt, hat die Schuhe aus dem Schaufenster anprobiert, dann noch die gleichen in Grau, die sicherlich super zu ihrem neuen Blazer aussehen, und dann noch mal die gleichen eine halbe Nummer größer und ist eine knappe halbe Stunde später mit einer großen Tüte wieder zu ihm ins Auto gestiegen. Oliver musste inzwischen zweimal um den Block fahren, weil der Linienbus ihn von der Busspur gehupt hat.

»'tschuldige, hat etwas länger gedauert, sie mussten erst nach hinten«, sagt Ellen und strahlt ihn an. Oliver strahlt zurück. Er weiß nicht, was mit »nach hinten« gemeint ist, aber es muss sehr weit weg sein.

Ellen ist bester Laune, als sie ihre Kinder begrüßt. Auch die völlig verwüstete Küche und die stinkige Omi können ihr nicht ihre gute Stimmung rauben.

»Nun sieh dir das an«, sagt Omi mit vorwurfsvollem Blick auf Reste von Spaghetti mit Tomatensoße. »Ich möchte nicht wissen, was Horst dazu sagt. Der arme Richard hat Nudeln gekocht, und Leonora musste die Maggi-Soße rühren. Eine Schweinerei, so was.«

Ellen ist nicht sicher, ob sich die Schweinerei auf den Zustand der Küche oder ihre Rabenmütterlichkeit bezieht. Doch was Horst sagen wird, darüber ist sie sich völlig im Klaren. Und sie weiß auch, dass ihr das ziemlich egal sein wird.

***

Spaghetti mit Tomatensoße sind für Kinder das reinste Festessen. Rick und Lea bilden da keine Ausnahme. Besonders seit Rick den Dreh raushat, die Spaghetti noch zusätzlich mit Knoblauch zu verfeinern, und Lea in den Garten schickt, um die Maggi-Plansche mit selbst geernteten Kräutern aufzupeppen, ist Ellen als Köchin entbehrlich. Doch nach drei vernudelten Wochen ist Rick am Ende seiner Kraft.

»Mutti«, sagt er und dreht den Kopf weg, als Ellen ihm einen Gute-Nacht-Kuss geben will, »ich halte Omis Gemecker nicht mehr aus. Wenn du morgen wieder erst um halb vier kommst, gibt es Tiefkühlpizza. Und ab übermorgen gibt es gar nichts mehr. Dann esse ich bei Tobi. Und wenn Tobi nach Kanada geht, gehe ich mit. Was Papa dazu sagt, ist mir scheißegal.«

Wie erstarrt sitzt Ellen auf Ricks Bettkante und hört, was ihr Sohn ihr zu sagen hat. Wann ist der Kleine denn so erwachsen geworden? War es nicht erst gestern, dass er mit seiner Pudelmütze durch den Schnee im Garten gehoppelt ist oder mit seinen Gummistiefelchen Pfützen totgetreten hat?

Rabenmutter, denkt sie. Horst und Omi haben recht. Sie ist eine Rabenmutter, die sich auf Kosten ihres Sohnes mit Oliver amüsiert.

»Liebes«, sagt sie und nimmt ihn in den Arm, »ich regele das.«

⁂

»Ich regele das«, hat Ellen gesagt. Ja, nun, das sagt sich so einfach.

Doch ich muss gestehen, Ellen gibt sich wirklich alle Mühe. Als Erstes sagt sie Oliver ab, was auch wirklich ziemlich einfach ist, denn montags hat ihr Lieblingslokal, das »Mercato«, zu. Pünktlich um zwölf Uhr lässt sie den Bleistift fallen und kriegt den Bus, der ebenfalls total pünktlich ist. Aber leider schaut sie auf ihre Uhr, als der Bus durch die Holtenauer Straße fährt. Was vielleicht gar nicht so schlimm gewesen wäre, wenn der Bus nicht ausgerechnet vor dem Geschäft mit diesen zauberhaften Blümchen-Blüschen gehalten hätte.

Das Wissen, ausreichend Zeit zu haben, gepaart mit der Überzeugung, ohne eins dieser zauberhaften Blümchen-Blüschen nicht weiterleben zu können, hat schon so manche

Mutter-Kind-Beziehung in eine schwere Krise gestürzt. Ich weiß, wovon ich rede.

Jedenfalls ist es kurz nach drei, als Ellen den Hausschlüssel ins Schloss steckt. Um sich wenigstens jetzt, sozusagen auf den allerletzten Metern, zu beeilen und von der vertanen Zeit noch etwas wieder reinzuholen, stürzt sie, ohne die wunderschönen Blusentüten im Flur abzustellen, direkt in die Küche.

Da steht sie, das fleischgewordene schlechte Gewissen, und vor ihr die Katastrophe: Lea hockt total verheult in einer Ecke am Boden, Rick sticht mit dem Ferrari unter den Messern auf Pizzaschachteln ein, die über den Tisch verteilt sind, und aus dem Backofen ziehen schwarze Dampfschwaden.

»Was ist denn hier los?«, fragt Ellen, dreht den Backofen ab und beugt sich zu Lea hinunter.

»Du hast gesagt, du regelst das«, brüllt Rick. »›Ich regele das‹, hast du gesagt. Dass ich nicht lache.« Wütend sticht er weiter auf die Pizzaschachteln ein. »Nix regelt sie, sondern kommt hier fröhlich mit drei Tütchen Modescheiß reingerauscht.«

»Zwei«, sagt Ellen.

Fassungslos sieht Rick sie an. Die mütterliche Korrektur der Tütenanzahl klingt wie Hohn auf seine Wut. Er ist wie betäubt. Statt auf ihn einzugehen, kontert seine Mutter mit dieser völlig unangebrachten herabwürdigenden Sachlichkeit.

Erbost holt er aus. Und dann tut er es: Er schleudert das Messer auf seine Mutter.

Entsetzt sehen beide das Messer fliegen – in Zeitlupe. Sie beobachten, wie es leicht torkelt, sich wieder fängt, wie es Fahrt aufnimmt. Direkt auf ihr Gesicht zu. Und Ellen wehrt sich nicht. Hält nicht schützend den Arm vor die Augen. Wie erstarrt stehen beide da.

Im letzten Moment dreht sich das Messer ein wenig, ändert die Richtung, prallt mit der Breitseite des Griffs gegen Ellens Brust und fällt klirrend zu Boden.

Einen Moment noch bleibt Rick reglos stehen. Dann macht

er kehrt, rennt durch die Verandatür nach draußen und ist verschwunden.

»Sind die Kinder im Garten?«, fragt Horst, gibt Omi einen Kuss und stellt die Aktentasche auf die Anrichte, direkt neben die Kaffeemaschine. Wenn er von der Arbeit heimkommt, stellt er sie immer auf die Anrichte, um sie dann später, wenn er und Ellen zu Bett gehen, mit nach oben zu nehmen. Ellen fragt sich schon lange nicht mehr, warum er wohl jeden Tag diese Aktentasche ins Büro trägt, in der nicht die kleinste Akte ist und nur das Pausenbrot und die Zeitung miteinander Kriegen spielen. Ohne ein Wort schmiert sie ihrem Horst täglich sein Brot, reicht es ihm, worauf er es in die Aktentasche packt. Natürlich nur, wenn die Aktentasche da ist und er nicht vergessen hat, sie von oben wieder mit nach unten zu nehmen, was schon mal passieren kann. Ebenso wie er beim abendlichen Zu-Bett-Gehen schon mal vergisst, sie mit nach oben zu nehmen. Beides Fälle, in denen Ellen dann schnell noch mal nach oben respektive nach unten springt, um das Versäumte nachzuholen. Horst ist das nicht zuzumuten. Mit seinem schlimmen Knie ist nicht zu spaßen.

»Ja«, sagt Ellen.

»Nein«, sagt Omi.

»Was?«, fragt Horst.

»Nein«, wiederholt Omi, »die Kinder sind nicht im Garten.«

»Aber Rittschi hat uns doch einen Flickflack gezeigt«, sagt Ellen.

»Ja, Richard ist im Garten, aber Leonora nicht.« Omis Blick spricht Bände.

»Nein?«, fragt Ellen.

»Nein«, sagt Omi.

»Und wo ist sie dann?«, fragt Horst.

»Ich weiß es nicht«, flüstert Ellen, und Horst sieht, wie sie beinah unmerklich anfängt zu zittern.

Ja, er sieht, dass sie zittert, aber er weiß nicht wirklich, warum. Vielleicht denkt er, es ist nur das übliche Zittern, das Mütter befällt, wenn sie nicht wissen, wo ihre Kinder abgeblieben sind. Dass es mehr ist, kann er nicht wissen. Woher auch? Er war schließlich nicht dabei, als heute, an diesem schrecklichen Nachmittag, das Messer flog.

Die Frage ist: War überhaupt jemand dabei? Hat irgendwer von den drei beim Messerwurf Anwesenden *wirklich* registriert, was passiert ist?

Rick ist kein guter Kandidat, das zu analysieren, denn Rick weiß vor allen Dingen eins: Er hat Scheiße gebaut. Deshalb hat er das gemacht, was man als Fast-Erwachsener in solchen Fällen eben macht. Er ist in den Garten gerannt, hat zwei, drei Geranien geköpft, die Erdbeerpflanzen, die gerade hoffnungsvoll ihre Köpfchen aus der Erde streckten, totgetreten und sich dann von seiner Mutter einfangen und ein wenig verschämt in den Arm nehmen lassen. Den Rest an Anspannung konnte er mit ein paar Saltos aus sich herausschütteln.

Ellen war froh, dass die Sache insgesamt so glimpflich abgelaufen ist und ihr Sohn ihr nicht bis ans Ende aller Tage böse sein wird. Dann ist sie zurück in die Küche gelaufen, um Lea zu trösten. Damit glaubten beide, Ellen und Rick, dass die Sache noch mal gut gegangen sei. Wir haben dafür eine wunderbare Geste: Man wischt sich den imaginären Schweiß von der Stirn und atmet erleichtert auf.

Wer in dieser Sache keine Schuld an gar nichts hat, ist Lea. Aber Lea ist ein kleines Mädchen, und kleine Mädchen haben die zauberhafte Eigenschaft, sich von bitterlich vergossenen Tränen mittels eines liebevollen Kusses und zwei Bonbons wunderbar ablenken zu lassen. Die Kleine hat sich schluchzend noch ein wenig an die Mama geschmiegt, dann ihr Lächeln wiedergefunden, und Ellen hatte aufatmen können. Der Schreck einfach weggeblasen – wie nie geschehen.

Doch jetzt ist Lea weg.

Ellen erlebt erneut das Entsetzen des Nachmittags, sogar heftiger als zuvor, Rick betäubt sich im Garten mit Flickflacks, Omi thront auf ihrem Lieblingssessel und ist empört – und Lea ist weg.

Der Einzige, der den Kopf behält, ist Horst.

Wer hätte das gedacht? Unser Horst, das Muttersöhnchen, der Mann, der trotz zweier Kinder gänzlich ohne Eier in der Hose daherkommt. Aber dafür lieben wir die Männer. Wenn's drauf ankommt, können sie bisweilen ihren Mann stehen.

Horst gibt Rick Anweisungen, im Garten jeden Strauch umzudrehen, sagt Omi, sie soll endlich mal den Mund halten, ruft Nachbarn und Freunde an, fragt Leas Lehrer und Mütter von Leas Spielgefährten, ob sie seine Tochter gesehen haben, und verständigt schließlich die Polizei.

Und als sie alle so zusammensitzen und verzweifelt um ihre kleine Lea bangen, nimmt Horst seine Ellen in den Arm und versucht, sie zu trösten. Man muss beinah ein bisschen Mitleid mit ihm haben, dass es ihm nicht so recht gelingen will, denn er gibt wirklich sein Bestes. Mehr hat er nicht, mehr kann er nicht. Selbst um seine Mutter, die als Leas Großmutter ja nun eigentlich die Hauptleidtragende ist, die ihn unter Schmerzen geboren hat und seines Trostes am meisten bedarf, zumal sie – das wollen wir mal nicht vergessen – die ganze Mischpoke unentgeltlich in ihrem Haus wohnen lässt, um die kümmert er sich nur am Rand.

Man hört förmlich die Steine von den Herzen fallen, als ein Polizist mit Lea auf dem Arm in der Tür steht. Sofort vergräbt sie sich in den Armen der Mutter und lässt die Worte, die von allen Seiten auf sie hereinprasseln, an sich abperlen. »Wo warst du denn?«, »Warum bist du weggelaufen?«, »Wir hatten solche Angst. Dir hätte ja sonst was passieren können«, »Das darfst du nie, nie wieder tun«.

Während Horst mit der Polizei noch jede Menge Formalitäten zu erledigen hat, flüchtet Ellen mit Lea an der Hand nach oben. Da sitzen die beiden nun eng aneinandergekuschelt auf ihrem Lieblingsstuhl, und Ellen schaukelt vorsichtig ihre verlorene Tochter.

»Hast du mich noch lieb«, fragt Lea schließlich in die Stille, »wo ich doch so böse war und weggelaufen bin?«

Was soll man als Mutter dazu sagen? Ellen weint und nickt nur. Was sollte sie auch sonst machen – als Hauptschuldige der Katastrophe?

»Und Papa?«, fragt Lea weiter. »Hat der mich auch noch lieb?«

»Ach, Schätzchen«, sagt Ellen und kann schon wieder ein bisschen lächeln, »dein Vater liebt dich ganz, ganz schrecklich. Wir lieben dich alle sehr. Dagegen kannst du gar nichts machen.«

»Und Omi?«, fragt Lea.

»Aber natürlich«, sagt Ellen und streicht Lea zärtlich über den Kopf. »Die auch.«

»Weißt du was?«, sagt Lea und hopst von Ellens Schoß. »Das glaube ich nicht. Die Omi, die tut nur so.«

Horst

Klaglos erträgt Ellen die dritte Wiederholung des Magde-
burger Tatorts, sagt nichts, als Omi von zweiunddreißig auf
vierunddreißig hochdreht, und registriert mit stoischer Ge-
lassenheit, dass Horst zu seinem vierten Bierchen greift.

»Komm, Horst«, sagt sie, als der Täter endlich gefasst ist
und die beiden Kommissarinnen ihr Schlussscherzchen gemacht haben. Sie steht auf. »Wir gehen jetzt zu Bett.«

Horst sieht erstaunt auf. Eine solche Bestimmtheit ist er
von seiner Frau nicht gewöhnt.

»Jetzt schon?«, fragt Omi. »Du hast ja deinen Wein noch
gar nicht ausgetrunken.«

»Ja«, sagt Ellen. »Jetzt schon.«

»Tja, Muttchen«, beeilt sich Horst zu sagen und versucht,
verschmitzt ein Auge zuzukneifen, »heute haben die Eheleute
mal was Besseres vor.«

Oben angekommen, muss Horst erkennen, dass die Eheleute anscheinend doch nichts Besseres vorhaben. Ellen zumindest macht keinerlei Anstalten. Wortlos verschwindet sie
im Bad, kommt im Nachthemd und mit hochgebundenen
Haaren wieder heraus und sagt: »Komm ins Bett, ich muss
mit dir reden.«

Reden ist so ungefähr das Letzte, was Horst möchte. Im
Bett schon gar nicht. Und nach vier Bier überhaupt nicht.
Aber wenn es schon sein muss, dann geht er am besten gleich
zum Angriff über. »Was machst du eigentlich immer mittags?
Omi hat mir erzählt, du lässt dich neuerdings oft erst gegen
vier Uhr zu Hause blicken.«

»Gegen halb vier«, korrigiert Ellen. »Oliver muss spätes-
tens um vier wieder in seiner Praxis sein.«

Das muss ich nun wirklich sagen: Horst mag viele Schwächen haben, Eifersucht gehört nicht dazu.

»Oliver?«, sagt er nur. »*Who the fuck is Oliver?*«

»Der Mann meiner Träume«, sagt Ellen.

Eine Weile herrscht Schweigen auf Horsts Seite des Bettes. »Ah ... so ... ja dann ...«, sagt er schließlich, will sich zur Seite drehen und wegratzen. Doch Ellen hält ihn fest.

»Lea fängt an zu verschwinden, und Rick will nach Kanada auswandern«, sagt sie.

»Dann schieß diesen Oliver in den Wind, und sei wieder zu Hause, wie es sich für eine Mutter gehört«, brummt Horst.

»Nein«, sagt Ellen. »Ich werde zu Oliver ziehen, und die Kinder nehme ich mit. Du kannst hier bei deiner heiß geliebten Mutter bleiben. Wir halten das nicht mehr aus.«

Man könnte nun meinen, die vier Bierchen würden die Wucht dieser Worte ein wenig dämpfen. Doch dem ist nicht so. Sie prallen derart heftig in Horsts Magengrube, dass er sich entsetzt im Bett aufrichtet. »Aber wir haben es doch so gut hier!«, sagt er.

»*Du* hast es gut hier«, sagt Ellen. »Für uns ist es die Hölle.«

»Aber das schöne Haus«, sagt Horst. »Die Kinder fühlen sich doch im Garten so wohl.«

»Ach ja? Wirklich? Und warum läuft Lea dann von zu Hause weg, und warum will Rick mit Tobi nach Kanada?«

»Ja, warum denn?«, fragt Horst, der immer noch nichts zu kapieren scheint.

»Weil Omi uns allen den letzten Nerv raubt.«

Ach ja, der arme Horst. Bis jetzt war alles so prima. Kostenloses Wohnen an einer der angesagtesten Adressen Kiels, zwei reizende Kinder, eine Mutter, die ihn vergöttert, und eine funktionierende Ehefrau. Was will ein Mann mehr? Er hatte immer gedacht, seine Mutter sei die Stütze dieses Glücks. Doch nun muss er erkennen, dass es Ellen ist, die den ganzen Laden bisher zusammengehalten hat. Er liegt zwar im Bett, aber er ist am Boden zerstört.

»Was soll ich tun?«, fragt er leise.

»Lass dir was einfallen«, sagt Ellen, dreht sich zur Seite, und schon ist sie weggepennt.

***

Ellen stellt die Einkaufstüte von Chez Mijou in der Küche auf die Anrichte, an genau die Stelle, an der abends immer Horsts Aktentasche steht. Eigentlich hatte sie die neue Bluse in ihre Handtasche stopfen und die Tüte im Bus stehen lassen wollen, doch dann fand sie das Hochglanzfoto auf der Vorderseite und die beiden hübschen Henkel aus gedrehter Kordel so süß. Außerdem wären die Rüschen in der Handtasche verknautscht. Bis sie die wieder glatt gehabt hätte … Seide ist so empfindlich.

»Weißt du, wie spät es ist?«, fragt Omi.

Ellen sieht auf die Uhr. »Halb drei«, sagt sie.

»Haha, sehr witzig«, sagt Omi. »Wir müssen labberige Pizza essen, während gnä' Frau ein wenig shoppen geht.« Missbilligend sieht sie auf die süße Einkaufstüte. »Was musste es denn diesmal sein? Ein neues Kleid? Ein Röckchen? Blüschen? Dein Schrank platzt aus sämtlichen Nähten, und du kaufst und kaufst und kaufst. Aber dein Mann hat's ja. Kein Wunder, dass ihr auf keinen grünen Zweig kommt.« Sie seufzt. »Der arme Horst.«

»Wo sind die Kinder?«, fragt Ellen, um das Thema zu wechseln.

»Richard ist bei Tobias, und Leonora spielt im Garten«, sagt Omi.

»Mäuschen, sag mal pie-hiep«, ruft Ellen und breitet die Arme aus, während sie die Stufen der Veranda hinuntergeht. Kein Mäuschen piept.

»Lea«, ruft Ellen.

Nichts.

»Lea?« Ellens Stimme ist eine Oktave höher.

Nichts.

»Leeeaaa«, schreit Ellen und rennt los. Um die Johannisbeersträucher, an der Hecke entlang, zum Komposthaufen mit den Kürbissen, zwischen den drei Tannen durch – überallhin. Nichts.

»Lea ist wieder weggelaufen.« Atemlos und kreidebleich steht Ellen im Wohnzimmer und sieht Omi entsetzt an.

»Wundert mich nicht«, sagt Omi. »Ihre Mutter hat ja nie Zeit für sie.«

»Lea ist weg«, schreit Ellen wieder.

»Schrei mich nicht so an«, sagt Omi, »ich bin ja nicht taub.«

»Du hast nicht auf sie aufgepasst.« Ellen stehen Tränen in den Augen. Sie zittert am ganzen Körper.

»Mein liebes Kind«, sagt Omi und richtet sich ein wenig in ihrem Lieblingssessel auf, »Leonora ist *dein* Kind. Es ist *deine* Aufgabe, auf sie aufzupassen. Stattdessen amüsierst du dich mit irgendwelchen Lustmolchen, setzt meinem Sohn Hörner auf und ziehst ihm mit deinem Kaufrausch das Geld aus der Tasche. Aber damit ist jetzt Schluss. Solange du die Füße unter meinen Tisch stellst –«

»Lea ist weg«, kreischt Ellen in Omis Schimpftiraden hinein.

»Reg dich ab«, sagt Omi. »Leonora ist mit Beate und ihrer Mutter ins Freibad gegangen.« Sie rückt den Sessel ein wenig herum, um aus dem Fenster schauen zu können. Mit einer Hand angelt sie nach dem kleinen Bänkchen und legt mit wohligem Stöhnen die Füße hoch.

»Was?« Ellen ist fassungslos. »Du lässt mich den ganzen Garten durchforsten, dabei ist Lea mit Bea zum Schwimmen?« Ihr sacken die Beine weg, sie kann sich gerade noch aufs Sofa fallen lassen.

Omi antwortet nicht, sie lehnt sich zufrieden zurück und blickt nach draußen.

»Du widerliche böse alte Frau.« Ellen springt auf, schnappt sich ihre Chez-Mijou-Tüte und rennt aus dem Haus.

Als Horst nach Hause kommt, ist niemand da. Keine Lea kommt angehopst und schlingt ihre Arme um ihn, kein Rick hebt die Hand und sagt: »*Hey Dad, give me five.*« Und von Ellen auch keine Spur.

Niemand da.

Nur Omi sitzt in ihrem Lieblingssessel am Fenster und schaut in den Garten.

»Wo sind denn alle?«, fragt er. Doch Omi dreht sich nicht zu ihm um, sagt kein Wort und schaut nur weiter in den Garten. Ihm sackt das Herz in die Hose. Sicherlich hat Omi mit ihrer ruppigen Art Ellen endgültig vergrätzt. Jetzt hat seine Frau also ihre Drohung wahr gemacht und ist mit den Kindern auf und davon. Ist mit den beiden zu diesem Oliver gegangen und hat ihn bei Omi allein zurückgelassen.

Bei Omi.

Bei seiner nervtötenden Mutter.

Horst gehört nicht zu den Menschen, die die Schuld bei sich suchen. Warum auch? Er hat sich nichts vorzuwerfen. Hat für eine traumhafte Villa gesorgt, in der sie alle kostenlos wohnen können, hat an jedem Ersten des Monats einen Kopfstand gemacht und sein Gehalt in Ellens geöffnete Hände fallen lassen, ist den Kindern ein guter Vater und hat sogar über kleine Techtelmechtel mit irgendwelchen Olivers großzügig hinweggesehen.

Wenn jemand Schuld daran hat, dass er jetzt vor dieser Katastrophe steht, dann ist es Omi. Was mag sie gesagt haben, dass Ellen endgültig die Flucht ergriffen hat?

»Mutter, was hast du gemacht?«, fragt er.

Doch noch immer würdigt Omi ihn keines Blickes, sagt kein Wort, schaut nur stumm aus dem Fenster.

»Ich will wissen, was du gemacht hast«, sagt Horst und legt von hinten seine Hände um ihren dürren Hals. »Sag es«, sagt Horst.

Nichts.

Da drückt er zu.

»Sag endlich«, schreit er und drückt weiter zu.

Daran kannst du jetzt sehen, dass Horst tatsächlich so ein bisschen neben sich steht. Denn selbst wenn Omi nun endlich etwas sagen wollte, wäre es mit derart zugedrücktem Hals wirklich schwierig. Nicht verwunderlich also, dass Omi immer noch nichts sagt, sondern nur leicht den Kopf zur Seite kippt.

»Lass das«, sagt Horst und lockert den Griff.

Vielleicht hast du es schon gemerkt: Horst ist ein Mann. Männer merken selten was. Sie fragen zum Beispiel: »Hast du was?«, und die Frau sagt mit beleidigter Miene: »Nein.« Dann ist der Fall für sie erledigt. Man hat schließlich ganz höflich gefragt. Und wenn dann doch was ist, weil das Nein zwar ein Nein, aber die beleidigte Miene ein Ja war, fallen sie aus allen Wolken.

Auch Horst merkt nichts. Erst als er um Omis Lieblingssessel herumgeht und ihr ins Gesicht sieht, merkt er was. Jetzt braucht er nicht einmal mehr zu fragen, ob sie was hat. Denn sie hat nichts. Sie wird nie wieder was haben. Omi ist tot.

Horst fängt an zu zittern. Er sinkt vor ihr auf die Knie, umfasst ihre Beine und zittert.

Als Ellen die Tür aufschließt, kniet er immer noch in dieser Position und ist in Tränen aufgelöst. Die Kinder, die sie unterwegs eingesammelt hat, sind hinter ihr. Das ist keine Szene, die man Kindern zumuten sollte. Bevor die lieben Kleinen auf Papa zustürmen können, schiebt Ellen sie hastig an Omis Sessel vorbei in den Garten. »Lasst uns mal allein«, sagt sie und macht die Verandatür hinter ihnen zu. »Was ist los?«, fragt sie dann.

»Omi ist tot«, sagt Horst mit erstickter Stimme. »Ich habe sie erdrosselt.«

»Du … hast sie … erdrosselt?«, fragt Ellen – mit Betonung auf dem Du. Horst nickt, obwohl auch er nie geglaubt hätte, je zu so etwas fähig zu sein.

»Ich hab das nicht gewollt«, jammert er. »Es war ein Unfall.«

»Das glaubt dir keiner«, sagt Ellen tonlos, und ihr linkes Auge beginnt heftig zu zucken.

Eine Weile verharren sie alle drei in ihren Positionen. Omi sitzt schief im Sessel, Horst kniet vor ihr, ohne die Schmerzen in seinem Knie zu bemerken, und Ellen steht aufrecht daneben und sieht auf die beiden hinunter. Erst als Omi ein wenig tiefer rutscht, steht Horst stöhnend auf und reibt sich die schmerzende Stelle. »Was sollen wir tun?«, fragt er.

Ellen zieht ihr Handy aus der Hosentasche. »Oliver«, sagt sie, als Oliver sich meldet, »du musst sofort kommen. Und bring einen Totenschein mit.«

Mit Ärzten und Totenscheinen hat es eine besondere Bewandtnis. Solltest du mal jemanden umbringen, kann es ein Segen sein, einen befreundeten Arzt mit befreundetem Totenschein zu kennen. Das Gleiche gilt natürlich auch andersherum. Solltest du zum Beispiel etwas betuchter sein, und deine potenziellen Erben finden, dass du jetzt wirklich lange genug gelebt hast, sei auf der Hut – besonders wenn die lieben zukünftigen Hinterbliebenen mit Ärzten befreundet sind. Ich will niemandem etwas nachsagen, aber auch Ärzte sind nur Menschen. Und Menschen können schon mal was übersehen.

Oliver zum Beispiel übersieht die Druckstellen an Omis Kehle. Kann man ihm nicht einmal übel nehmen, denn Omi trägt ihren leichten Seidenschal locker um den Hals. Er kreuzt ganz unbekümmert »natürliche Todesursache« im Totenschein an und kritzelt in ärztlicher Handschrift ein leicht unleserliches »Herzversagen« daneben.

»Gestern war Omi noch putzmunter«, sagt Ellen mit verzweifeltem Unterton in der Stimme.

Oliver zuckt mit den Achseln. »So ist das manchmal mit den älteren Mädels. Eben noch mächtig auf Draht, und plötzlich ist es vorbei.« Am liebsten würde er seine trostlose Ellen in den Arm nehmen, aber in Horsts Gegenwart traut er sich nicht. »Sie hat einen leichten Tod gehabt«, sagt er stattdessen. »Es sei ihr gegönnt. Besser als ein langes, qualvolles Leiden.«

Was als tröstende Worte gemeint war, gibt Horst den Rest. Seine Mutter war von einem langen, qualvollen Leiden noch kilometerweit entfernt. Die Zeit bis dahin hat *er* ihr geraubt. Er bricht zusammen, fällt auf sein schlimmes Knie und schreit vor Schmerz. Dann schwinden ihm die Sinne.

Die Kinder, die vom Garten her immer mal wieder beunruhigt durchs Wohnzimmerfenster schauen, staunen nicht schlecht, als sie den fremden Mann sehen, der ihre Mutter zärtlich in den Arm nimmt. Sie haben schon nicht schlecht gestaunt, als sich Omi so ungroßmütterlich im Sessel gelümmelt hat. Und noch mehr, als dieser fremde Mann aufgetaucht ist. Und am meisten, als Papa plötzlich wegsackte. Aber dass der Kerl jetzt ihre Mutter küsst, ist wirklich der absolute Knaller.

Rick hat seine liebe Not gehabt, Lea im Garten abzulenken. Jetzt ist sie nicht mehr zu halten. Sie stürmt zurück ins Wohnzimmer. Und er hinterher.

Ellen macht sich von Oliver los und nimmt die beiden liebevoll in den Arm. »Omi ist tot«, sagt sie sanft, fasst beide um die Schultern und führt sie behutsam zu Omis Sessel. »Verabschiedet euch von ihr.«

»Was ist denn mit Papa?«, schreit Lea und sieht verzweifelt auf den am Boden liegenden Horst.

»Papa ist sehr traurig. Herr Kallweg ist Arzt und hat ihm eine Beruhigungsspritze gegeben. Sonst ist alles mit ihm in Ordnung. Macht euch keine Sorgen.«

Oliver sieht Ellen bewundernd an. Er kennt nicht viele Frauen, die angesichts einer Toten und eines ohnmächtigen Gatten derart gefasst sind, dass sie ihre Kinder vor dem Schrecken schützen können, den solch ein Unglück normalerweise in ihnen auslösen würde. »Geh du mit den Kindern nach oben«, sagt er zu Ellen. »Ich bleibe bei deinem Horst, bis er wieder zu sich kommt. Dann regeln wir alles mit dem Bestattungsunternehmen.«

Dankbar sieht Ellen ihn an, bevor sie Lea und Rick die Treppe hinaufzieht.

Man kann sich sicher die unterschiedlichsten Schrecklichkeiten vorstellen, wenn ein Ehemann auf den Geliebten seiner Frau trifft. Meist werden irgendwelche Hackebeilchen oder nasenbeinbrechende Fäuste mit von der Partie sein. Oder wenigstens keifende Gatten, betretene Liebhaber und tränenüberströmte Gattinnen. Dass ein Lover als Retter in der Not auftritt, scheint mir hingegen eher selten zu sein.

Oliver hat Horst in die stabile Seitenlage gewuchtet und sitzt jetzt auf dem Sofa, von wo aus er Toten- und Ohnmachtswache hält, während er den erforderlichen Schreibkram erledigt. »Am besten stehen Sie nur ganz langsam wieder auf«, sagt er, als Horst die Augen aufschlägt, »sonst kippen Sie gleich wieder um.«

»Da wir wahrscheinlich mit derselben Frau schlafen, können wir uns eigentlich auch duzen«, sagt Horst, während er sich mühsam hochrappelt.

Oliver nickt. »Soll ich ein bestimmtes Bestattungsunternehmen anrufen, oder ist es dir egal?«

Eine Ohnmacht ist eine wunderbare Sache, so ein bisschen wie ein Total-Reset. Wenn man wieder aus ihr erwacht, ist alles weg. Man hat niemanden umgebracht, und die Familie ist vollzählig. Doch wenn man sich dann umdreht und die Mutter tot im Sessel sitzen sieht, ist alles wieder da.

Die Realität trifft Horst mit solcher Wucht, dass er beinah wieder zusammengesackt wäre. Sein Neustart, seine Souveränität, mit der er sich der Gattinnenuntreue und der Du/Sie-Frage gestellt hat, alles zum Teufel. Er hievt sich neben Oliver aufs Sofa und fängt an, hemmungslos zu weinen.

»Du solltest von hier weg und dich ein bisschen ausruhen. Meinst du, du schaffst es allein nach oben?«, fragt Oliver.

»Nein, ich will meine Ellen hier unten haben«, jammert Horst. Also holt Oliver Ellen und die Kinder wieder runter.

Das Bild, das du dir jetzt vorstellen musst, ist etwas merkwürdig: Omi schaut mit geschlossenen Augen auf den Couchtisch, weil Oliver ihren Sessel vom Blick aus dem Fenster in Richtung Wohnzimmer umgedreht hat. Lea und Rick hocken rechts und links neben ihrem verweinten Papa auf dem Sofa und kuscheln sich zärtlich an ihn. Das ist vielleicht noch nicht wirklich merkwürdig. Doch dass Oliver in der Küche alles für einen verspäteten Nachmittagstee zusammensucht und jetzt mit einem Tablett voller Tassen und Becher mit Saft im Wohnzimmer erscheint, finde ich persönlich durchaus eigenartig.

Am allereigenartigsten ist jedoch, dass Ellen draußen in einem Blumenbeet hockt und mit beiden Händen in der Erde wühlt.

* * *

»Omi ist noch nicht ganz unter der Erde, und du lachst und alberst mit den Kindern rum«, sagt Horst zu Ellen. »Pietätlos finde ich das.«

Ich finde das nicht. Wenn Ellen mit den Kindern Ringelreihen um Omis Sarg getanzt hätte, wäre das ein wenig pietätlos gewesen, das muss ich zugeben. Aber so ist es ja nicht. Ellen tut nur, was jede Mutter tun sollte, um ihren Kindern zu zeigen, dass der Tod zum Leben dazugehört und dass Sterben zwar traurig ist, aber nicht das Ende aller Fröhlichkeit bedeutet. Allerdings, das muss ich Horst doch lassen: Ganz so strahlend hätte ihr Lächeln dabei vielleicht doch nicht ausfallen müssen.

Was Horst sagt, stimmt nur beinah. Omi ist sehr wohl unter der Erde. Und zwar so ganz, wie es sich gehört. Die von Weinsteins haben ein Familiengrab auf dem Südfriedhof, in dem noch reichlich Platz war. Für ihre volle Länge sogar. Deshalb konnte das so schnell über die Bühne gehen. Bei Erdbestattung können nämlich die Angehörigen den Termin bestimmen. Bei Feuerbestattung zwar auch, aber erst später. Zuerst einmal muss ein Pathologe bestätigen, dass der Arzt, der den Totenschein ausgestellt hat, nichts übersehen hat. Dass die Tote noch lebt, zum Beispiel. Oder dass sie zwei Löffelchen Arsen intus hat. Oder dass Würgemale am Hals zu sehen sind. All so'n Zeug halt. Zur Sicherheit. Denn später in der Asche ist so was nur noch schwer nachweisbar. Sehr schwer sogar. Im Grunde gar nicht.

Omi ist im engsten Familienkreis zu Grabe getragen worden, nur begleitet von Horst, den Kindern und Ellen in einem neuen kleinen Schwarzen, passend zu diesem traurigen Anlass. Ist so eine Floskel: trauriger Anlass. Stimmt auch. Rick und Lea sind schon ein bisschen traurig, und Horst ist sogar über die Maßen traurig. Nur bei Ellen – das muss ich einfach mal sagen –, bei Ellen hält sich die Trauer in Grenzen.

Am nächsten Tag macht sie gefüllte Paprikaschoten in Tomatensoße mit Reis und zum Nachtisch Schokoladenpudding – ein absolutes Festessen, wenn man Rick fragt. Besonders nach mehreren Wochen Spaghetti, die beiden Kindern nun doch langsam zu den Ohren wieder rauskommen.

Na bitte, denkt Rick. Er hatte also recht gehabt. Wenn Omi erst weg ist, wird alles wieder gut. Mutti pfeift fröhlich beim Soßeandicken, niemand meckert, weil Lea ein Glas umschmeißt, und er kann mit vollem Mund lachen, ohne den geringsten missbilligenden Blick zu ernten. Am Abend pennt Lea in Muttis Armen auf dem Sofa weg, während er sich wie ein Großer im Sessel lümmelt und seine Eltern für sich allein hat.

Es ist herrlich. Und seine Vorstellung, dass das ab jetzt für immer und ewig so bleiben wird, macht die Sache noch herrlicher. Kanada kann ihm gestohlen bleiben, wenn er zu Hause den Himmel auf Erden hat.

Schönwetterwölkchen, so weit das Auge reicht.

Aber du weißt schon, dass es so was im richtigen Leben eigentlich nicht gibt, oder? Und dass Kinder ganz besonders feine Antennen dafür haben, wenn sekündlich ein Sturm aufziehen kann, das weißt du auch.

Mitten im schönsten Gelümmel in Omis Lieblingssessel spürt Rick es in der Magengegend: Das ist alles nur Show. Sobald er und Lea oben in ihren Betten verstaut sind, wird hier unten das Unwetter losbrechen. Vielleicht sollte er die Sache mit Kanada doch nicht völlig aus dem Blick verlieren.

Rick irrt sich. Auch als er und Lea schon lange oben in ihren Betten liegen, herrscht unten weiterhin Frieden. Aber wie das so ist mit dem Frieden: Er ist meist trügerisch. Zu viel hat sich zwischen den Eheleuten aufgestaut. Beide können die tiefen Schrammen, die Omis Leben in Ellen und Omis Ableben in Horst hinterlassen hat, nicht einfach wegwischen. Und die Tatsache, dass es einen Oliver gibt, ist dem gedeihlichen Eheleben auch nicht gerade förderlich.

Oliver, denkt Ellen und sieht ihn, wie er stark und schön im Wohnzimmer steht, alle Fäden souverän in der Hand hält, den verheulten Horst auf dem Sofa beruhigt, die Kinder in den Garten verbannt und Omi mit Hilfe des Bestatters in den Sarg verfrachtet.

Oliver, denkt Horst und sieht ihn, wie er sich stark und schön über seine Frau hermacht, während er selbst wie ein Waschlappen zuerst Omis starkes Regiment zulässt und danach wie ein Weichei ihren Tod beweint.

»Ich brauche ein eigenes Auto«, sagt Ellen. »Jetzt, wo Omi nicht mehr da ist, um auf die Kinder aufzupassen, muss ich mobil sein.«

»Wieso das denn?«, fragt Horst. »Dein Job ist um zwölf zu Ende. Du kannst wie bisher kurz was einkaufen und bist zu Hause, bevor die Kinder aus der Schule kommen. In dieser Beziehung hat sich doch gar nichts geändert.«

»Aber es wäre alles viel einfacher für mich«, sagt Ellen.

Stimmt, denkt Horst, besonders die Sache mit Oliver wäre viel einfacher für dich. Mitten in seiner Trauer um Omis Tod, dem Entsetzen über seine Schuld daran und der Dankbarkeit wegen Olivers schnellem Handeln spürt er zum ersten Mal so etwas wie Eifersucht in sich aufsteigen. Dieser Mann ist ihm über. Oliver gegenübergestellt muss er seiner Ellen wie ein Versager vorkommen.

»Außerdem sind wir jetzt reich«, legt Ellen nach. »Ein zweites Auto wird ja wohl drin sein.«

Da hat Ellen recht: Ein zweites Auto wäre drin – finanziell gesehen. Aber mit dem »wir« im Zusammenhang mit »reich« hat sie unrecht. In Deutschland heiraten zwar die meisten Paare mit Zugewinngemeinschaft, was so viel heißt wie: Mein Geld ist auch dein Geld, aber das bedeutet nicht, dass *mein* Erbe auch automatisch *dein* Erbe ist. Erben tut – auch in einer Zugewinngemeinschaft – jeder für sich allein. Daher ist Horst reich und Ellen weiterhin so arm als wie zuvor.

»Lass uns erst einmal abwarten, wie sich alles entwickelt«, sagt Horst.

»Gut«, sagt Ellen. »Ab Montag fährst du mit dem Rad. Ich brauche das Auto.«

Oliver

Oliver hat eine gut gehende Praxis in einem Ärztehaus. Das ist wirklich prima. Jeder ist sein eigener Herr, und alle profitieren von der Nähe des jeweils anderen. Auf dem »kleinen Dienstweg« schickt er seine Schäfchen runter ins MRT, rauf zum Abstrich oder weg zum Proktologen. Er selber behält nur die Ohrläppchenverkleinerungen und Brustvergrößerungen. Meist ohne Krankenschein beziehungsweise ohne Gesundheitskarte, wie der gute alte Krankenschein heute heißt. Fast ausschließlich Privatzahler und -zahlerinnen. Bei Brustvergrößerungen eher Letztere. Obwohl: Er hatte auch schon mal eine männliche Brust unterm Messer. Aber das war eine Verkleinerung.

Wie gesagt: Es geht ihm gut. Schönheitsoperationen ernähren den Mann. Und zwar nicht schlecht. Er schiebt eine ruhige Kugel: keine stressigen Wochenenddienste, keine plötzlichen Notfälle, und Hausbesuche fallen auch flach. Jeden Tag erscheint er morgens gegen neun an der Stätte seines Wirkens, verabschiedet sich mittags zu einem ausgiebigen Päuschen und arbeitet dann von vier bis sechs stramm in einem durch.

Sagte ich *jeden* Tag? Das stimmt natürlich nicht. Freitags arbeitet er nur, wenn es unbedingt sein muss, und das muss es meist nicht. Er verfügt also über ein gerüttelt Maß an Freizeit, das er bislang mit seiner Mutter verbracht hat. Hört sich jetzt ein bisschen blöd an, das muss ich zugeben. Ein erwachsener Mann, der mit seiner freien Zeit nichts Besseres anzufangen weiß, als am Rockzipfel seiner Mutter zu hängen. Aber dieser Rockzipfel war wunderbar. Als er damals bei ihrem ersten Treffen zu Ellen gesagt hat, dass seine Mutter jemand ganz Besonderes gewesen sei, hatte er nicht übertrieben.

Olivers Mutter war immer da und oft weg. Sie hatte ihre

eigenen Kreise, malte in Pastell und Öl, ging häufig ins Theater und war eine fröhliche Mittänzerin in der örtlichen Bauchtanzgruppe. Und Oliver war dabei, wann immer es ging (in der Bauchtanzgruppe ging es natürlich nicht). Sie schlug ihn im Schach und verlor lachend beim Schummellieschen, sang nicht mit, wenn beide abends bei einem Glas Wein Mozart oder Rossini hörten, und konnte mit ihm einen Flohwalzer hinlegen, dass die Wände wackelten. Was braucht ein Mann mehr?

Ja, ja, ich weiß, ein Mann braucht mehr. Er braucht jemanden, der ihm die Hemden bügelt, die dreckigen Socken wäscht und das Bett frisch bezieht. Und jemanden, der bisweilen drin liegt – im Bett. Das alles braucht ein Mann. Aber ich will dir mal was sagen: So was kann man alles zukaufen, wenn man über das nötige Kleingeld verfügt.

Oliver verfügt.

Das Problem ist also nicht das Geld, das Problem ist, die Richtige zu finden – die Richtige für die Sache mit den Hemden und den Socken. Seine Mutter hatte so eine gefunden. Dreckige Socken, Kalkflecken im Bad, Krümel unter dem Couchtisch und Hundehaare auf dem Sofa, all diese Unliebsamkeiten verschwinden seit Jahren täglich und so geräuschlos wie von Zauberhand. Derweil seine Hemden in ewigem Kreislauf aus seinem Schrank ans Tageslicht kommen, einen Tag auf ihm verweilen und dann kurzzeitig im Wäschepuff verschwinden, nur um eines Tages gebügelt und gefaltet wieder in seinem Schrank aufzutauchen und ihre Wanderung erneut zu beginnen.

Ja, dafür hatte Mutter die Richtige gefunden. Das Finden der Richtigen in Sachen Bett hatte sie ihrem Sohn überlassen. Das hätte sie vielleicht nicht tun sollen. Oliver denkt nicht gern an die Jahre mit Carola zurück. Zumindest nicht an die letzten.

»Niemals«, hatte Carola geschrien, »niemals stimme ich einer Scheidung zu.« Als der Anwalt ihm daraufhin eröffnete, dass er drei Jahre getrennt von Tisch und Bett sowie Carola verbringen müsse, bevor er sich gegen ihren Willen scheiden lassen könne, hatte er kurzerhand seine Siebensachen in zwei Plastiktüten gepackt und war in sein Elternhaus zurückgekehrt. Sollte Carola ruhig den ganzen Klumpatsch, der sich in der ehelichen Wohnung angesammelt hatte, behalten. Hauptsache, weg.

Der Unterschlupf bei Mutter, die das große Haus seit Vaters Tod allein bewohnte, hatte natürlich nur ein Übergang sein sollen, bis er wieder was Eigenes gefunden hatte. Aber das kennst du ja sicher: Nichts ist dauerhafter als ein Provisorium. Außerdem hatte dieses Arrangement einen bemerkenswerten Vorteil. Wann immer eine Frau ihre Finger nach Oliver ausstreckte, setzte er ein trauriges Gesicht auf und sagte: »Wie gerne. Aber leider … Mutter … ich kann es ihr nicht antun.« Das schlug zuverlässig die Anschläge auf seine ihm inzwischen lieb und teuer gewordene Freiheit in die Flucht.

Hast du das Imperfekt bemerkt? Das ist die Zeitform, die heutzutage Präteritum genannt wird: *schlug* in die Flucht. Und obendrein noch das »zuverlässig«. Dieser Schutzwall ist jetzt weg, eingerissen von einem Schwarzen-Porsche-Fahrer, der unbedingt einen Kavaliersstart hinlegen musste. Kein vierhändiges Klavierspiel mehr, kein triumphierendes »Schachmatt«, keine gemeinsamen Theaterbesuche, und auch Mozart muss er nun bei einem Glas Wein allein hören, unterbrochen von dem leisen Gewinsel des Terriers.

Oliver nimmt den Hund auf den Schoß und krault ihn hinter den Ohren. »Jaul nicht in die Arie des Papageno, Hund«, sagt er. »Davon kommt Frauchen auch nicht wieder.«

Der Hund gähnt, guckt traurig und kratzt mit der Pfote.

»Sag mal, Hund«, sagt Oliver, »was hieltest du davon, wenn ich uns ein neues Frauchen besorge?«

Der Hund schüttelt unwillig den Kopf, weil Oliver seiner empfindlichen Stelle über der linken Augenbraue zu nahe gekommen ist.

»Warum denn nicht?«, fragt Oliver. »Ellen ist doch immer so lieb mit dir.«

Nein, dem Terrier reicht es jetzt. Er kann es nicht leiden, gegen den Strich gestreichelt zu werden. Außerdem heißt er Roxy und möchte auch so genannt werden. Mit einem Satz springt er von Olivers Schoß hinunter und verkriecht sich unter den Couchtisch.

»Na, na«, sagt Oliver beruhigend. »So schnell geht es sowieso nicht. Erst mal abwarten, was der Privatdetektiv wegen des alten Frauchens rauskriegt.«

Bisher hat Herr Wedel noch nicht viel rausgekriegt. Genau genommen gar nichts. Trotzdem ruft er jede Woche an, um zu vermelden, was er alles getan hat, um nichts rauszukriegen, damit Oliver nicht den Eindruck hat, ihm für nichts und wieder nichts Geld in den Rachen zu werfen.

***

Der Status einer Geliebten ist ein besonderer. Es gibt Frauen, die sagen: Hey, Geliebte zu sein ist super! Ich kriege ihn gewaschen und gebügelt, muss mich um nichts kümmern und kann einfach nur genießen. Das ist, wenn man es recht bedenkt, eine wirklich vernünftige Einstellung. Aber Hand aufs Herz: Kennst du viele Geliebte, die so drauf sind? Die meisten blenden derlei Vorteile völlig aus und denken stattdessen an Weihnachten und Ostern: *Er* weilt dann bei seiner Familie daheim, während sie einsam und verlassen vor dem geschmückten Tannenbaum dahinvegetiert oder die bunt bemalten Eier nur vor sich selber verstecken kann. Zugegeben, keine ganz einfache Situation, doch wie oft ist schon Weihnachten? Und Ostern ist auch nicht viel öfter.

Martina zählt schon erstaunlich lange zur ersten, raren Kategorie. Sie liebt ihren Oliver, solange er da ist, und kann ihn zu Zeiten, in denen er bei sich zu Hause ist, verschmerzen. Großartig, diese Frau.

»Guten Morgen, Herr Doktor. Wie geht es Ihnen?«, sagt sie zur Begrüßung.

Sie nennt Oliver in der Praxis immer »Herr Doktor«, nur hinter verlässlich geschlossenen Türen wagt sie sich aus der Deckung und flüstert ihm ein »Oliver« ins Ohr, während er ihre Brust umfasst.

»Danke, gut«, sagt Oliver, schaut nur kurz zu ihr hoch und beugt sich dann wieder über die Schublade mit den Hängeregistern. »Sind die Berichte zu Mehring schon gekommen?« So ist er. Freundlich, kühl und sachlich, wenn die anderen Sprechstundenhilfen oder Patienten sie hören könnten. Gerade hier am Empfangstresen ist die Welt vollgestopft mit Ohren, die alle nur darauf warten, eine Unvorsichtigkeit von ihnen beiden einzufangen.

»Ja. Ist da. Kann ich Ihnen nachher *reinreichen*«, sagt Martina.

»Nein, nicht nachher. Ich brauche das jetzt«, wehrt Oliver ab.

Martina nickt. Normalerweise würde sie seinen etwas barschen Ton nicht einfach so hinnehmen, aber der arme Oliver hat seine Mutter verloren, da verzeiht sie ihm das. Schließlich war Olivers Mutter der Mittelpunkt seines Lebens – bei diesem Gedanken muss sie ein wenig schlucken –, das steckt man nicht so einfach weg. Das braucht seine Zeit. Obwohl sie findet, jetzt, nach eineinhalb Monaten, könnte der erste, ganz große Schmerz eigentlich auch mal vorbei sein. Das Leben muss schließlich weitergehen, und von diesem weitergehenden Leben hat sie recht klare Vorstellungen.

»Reinreichen« ist ihr privates Codewort. Wenn der Herr Doktor sagt, sie solle ihm doch dies oder jenes »reinreichen«, »nachreichen« oder »zureichen«, dann weiß sie Bescheid und richtet sich auf ein paar erfreuliche Sprechstunden nach der Sprechstunde ein, wobei es meist nicht beim Sprechen bleibt. Schließlich ist sein Sprechzimmer, im Gegensatz zu seinem Behandlungszimmer, mit allem ausgestattet, was das Sprechen erfreulich macht. Der wuchtige alte Schreibtisch bildet den notwendigen Kontrast zu seinem jungenhaften Aussehen und verdeutlicht den Patientinnen, dass ein ehrwürdiger Akademiker mit höchster medizinischer Kompetenz die Umbauarbeiten an ihrer Brust vornehmen wird. Gleich daneben, sozusagen als Ausgleich, die gemütliche kleine Sitzecke mit Couch und zwei Sesselchen um einen Glastisch, auf dem meist schon zwei Weingläser stehen, wenn Martina zum »Reinreichen« reinkommt.

Jetzt aber will der Herr Doktor sich nichts »später reinreichen« lassen, was bedeutet, heute wird nicht … Ein bisschen kränkend fand sie es schon immer, dass nur er bestimmen darf, wann ihre diskreten Treffen stattfinden, und sie sich ständig nach ihm zu richten hat. Nun, damit wird bald endgültig Schluss sein. Schließlich hat die Mutter, auf die die ganze Zeit Rücksicht zu nehmen war, endlich den Löffel abgegeben. Ihr Tod ist der Startschuss. Jetzt ist Martina dran.

»Ich muss Sie nachher noch einmal sprechen, Herr Doktor«, sagt sie bestimmt.

Ehe sie um kurz nach sechs, nachdem alle anderen gegangen sind, die Tür zum Sprechzimmer öffnet, zieht sie noch einmal ihren Rock glatt und nimmt zwei tiefe Atemzüge, um etwas Ruhe in ihr Innerstes zu bringen. Dann greift sie beherzt zur Türklinke.

Kennst du sicher auch, dieses aufgeregte Gefühl, wenn man endlich Gelegenheit kriegt, sein Anliegen vorzutragen. Das Blut fängt schon eine Weile vorher an, den Druck zu erhöhen, die Kehle wird langsam immer trockener, und das Herz verdoppelt die Schlagzahl.

»Oliver«, sagt Martina, noch bevor sie die Tür zum Sprechzimmer wieder ganz hinter sich zugezogen hat, »Oliver. Endlich. Seit dem furchtbaren Unfall deiner Mutter hatten wir privat gar keine rechte Gelegenheit …«

Oliver kommt mit weit ausgebreiteten Armen hinter seinem Schreibtisch hervor, zieht sie an sich und verschließt ihren

Mund mit einem drängenden Kuss, der ihre vorbereitete Rede erst einmal erstickt.

»Es ist nicht leicht«, sagt er, nachdem er den Kuss beendet und sie auf das Sofa dirigiert hat. »Sie war eben doch viel mehr als nur meine Mutter.« Martina sieht, dass seine Hand leicht zittert, als er in beide Gläser Wein einschenkt. »Ein richtig guter Freund war sie«, sagt er und schaut dann schweigend und in sich gekehrt auf das Glastischchen.

»Du Armer«, sagt Martina und umfasst fürsorglich seine Schultern. Dann schweigen beide, bis Martina meint, dass die Gedenkminute lange genug gedauert hat. Sie richtet sich innerlich ein wenig auf und will gerade erneut mit ihrer Rede beginnen, da vergräbt er seinen Kopf in ihrer Brust.

»Es ist nicht leicht«, seufzt er und öffnet ihre Bluse.

Was soll ich sagen? Frauen mit freigelegten Brüsten sind einfach in einer schlechten Verhandlungsposition, wenn es darum geht, entscheidende Gespräche zu führen. Das weiß auch Martina.

Was soll's. Aufgeschoben ist nicht aufgehoben. Es ist noch nicht aller Tage Abend. Morgen ist auch noch ein Tag.

Diese und ähnliche Sprüche gehen ihr durch den Kopf, während sie sich langsam nach hinten lehnt und ihn kommen lässt.

»Oh«, sagt er nach getaner Tat und wirft einen Blick auf seine Armbanduhr, »so spät schon. Du, wirklich, leider, ich muss. Ist ja noch so viel zu erledigen, jetzt, wo Mutter –« Seine Stimme bricht.

Sie setzt sich auf und zieht den Rock wieder runter. »Geh nur«, sagt sie verständnisvoll, »ich weiß ja, dass es gerade nicht leicht für dich ist.«

Dankbar sieht er sie an und zieht sich das Jackett über. »Denk bitte dran, das Licht auszumachen, wenn du gehst. Du weißt ja …«

Was sie weiß, kriegt sie nicht mehr mit, weil er schon zur Tür hinaus ist.

Warum merken sich Frauen eigentlich immer die falschen Sprichwörter? Wer weiß denn, ob aufgeschoben nicht meistens doch aufgehoben ist und der morgige Tag sich vielleicht noch schlechter eignet als der heutige. Wirklich wahr ist nur eins: Man muss das Eisen schmieden, solange es heiß ist, und dass Oliver noch so richtig heiß ist, wage ich zu bezweifeln.

**

Ich traue mich kaum, es zu sagen, aber ein Auto ist eine wunderbare Sache. Natürlich nicht vom Umweltgedanken her betrachtet. So gesehen ist ein Auto der Umweltsünder Nummer eins. Wenn man einmal von den Flugzeugen und den Kreuzfahrtschiffen und der Metall-, Chemie- und Elektroindustrie und vor allem von den Kühen, die ständig Methan in die Luft rülpsen und pupsen, absieht. Aber wenn man andererseits den Umweltgedanken beiseitelässt: So ein Auto macht frei. Einen Mann vielleicht nicht. Für den muss es immer größer, schneller, teurer werden, um die erlahmende Potenz auszugleichen, was dann kaum noch an Freiheit, sondern eher schon so ein bisschen an Zwang erinnert.

Doch für eine Frau bedeutet ein Auto Freiheit. Wann immer Ellen mal eben kurz hier oder da vorbeischauen will, wirft sie ihr Handtäschchen auf den Rücksitz und gibt Gas.

Sie hat sich angewöhnt, jeden Tag ihr Handtäschchen auf den Rücksitz zu werfen, um die unterschiedlichsten Kieler Mittagstische zu verkosten. Zum Abschluss trinken Oliver und sie noch ein Käffchen, während in der Küche zwei weitere Mittagstische für die Kinder verpackt werden. Die sind natürlich meist schon etwas kühl, wenn sie Lea und Rick vorgesetzt werden, aber Kinder sollen sowieso nicht so heiß essen. Von daher hat Ellen sich nichts vorzuwerfen.

Horst gegenüber ist das etwas anders. Ich will jetzt nicht behaupten, dass Ellen Omis Stelle eingenommen hat, aber sie ist auf einem guten Weg, das durch deren Tod entstandene

Vakuum zu füllen. Sie hat erst einmal einige Änderungen eingeführt. Sind im Grunde nur Kleinigkeiten. Die Lautstärke übersteigt die sechsundzwanzig nicht mehr, das schont Horsts Ohren und ihre Nerven. Die tägliche Tour mit dem Rad tut seinem Knie besser als gedacht, und seine ab jetzt konsequente Teilnahme an den Kantinenmahlzeiten hat auch ihr Gutes. So bekommt er alle wichtigen Interna mit, die beim Essen zwischen Suppe und Kartoffeln verhackstückt werden. Allenfalls der beschränkte abendliche Bierkonsum ist ärgerlich und natürlich die Tatsache, dass er sich sein Frühstücksbrot selber schmieren muss. Aber dann weiß er wenigstens, was drauf ist.

»Triffst du dich immer noch mit diesem Oliver?«, fragt er und nippt an seinem Bier. Er trinkt sehr langsam, damit am Ende der Flasche nicht mehr so viel Abend übrig ist.

»Nur zum Mittagessen«, sagt Ellen.

Das stimmt nicht ganz. Schließlich hatten Oliver und seine Mutter mehrere Konzert- und Theaterabos. Wäre ja schade, wenn der zweite Platz verfällt, nur weil Mutter nicht mehr mitkann. Ellen tarnt ihre Begleitung zu diesen kulturellen Events als Volkshochschulkurs. Warum soll sie unnötig Horsts Pferde scheu machen? Außerdem müsste er sich über die abendliche Freizeit freuen. Da kann er wieder auf zweiunddreißig hochfahren und sich nach seinem dritten noch ein viertes Bier genehmigen.

Aber. Versteh einer die Männer. Er freut sich nicht.

»Ich könnte den Kerl umbringen«, sagt Horst.

»Lass gut sein«, sagt Ellen. »Omi muss reichen.«

Ja, da fällt dir jetzt ein wenig die Kinnlade runter. Donnerschlag, denkst du vielleicht, da kann man mal sehen, wohin abendliche Kultur, gepaart mit reduziertem Küchendienst, führen kann. Aber ich denke, das allein ist es nicht. Es wird vor allem Oliver sein, der ihr etwas zu Kopf gestiegen ist. Denn ich muss zugeben: Oft bleibt es nicht bei der abendlichen Kultur. Ein wenig heißer Sex ist bisweilen auch dabei.

Horst ist nicht blöd. Er glaubt nicht an VHS-Kurse, die bis spät in die Nacht dauern.

Aber was soll er machen?

»Das hört mir jetzt auf«, sagt Horst, als Ellen sich zu ihrem abendlichen VHS-Kurs verabschieden will.

»Was hört *dir* jetzt auf?«, fragt Ellen.

»Der ganze Quatsch mit deinem sogenannten Englischkurs«, sagt Horst.

»Und wenn nicht?« Ellen nimmt ihr Handtäschchen, um es draußen im Auto auf den Rücksitz zu werfen. Sie ist spät dran und kann sich auf keine längeren Diskussionen mehr einlassen.

»Dann gibt es ab jetzt kein Geld mehr.«

»Phhh«, macht Ellen und zieht die Tür hinter sich zu.

»Phhh« kann viel heißen. Ich denke, es heißt: Dass ich nicht lache, damit kannst du mir nicht drohen. Wir haben ein gemeinsames Konto, das zuverlässig zum 15. mit deinem und zum 30. mit meinem Gehalt gefüllt wird. Den Löwenanteil dieses gemeinsamen Einkommens werde ich auch weiterhin in neuen Schühchen, Höschen, Röckchen, Blüschen und neuerdings auch in Benzin anlegen. Dagegen kannst du gar nichts machen.

Ja, siehst du, da täuscht sich Ellen. Horst kann. Er *hat* sogar schon gekonnt und sein Gehalt auf ein neues Konto umgelenkt, auf das nur er Zugriff hat. Außerdem hat er eine Sperre in das gemeinsame Konto eingebaut, damit sie nicht den Überziehungskredit überzieht. Ihre Geldzufuhr ist daher weitgehend trockengelegt. Ade, ihr neuen Schühchen, Höschen, Röckchen, Blüschen, ab jetzt ist Schmalhans Küchenbeziehungsweise Einkaufsmeister. Von ihrem eigenen Halbtagsjob-Gehalt, Steuerklasse 5, sind keine großen Sprünge zu machen.

Das darf Horst natürlich nicht. Ein Ehegatte darf der Ehegattin nicht den Geldhahn zudrehen, obwohl es etliche tun, wie man so hört. Zwischen Nichtdürfen und Trotzdemtun liegt nur ein schmaler Grat, auf dem die Trotzdemtuer jahrelang gemütlich ausharren können, bis ein Anwalt es endlich schafft, sie dort runterzuscheuchen.

Wenn überhaupt ein Anwalt eingeschaltet wird.

Zwischen Eheleuten sind juristische Maßnahmen oft nicht das Mittel der Wahl. Im Streitfall geht es eher um so abstrakte Dinge wie Kindeswohl, Liebesentzug, Verweigerung ehelicher Pflichten und um was es sich im Einzelnen noch handeln mag. Psychologische Kriegsführung ist gefragt. Der mit den besseren Nerven gewinnt.

Zunächst sind Ellens Nerven noch ganz prima. Doch als am sechsten ihr Konto leer ist und der blöde Automat ihre Scheckkarte frisst, wird sie ein wenig unruhig.

»Kannst du mir tausend Euro leihen?«, fragt sie Oliver. Natürlich kann er. Gern doch.

Eine Woche später braucht sie den zweiten Tausender. Erneut: Gern doch. Er hat's ja. Auch eine Null mehr wird ihn nicht arm machen.

Oliver ist nämlich inzwischen auf beiden Augen blind, woran Roxy – der eigentlich Foxy (wegen »Foxterrier«) heißt, was er aber nicht weiß, weil Frauchen so eine nuschelige Aussprache hatte –, woran also der Hund nicht ganz unschuldig ist.

»Nun sag mal ehrlich«, hatte Oliver eines Nachts zu ihm gesagt, nachdem Ellen gegangen war und Roxy den frei gewordenen Platz okkupiert hatte, »was meinst du denn zu Ellen?«

Ja, was meinen Hunde wohl, wenn sie mit Herrchen im Bett liegen und von oben bis unten geknuffelt und geduffelt werden? Super, meinen sie natürlich. Roxy-Foxy wedelte also heftig mit dem Schwanz, und ab da stand für Oliver fest: Ellen ist ein Geschenk des Himmels. Sie ist die richtige Frau für ihn. Mutter hatte ihm durch den Hund von ganz oben diese Botschaft geschickt.

Seine Mutter, die bei der Wahl der Richtigen immer so ein goldenes Händchen hatte.

**

»Mach mal lauter«, sagt Horst.

Was siehst du vor deinem geistigen Auge, wenn der Hausvorstand diese Worte spricht? Möglich, dass die Kinder gerade vor dem Fernseher lümmeln, als der Vater reinkommt und diese Worte spricht, weil er glaubt, dass der Mensch im Fernseher was Interessantes sagt. Dem ist leider nicht so, denn die Kinder – auch Rick! – sind schon im Bett.

Es ist Ellen, an die er die Worte richtet. Sie sitzt in Omis Lieblingssessel, die Fernbedienung fest in der Hand. Insofern hat sich für Horst gegenüber früher also nur marginal etwas geändert. Die Tatsache, dass die Frau im Sessel nicht seine Mutter ist, hält er für nicht besonders entscheidend.

Ist sie aber.

Die Ehefrau von heute lässt sich von ihrem Mann nicht mehr mit »Mutti« ansprechen, und er kann froh sein, wenn er zumindest an ungeraden Tagen mal Herr über die Fernbedienung sein darf, was in diesem Fall nicht der Fall ist. Was das angeht, hat sich gegenüber früher, als Omi immer die Fernbedienung hatte, zwar auch nichts geändert, aber Ellen tut im Gegensatz zu Omi einen Teufel und springt nicht gleich, nur weil Horst etwas sagt – was allerdings, das muss ich zugeben, tatsächlich neu ist.

Ellen hat heute keinen VHS-Kurs, was schon mal gut ist. Sie verbringt den Abend mit Horst vor dem Fernseher, was auch nicht schlecht ist. Beinah möchte man meinen, es geht wieder aufwärts mit der Ehe.

»Findest du es nicht pietätlos, einfach so in Omis Sessel zu sitzen?«, fragt Horst.

»Findest du, dass dir die Ehre gebührt, weil du es warst, der sie aus dem Weg geräumt hat?«, fragt Ellen zurück.

Nein, ich denke, mit der Ehe geht es doch nicht aufwärts. Fragen mit einer Gegenfrage zu beantworten ist einer guten Diskussion äußerst abträglich und befördert das tödliche Ende eines gedeihlichen Zusammenlebens.

»Wenn das so ist«, sagt Horst und sieht Ellen ernst an, »dann sitzt vielleicht doch die Richtige in ihrem Sessel.«

»Was willst du denn damit sagen?« Ellens Lid fängt an, heftig zu zucken.

»*Du* hast zu mir gesagt: Lass dir was einfallen. Vielleicht habe ich mir *das* einfallen lassen. Damit warst du der Anstifter.«

Ellens Lid stellt das Zucken wieder ein, und sie lächelt ihn kalt an. »So nicht, mein Lieber! Es gäbe tausend andere Möglichkeiten, die man sich hätte einfallen lassen können. Das Muttersöhnchen hätte vielleicht nur mal auf den Tisch hauen müssen. Wer sagt dir denn, dass Omi uns dann rausgeschmissen hätte? Was gibt es schließlich Schöneres für eine Großmutter, als mit ihrem Sohn und ihren Enkeln zusammenzuwohnen? Normale alte Frauen freuen sich darüber und tun alles, damit sich ihre Familie bei ihnen wohlfühlt.«

Wo sie recht hat, hat sie recht, die gute Ellen. Deshalb antwortet Horst auch nur etwas lahm: »Omi war keine alte Frau.«

Ellen zuckt bloß mit den Schultern. Das Muttersöhnchen hat er ihr ohne Widerrede durchgehen lassen.

Mit den Muttersöhnchen ist das nämlich so: Wenn ihnen die Mutter abhandenkommt, werden sie zu Pantoffelhelden. Das mag vielleicht ganz schön sein für eine Frau, die ihre Freiheit genießen will. Ob es allerdings für Kinder gut ist, ein Weichei zum Vater zu haben, wage ich zu bezweifeln.

Horst

Horst ist ein Beamter. Leiter einer kleineren Abteilung mit fünf Mitarbeitern. Gehobener Beamter im höheren Dienst und damit schon so ein bisschen was Besseres. »Qualität setzt sich eben durch«, hatte er seinen Lieben daheim gesagt, als er zum Oberrat befördert wurde. Aber das ist nur die halbe Wahrheit. Und genau genommen nicht einmal das. Denn befördert wird, wer dran ist, und Horst war dran. Da spielt Qualität eine eher untergeordnete Rolle.

Ein Beamter ist immer im Dienst. Horst ist da keine Ausnahme. Er ist auch nach Dienstschluss immer im Dienst, kommentiert bei der Tagesschau die Beschlüsse der Regierung rauf und runter, findet bei sonntäglichen Spaziergängen Anlass zu weitschweifigen Erklärungen über aktuelle Baumaßnahmen entlang des Weges samt den daraus erwachsenden Vor- und Nachteilen und nervt damit die Familie, wo er kann.

Aber – und das unterscheidet ihn von dem Gros anderer Beamten – er hat handwerkliches Geschick und kann mit Werkzeug umgehen. Jetzt vielleicht nicht gerade mit Sanitär-, Elektro- und allem Pipapo-Equipment, so weit will ich nicht gehen, doch wenn es um sein Auto geht, ist er mit entsprechendem Reparatur-Equipment bestens ausgerüstet. Nicht umsonst hat er damals seinem Vater beim Studium der Lektüre »Jetzt helfe ich mir selbst« über die Schulter geschaut. Heute ist er stolzer Besitzer einer mehrbändigen Ausgabe zum Thema: »Do it yourself«. Ein zu wechselnder Auspuff ist für ihn kein Gegner.

Solch handwerkliches Geschick, gepaart mit ingenieurmäßigem Interesse, hat natürlich auch seine Nachteile. Rick kann ein Lied davon singen. Gut, dass Omi seine Drohne mit einem Satz zusätzlicher Akkus ausstaffiert hat, sonst käme er wahrscheinlich nie dazu, sie auch einmal selbst steuern zu dürfen. Aber ich will nicht zu negativ klingen. Es macht Rick natürlich auch Spaß, dass er einen Mitflieger hat und nicht allein üben muss, die Drohne auf Kurs zu halten.

»Oh … oh … neeeein«, sagt Papa gerade. Er hat sein Smartphone in die Halterung vom Keyboard der Drohne geklemmt, steht mitten auf dem Rasen vor der Terrasse und verfolgt auf dem Display, was die Drohne bei ihrem Flug über Omis Dach so alles zu sehen bekommt. Das Letzte, was sie sieht, ist eine Nahaufnahme vom Innenleben der Dachrinne, dann wird sie von selbiger gestoppt, und das Display wird so schwarz wie das Fallrohr, in dem sie steckt.

»Möchtest du auch mal ein bisschen?«, fragt Papa und reicht Rick die Steuerung. »Ich muss noch mal ans Auto ran. Ich glaube, da ist was mit der Ölwanne.«

Rick könnte kotzen. Er ist schon dreizehnmal ums Haus gelaufen, um die abgestürzte Drohne aus den Büschen im Vorgarten zu klauben, immer in der wahnwitzigen Hoffnung, dass er sie nun auch einmal fliegen darf. Doch erst jetzt, wo sie über dem Dach die Flatter gemacht hat, jetzt darf er.

Aber jetzt will er nicht mehr. So blöd ist er nun doch nicht, die Drohne vom Dach zu holen und sich dafür noch einen Anranzer von Mutti einzufangen. Die hat bestimmt etwas dagegen, dass ihr Sohn durchs Dachfenster klettert und das Fluggerät in einem waghalsigen Manöver aus der Regenrinne fischt. Und das nur, um nach zwei, drei weiteren gescheiterten Flugversuchen vermutlich erneut aufs Dach zu müssen und dadurch die blöden Klavierstunden zu verpassen.

Er knallt Smartphone und Keyboard auf den Terrassentisch und rennt ins Haus. Vielleicht kann er vor seinem Plingpling auf dem Klavier noch kurz bei Tobi vorbeischauen. Zeit genug wäre noch, und wenn er deshalb zu spät zur Klavierstunde erscheint, wen juckt das? Ihn bestimmt nicht.

***

Die Zeiten, in denen man unter einer Drohne eine männliche Biene verstand, sind endgültig vorbei. Heute sind Drohnen kleine ferngesteuerte Hubschrauber, die gucken und schmeißen. Sie gucken, wo es brennt, wo die Ernte in Gefahr ist, ob jemand verletzt ist und all diese wundervollen Dinge. Dann schmeißen sie mit Wasser oder mit Rettungswesten oder was sonst so benötigt wird. Ja, das alles machen diese putzigen kleinen Dinger. Und natürlich helfen sie den jeweiligen Vaterländern auch, sich zu verteidigen. Das ist klar.

Wen wundert es da, dass diese segensreiche Erfindung auch den Freizeitmarkt erobert hat. Und wen wundert es, dass Omi ihrem Lieblingsenkel nur das Beste, was der Freizeitmarkt bietet, auf den geburtstäglichen Gabentisch legen wollte. Natürlich hat sie sich dabei streng an die in Deutschland geltenden Vorschriften gehalten und eine Drohne von unter zweihundertfünfzig Gramm Lebendgewicht gekauft, damit Rick sie ohne Führerschein im heimischen Garten fliegen lassen darf.

Insofern alles ganz prima. Dass Papa die Drohne allerdings über das Haus fliegen lässt, wodurch sie seiner Sicht entfleucht, das hat Omi nicht ahnen können. Damit steht Horst praktisch schon mit einem Bein im Gefängnis, denn Drohnen ohne Sichtkontakt zu fliegen ist nicht erlaubt. Gut daher, dass Omi das nicht mehr mitkriegt und sich deswegen allenfalls noch ein bisschen im Grabe umdrehen kann.

Jetzt fliegt die Drohne nicht, sondern liegt in der Dachrinne. Das ist erlaubt. Gott sei Dank, möchte man meinen. Muss Horst also doch nicht ins Gefängnis. Aber das ist leider zu kurz gedacht, denn siehe da, sie muckst sich nun doch wieder, dreht vorsichtig ihre Propeller, erhebt sich unbeholfen, torkelt ein bisschen über den Dachfirst, nimmt schließlich Fahrt auf und steigt empor. Immer kleiner wird Omis Garten unter ihr. Sie könnte schon die Förde sehen, wenn sie sich ein bisschen auf die Seite legen würde. Tut sie aber nicht, sondern dreht ein paar wackelige Runden über dem

Omi'schen Anwesen und lässt den Garten langsam wieder größer werden.

Ein Pech aber auch! Da hat der Gesetzgeber geglaubt, mit einer Drohne von knapp zweieinhalb Tafeln Schokolade Gewicht ließe sich nicht viel Unheil anrichten, und muss jetzt erkennen, dass er sich getäuscht hat. Aber wer hätte schließlich ahnen können, dass die zweieinhalb Tafeln Schokolade gerade dann in Horsts Gesicht landen, als er den Wagenheber noch nicht ganz unter seinen Van geschoben hat, und die ganze kippelige Angelegenheit ins Rollen kommt.

Was eigentlich passiert ist, weiß hinterher keiner. Rick sowieso nicht, denn der war beim Klavierunterricht – oder bei Tobi, auch das lässt sich nicht so genau sagen. Lea weiß es erst recht nicht, weil sie noch zu klein ist und außerdem gerade in ihrem Zimmer war. Und Ellen natürlich sowieso nicht. Welche Frau interessiert sich schon für die Handwerklichkeiten des Gatten? Man hat schließlich Wichtigeres zu tun.

Horst weiß es schon gar nicht. Fest steht nur, dass er unter dem linken Hinterreifen seinem Beamtenstatus ein Ende gesetzt hat. Erschreckt vom Sturzflug der Drohne ist er beim Aufbocken des Hinterrades abgerutscht, unglücklich zu liegen gekommen und von dem langsam die Einfahrt hinabrollenden Van zermanscht worden. Wie die Drohne der Dachrinne entkommen konnte, kann sich keiner erklären. Aber wer weiß nicht aus eigener leidvoller Erfahrung, dass elektronische Geräte manchmal machen, was sie wollen?

Es ist schrecklich. Ellen kann Lea gerade noch zurückhalten, als sie die Treppe runtergerast kommt und zu Papa laufen will. So was ist kein Anblick für ein Kind. Die Ohren muss sie ihr auch zuhalten, weil Horst leider noch unter den Lebenden weilt, zumindest stimmlich. Deshalb sind es die Nachbarn, die schließlich den Krankenwagen rufen.

Sowie ein Notruf in der Zentrale eingegangen ist, beginnt ein Wettlauf der besonderen Art. Polizei und Rettungswagen kämpfen um den ersten Platz am Einsatzort, denn beide wollen retten, was zu retten ist. Doch während die Rettungskräfte vor allem das Unfallopfer im Sinn haben, will die Polizei möglichst viele Spuren sichern, sollte es welche zu sichern geben.

Bei allem sportlichen Ehrgeiz darf natürlich die Pietät nicht ganz aus den Augen verloren werden. Macht keinen guten Eindruck, wenn die Polizei schon mit Kamera und Maßband herumfuhrwerkt, während der Verunfallte noch schreiend unterm Auto liegt.

In unserem Fall hat der Rettungswagen gewonnen – für die Polizei an sich ist das schlecht, weil sie hilflos zusehen muss, wie die Sanitäter mit ihren schweren Stiefeln mögliche Spuren zertrampeln, das Beweismaterial unter dem Wagen hervorzerren und ins Krankenhaus entführen.

Für den einzelnen Polizisten hingegen ist es recht entlastend. Alle schrecklichen Anblicke bleiben hinter den Türen des Rettungswagens verborgen. Aber wenn es Belastendes gab, ist das natürlich zum Teufel.

Um der eigentlichen Aufgabe wenigstens noch ein bisschen nachzukommen, schießt ein Polizist ein paar Fotos von Wagenheber samt Van, während ein anderer die herumliegenden Werkzeuge einsammelt und eine Drohne unter dem Auto hervorklaubt, die dort auf dem Rücken liegend alle viere von sich streckt.

Nachdem diese etwaigen Beweisreste im Dienstwagen verstaut sind, rückt auch die Polizei wieder ab.

Wer will schon beurteilen, ob es einen Unterschied gemacht hätte, wenn der Rettungswagen früher gerufen worden wäre? Ellen bestimmt nicht. Sie sitzt auf dem Küchenstuhl und steht völlig neben sich, als Rick von der Klavierstunde nach Hause kommt.

So desolat hat Rick seine Mutter noch nie erlebt, nicht einmal zu Omis besten Zeiten.

Der Vater schwer verletzt im Krankenhaus, die Schwester von hysterischen Weinkrämpfen geschüttelt, während die

Mutter apathisch vor sich hin starrt, das würde den stärksten Mann aus den Schuhen hauen. Für einen kleinen Jungen, selbst wenn er schon dreizehn ist und abends eine Stunde länger aufbleiben darf, ist das mehr, als er verkraften kann. Rick tut intuitiv das Richtige. Er ruft Oliver an.

**

Oliver kommt mit Foxy. Ein Hund ist ein Therapeut der besonderen Art. Er kuschelt sich in Leas Arm und leckt ihr die Tränen vom Gesicht, während sie ihn küsst und streichelt. Mit freundlichem Lächeln und munter wedelndem Schwänzchen holt er Stöckchen, die Rick für ihn geworfen hat, aus den Rabatten. Bald sind die Kinder wieder einigermaßen auf dem Damm, sodass Oliver Zeit hat, Ellen eine Beruhigungsspritze zu geben, den Wagen von der Werkstatt abholen zu lassen und mit dem Gartenschlauch die Einfahrt sauber zu spritzen.

»Wollt ihr heute Nacht alle bei mir schlafen?«, fragt er, als alles erledigt ist. Ja, das wollen sie. Die Kinder werden mit dem Hund zusammen in sein ehemaliges Kinderbett gequetscht, und Ellen und Oliver quetschen sich in das ehemalige Elternbett, das Oliver zu seinem Hauptschlafplatz bestimmt hat, seit seine Mutter nicht mehr ist.

Drei Tage später ist Horst tot.

»Kieler Beamter bei heimischen Reparaturarbeiten zu Tode gekommen«, steht im Kieler Käseblättchen. »Er hinterlässt eine Frau und zwei Kinder. Alle drei untröstlich.«

Natürlich sind sie untröstlich. Nicht nur sowieso, denn ein toter Verwandter hinterlässt immer untröstliche Familienmitglieder, sondern auch, weil … also, wie soll ich es sagen? Vielleicht so: Eine Witwenpension ist heute nicht mehr das, was sie früher einmal war. Fünfundfünfzig Prozent von Horsts voraussichtlichem Ruhegeld sind genau genommen beinah nur die Hälfte. Und die zwölf Prozent Halbwaisenrente machen den Kohl auch nicht wirklich fett. Damit kann man keine großen Sprünge machen.

Allerdings hat sich mit Horsts Tod eines denn doch entscheidend verbessert: Nach Omis Tod ist ihr Erbe an Horst gegangen, und für Ellen hat sich finanziell eigentlich nicht wirklich viel geändert. Schließlich kann kein liebender Sohn so herzlos sein, Mutters hinterbliebenen Schmuck oder ihr Bankdepot zu verramschen, nur um die Haushaltskasse aufzubessern. Eine Schwiegertochter und jetzt frischgebackene Witwe hat da weniger Skrupel.

Aber so weit will Ellen gar nicht denken. Was allerdings merkwürdig ist. Vielleicht will sie nur deshalb nicht so weit denken, weil sie schon seit Längerem so weit gedacht hat.

Ellen geht einkaufen, um den Kleiderschrank dem Anlass entsprechend schwarz einzufärben. Was da alles zu bedenken ist und zusammenpassen muss! Selbst in Unterwäsche trägt sie Trauer, was ihr nebenbei bemerkt ganz großartig steht.

Die Sachen präsentiert sie Oliver in dessen ehemaligem Elternschlafzimmer und lässt sie auch gleich da. Denn noch etwas hat sich nach Horsts Tod entscheidend geändert: Was als Erste Hilfe für die verzweifelten Hinterbliebenen gedacht war, entwickelt sich allmählich zur Dauereinrichtung. Eine Frau und zwei Kinder fluten Olivers stille Heimstatt.

Ellen hat viel zu tun. Wer einmal einen lieben Verwandten unter die Erde bringen musste, weiß, wovon ich rede. Außerdem muss natürlich der Betrieb, also die beiden Kinder und deren Wohl, das ganze tägliche Leben – das muss alles nebenher weiterlaufen. Wer kann es Ellen da verdenken, wenn sie das nicht so ohne Weiteres verkraftet und Olivers Beistand braucht? Selbstverständlich ist es da selbstverständlich, diesem Beistand Tag und Nacht nahe zu sein.

Allerdings fühlt Oliver eine zunehmende Unruhe in sich aufkeimen, als Ellen langsam, aber sicher etliche Teile ihres Hausstands in sein Heim überführt. Die Kinder lagern ihre Spielzeuge bei ihm, und Ellen rückt mit immer mehr Kochutensilien an. Da ist die Lieblingspfanne, in der nichts anbrennt und ohne die ein weiteres Leben für sie nicht möglich ist, der Topf, der gerade die richtige Größe hat, und natürlich der Ferrari unter den Küchenmessern.

»Wann wollt ihr denn wieder zurück in euer eigenes Haus ziehen?«, fragt Oliver, nachdem Horst nun schon vier Wochen im Familiengrab neben Omi seine letzte Ruhestätte aufgeschlagen hat.

KOK Janssen

KOK Janssen ist Kriminaloberkommissar und kann über das KOK wirklich froh sein, denn der Name Janssen allein beeindruckt hier oben niemanden, das ist bei uns so ein bisschen wie Huber in Bayern. Ich will nicht behaupten, dass in Norddeutschland jeder Zweite Janssen heißt. Es sind auch noch etliche Petersens und ein paar versprengte Drewsens, Ingwersens und Lürsens darunter, aber wenn man mal ehrlich ist: Janssen ist doch eher nur so eine Art Sammelbegriff.

Das »-sen« von Janssen und Petersen kommt aus dem ganz, ganz hohen Norden, wo Kinder immer nach ihren Eltern benannt wurden. Das werden sie bei uns zwar auch, aber im ganz, ganz hohen Norden nahm man dazu nicht den Nach-, sondern den Vornamen. Bei den Kindern von einem Jan war das dann Janson für den Bub und Jandatter für das Mädel. Der »-son« ist inzwischen meist zu »-sen« mutiert, bisweilen konnte er sogar nur sein »s« – wie in Peters – retten, aber es gibt ihn immerhin noch. Damit hat er es deutlich besser getroffen als die Tochter, denn Jandatter oder Drewdatter heißt praktisch niemand.

Unser KOK Janssen hat außer dem KOK auch noch ein zweites s im Namen und kann stolz darauf sein, obwohl man natürlich nur schwer erahnen kann, woher es kommt. Vielleicht hieß es ursprünglich »Jan sein Sohn« oder »Jans Sohn«, oder vielleicht hat der Urgroßvater einfach nur gestottert. »Wie heißen Sie?« – »Jan-s-sen.«

Ein Kieler KOK hat nicht wirklich viel um die Ohren. In der Kieler Mordstatistik müssen die schweren Körperverletzungen mit den Morden zusammengeschmissen werden, sonst wäre darin überhaupt nichts zu finden. Darum geht es einem Kieler Kriminaloberkommissar ein bisschen wie Frau Petersen in der Serie »Mord mit Aussicht«: Er kann die Aussicht auf einen Mord, wenn sie sich wunderbarerweise auftut, nicht ungenutzt an sich vorbeiziehen lassen.

Bisher hatte Kriminaloberkommissar Janssen immer ein bisschen ein schlechtes Gewissen, wenn er sich nach dem ausgiebigen Frühstück in der Kantine über die »Kieler Nachrichten« hermachte. Doch jetzt erkennt er, dass ausgiebige Frühstücke und intensive Zeitungslektüre zu den primären Aufgaben eines verantwortungsvollen Beamten gehören.

Wie er dem Kieler Käseblättchen entnehmen kann, bevölkert ein ständiger Nachschub an Toten die ehrwürdige Familiengruft derer von Weinstein. Erst liest er die bramsige Todesanzeige der alten von Weinstein, dann einen Monat später den Bericht über die untröstlichen Hinterbliebenen des jungen von Weinstein, und heute hört er am Nachbartisch in der Kantine das Schludern über die mopsfidele Weinstein'sche Witwe.

Da sollte man doch mal nachhaken.

»Na, meine Kleine, lässt du den Onkel mal rein?«, fragt KOK Janssen mit seinem gütigsten Lächeln, als Lea auf sein Klingeln hin die Haustür einen schmalen Spalt öffnet.

»Nein«, sagt Lea und knallt die Tür wieder zu.

Sie lässt niemanden rein, weil Mami das streng verboten hat. Seit Omi tot ist, die selbstverständlich immer jedem die Tür geöffnet und ihn hereingelassen hat, sind fremde Leute im Haus nicht mehr willkommen. So ein Unsinn, finden Lea und Rick. Als ob Omi sich jemals besser gegen Räuber und Mörder hätte zur Wehr setzen können als sie. Als ob Omi jemals etwas hätte verhindern können, was Lea und Rick nicht genauso gut oder besser zu regeln wissen. Aber Mütter sind eben merkwürdig, und Mami macht da keine Ausnahme. Leider.

Lea ist ein braves Mädchen und lässt niemanden herein, aber schauen will sie schon. Könnte ja wer Interessantes sein. Einer, der mal ein bisschen Schwung in die Bude bringt. Denn es ist ein bisschen langweilig geworden – so ohne Omi. Früher konnte Lea sofort nach der Schule nach Hause kommen, denn Omi war da. Jetzt muss sie im Hort warten, bis Rick sie einsammelt. Zu Hause angekommen, verschwindet er im Garten oder in seinem Zimmer, und es dauert endlos, bis endlich Mami kommt.

»Wer war das?«, fragt Rick. Er hat im Garten das Klingeln gehört und kommt angewetzt, als Lea gerade die Tür zuknallt.

»Ein großer, dicker Mann«, sagt Lea.

Nicht wirklich korrekt, wie sie ihn beschreibt, denn KOK Janssen ist zu seinem Kummer nicht wirklich richtig groß, aber Gott sei Dank auch nicht übermäßig dick. Von allem ist er mehr so mittel. Doch aus dem Blickwinkel von Leuten mit ungefähr einem Meter Größe und knapp zwanzig Kilo ist die Beschreibung vielleicht nicht ganz falsch.

»Was wollte er?«, fragt Rick.

Lea zuckt mit den Schultern.

Rick legt die Kette vor und öffnet die Tür wieder einen kleinen Spalt. Der mittelgroße, mitteldicke Mann steht immer noch da, hat aber inzwischen einen Ausweis in der Hand.

»So, mein Kleiner. Ich bin die Polizei. Dann lass mich jetzt mal rein.«

Tja, das hätte unser KOK Janssen vielleicht nicht sagen sollen, denn mit der Anrede »mein Kleiner« ist er nun auch bei Rick völlig unten durch. Wie Lea knallt Rick ihm die Tür vor der Nase zu.

Jetzt ist es KOK Janssen, der mit den Schultern zuckt – und den Rückzug antritt. Ich komme wieder, denkt er und fühlt sich einen Augenblick lang nicht mehr klein und dick, sondern stark und schön wie Arnold Schwarzenegger.

Solch ein ungebetener Gast geht an Kindern, selbst wenn sie ihn draußen stehen lassen, nicht spurlos vorüber. Die beiden sind ganz aufgeregt, als Ellen mit den zwei Essensboxen eintrudelt.

»Ein Polizist ist gekommen«, sagt Rick.

»Der war ganz böse«, erzählt Lea.

»Ein richtiges Arschloch«, bestätigt Rick. Eigentlich hätte er erwartet, für das »Arschloch« einen Rüffel zu bekommen, doch Mutti setzt sich nur wortlos an den Tisch und bekommt diesen »Omi-Look«, wie er das nennt. Schaut starr vor sich hin, zuckt mit dem linken Augenlid und gibt keinen Mucks von sich. Dann, plötzlich, springt sie auf, strahlt beide an, stellt die Warmhalteboxen in den Kühlschrank und holt mit einem »Na, dann woll'n wir mal« Schrubber und Eimer aus der Besenkammer.

Während Rick zusieht, wie seine Mutter unter dem Küchentisch kniet und dort hektisch groß reinemacht, reift in ihm die Gewissheit, dass er schnellstmöglich für ein Jahr mit Tobi nach Kanada muss. Vielleicht sollte er sogar ein komplettes Auswandern in Betracht ziehen, denn Mutti hat leider eine totale Klatsche.

***

Erst drei Tage später schafft es KOK Janssen, den richtigen Moment abzupassen: Ellen ist schon da und noch nicht – zusammen mit den Kindern – wieder weg. Nicht ganz einfach, dieses schmale Zeitfenster zu erwischen, aber zum Glück läuft für Ellen der Tag immer nach dem gleichen Schema ab: Zähne putzen bei Oliver, frühstücken bei Oliver, dann ab ins Büro beziehungsweise in Schule und Praxis, Mittagstisch mit Oliver in einem der zahlreichen Kieler Gastronomiebetriebe, während die Kinder zu der nicht mehr vorhandenen Omi gehen und dort auf Mutti beziehungsweise Mami und das mitgebrachte Essen warten. Der Rest des Nachmittags wird mit weiterem Warten verbracht, bis sich endlich alle gemeinsam wieder auf den Weg zu Oliver machen, der bald aus der Praxis zu sich nach Hause kommen wird.

Alle amüsanten Aktivitäten für Kinder wie Freunde besuchen, Musik hören, im eigenen Zimmer abhängen und so weiter fallen weitgehend flach. Allenfalls können Rick und Lea der Mutter und Oliver beim Turteln zusehen, und Rick kann auf seinem Handy rumdaddeln. Dann aber ab ins Bett (vor neun!). Ein richtiges Scheißleben für die beiden, wenn du mich fragst.

KOK Janssen klingelt zur richtigen Zeit – um drei Minuten nach vier, um genau zu sein – bei den von Weinsteins in Düsternbrook, und siehe da, es wird ihm aufgetan, denn Ellen ist zur Tür gegangen. Sie kann nicht sagen, dass sie niemanden reinlassen darf, weil ihre Mutter nicht da ist.

»Ihre Schwiegermutter«, sagt KOK Janssen nach der zweiten Tasse Kaffee zu Ellen, »wie ist die eigentlich so plötzlich verstorben?«

»Herzversagen«, antwortet Ellen bestimmt.

»Soso«, sagt KOK Janssen und kratzt sich nachdenklich am Kopf. Herzversagen ist die beliebteste Todesursache in Deutschland, dicht gefolgt von Krebs.

Und ziemlich bald danach kommt dann auch schon die Säuferleber.

»Das wissen Sie«, fragt der Kommissar gedehnt, »woher?«

»Aus dem Totenschein.« Ellens Hand zittert, als sie das sagt, aber Janssen sieht es nicht. Er beobachtet Lea. Das Kind sitzt neben der Mutter auf dem Sofa, hat sich aber möglichst weit von ihr entfernt in die Sofaecke gequetscht. Leas Gesichtsausdruck ist teilnahmslos, doch aus ihren Augen laufen unaufhörlich Tränen.

Das kennt Janssen nur zu gut. Seine Töchter waren auch solche Heulsusen. Furchtbar. Nun sind sie Gott sei Dank alle aus dem Haus, aber wenn er an die Zeit zurückdenkt, als sie noch so klein waren wie Lea – schrecklich. Ein Theater, die ganze Zeit! Immer plärrte eins, und seine Frau war außerstande, die Bande zu zähmen.

Doch dieses Mädchen weint anders, als er es kennt. Irgendwie so ... erwachsen. Die weint nicht, weil der Bruder ihr zwei Bonbons aus ihrem Süßigkeitenversteck gemopst hat, denkt er. Die weint aus tiefem Kummer.

»Was ist eigentlich mit Ihrer Tochter los?«, fragt KOK Janssen.

»Was soll mit ihr los sein?«, giftet Ellen. »Sie hat kurz hintereinander ihre Großmutter und ihren Vater verloren. Da weinen kleine Mädchen manchmal.«

»Aber Sie«, sagt KOK Janssen, »Sie weinen nicht?«

»Was wollen Sie denn damit andeuten?«, fragt Ellen empört und springt auf. »Verlassen Sie sofort mein Haus!«

Janssen rudert zurück. »Entschuldigen Sie bitte, das war geschmacklos von mir«, sagt er entschuldigend. »Aber da wir gerade davon reden: Das stimmt. Jetzt ist es *Ihr* Haus.«

Ellen plumpst aufs Sofa zurück und erstarrt. Wieder dieser Omi-Look, Blick nach innen gekehrt, zitternd. Sie schiebt ihre Kaffeetasse hin und her, dreht das Milchkännchen in Nord-Süd-Richtung und richtet die Kaffeelöffel senkrecht zur Tischkante aus. Immer wieder von Neuem. Mit höchster Konzentration.

»Mami«, schreit Lea und wirft sich ihr in die Arme. »Ich … ich … ich hab doch …«

Was Lea doch hat, kriegt KOK Janssen nicht mehr mit. Das ist ja alles noch viel schlimmer, als es bei ihm zu Hause je war.

Fluchtartig verlässt er den ganzen Wahnsinn und fährt zurück aufs Revier.

***

Der Herr Kriminaloberkommissar mit Aufstiegschancen zum Kriminalhauptkommissar sitzt hinter seinem Schreibtisch und denkt nach. Da er am besten nachdenken kann, wenn er es schriftlich tut, zieht er ein Stück Papier aus der Schublade und kaut an seinem Bleistift.

Ist überhaupt irgend so etwas wie ein Mord passiert? Diese Frage windet sich nach einer halben Stunde intensiven Denkens aus ihm heraus. Um diesen Aspekt nicht aus den Augen zu verlieren, schreibt er ihn in Kurzform auf das Blatt Papier: »Mord?«

Einen Mord an dem Jungen von Weinstein kann er ausschließen. Das war ein Unfall. Tragisch – auch für ihn als Leiter der Mordkommission –, aber so ist es nun mal. Beim Tod der Mutter, der alten von Weinstein, könnte schon eher etwas für ihn herausspringen. Die alte Dame soll ja nach Aussage der Nachbarn fit gewesen sein wie ein Turnschuh. So was setzt sich doch nicht in seinen Lieblingssessel und verendet sang- und klanglos an Herzversagen.

KOK Janssen wühlt sich durch die Akte, die die Polizei bei Horsts Tod angelegt hat. Die befragten Nachbarn konnten sich gar nicht genug über die tragischen Todesfälle im Hause derer von Weinsteins entsetzen. So eine nette Familie. Der Mann so ein reizender Gatte und Vater. Die Mutter so eine gütige Frau, selbstlos bis zum Gehtnichtmehr und für ihr Alter mächtig auf Zack.

Nein, nirgends ist ein Hinweis auf eine eventuelle Obduktion der alten Dame zu finden. Warum auch? Menschen ab siebzig sterben in Deutschland grundsätzlich an Herzversagen oder Lungenentzündung, wenn sie keinen Krebs haben. Da muss man gar nicht lange dran rumfackeln. Das ist ganz normal. Ein Arzt, der den Totenschein ausfüllt, hat schließlich nicht den ganzen Tag Zeit, sich irgendwelche spezielleren Todesursachen auszudenken.

Als Janssen jedoch den Namen des Arztes liest, der den Totenschein ausgestellt hat, wird er stutzig. Von dem hat er doch schon mal was gehört. Richtig! Beim Frühstück in der Kantine am Nebentisch. Das ist doch der Lover von der mopsfidelen Witwe.

Ach nee! So langsam wird ein Schuh draus. Da könnte also doch irgendwer die Omi ins Jenseits befördert haben, und dieser Oliver hat ein Gefälligkeits-Herzversagen diagnostiziert. Was tut man nicht alles für seine Loverin. Oder er hat vielleicht sogar selbst Hand angelegt. Ein Arzt weiß schließlich genau, wie so was geht. Aber nein, der hätte ja wohl eher am Gatten der Loverin seine Künste ausprobiert. Aha! Vielleicht war das doch kein Unfall, und der junge von Weinstein ist doch ermordet worden. Da sollte er auch mal nachhaken. Aber später. Jetzt erst mal die alte von Weinstein.

Er stiert auf sein Blatt und fragt sich: Wer war's?

Vielleicht war es Ellen. Aber was hätte die davon? Vom Tod der alten Dame hatte im Grunde niemand was. Sie soll doch so eine großzügige Frau gewesen sein, hat alle bei sich wohnen lassen, die ganze Mischpoke reichlich beschenkt, war für die Familie die reinste Freude. Nein, bei der hat niemand ein Mordmotiv.

Trotzdem ist sie tot.

So schnell kann KOK Janssen gar nicht denken, wie die Gedanken in seinem Kopf kreisen. Nur ungern verabschiedet er sich von der Hoffnung, dass ein Mord passiert ist. Schon will er ein »Nein« hinter den »Mord?« setzen, da fällt ihm die nachmittägliche Szene wieder ein.

Ellen hat wie paralysiert die Gedecke hin und her geschoben, und auch Leas Verhalten war in höchstem Maße seltsam. Beinah so, als hätte sie mit ihrem »Ich hab doch …« den Mord gestanden. Merkwürdig, sehr merkwürdig. Dass kleine Mädchen zu manchem fähig sind, weiß er von seinen drei Töchtern. Aber dass sie auch morden können, hätte er bisher nicht gedacht.

Was es alles gibt!

Lass uns noch mal einen Blick auf Janssens Gedankenstütze werfen. »Mord?«, steht da auf seinem Denkpapier. Und wenn du mich fragst: Das ist mehr als genug. Es muss schließlich als Erstes geklärt werden, ob es tatsächlich Mord war. Alles Weitere wird sich finden.

Damit sich das Weitere auch wirklich finden wird, lässt KOK Janssen Omi exhumieren.

* * *

Nun ja. Exhumieren. Was heißt das schon? Bei einer Bestattung in einer Familiengruft ist nicht sehr viel Humuserde im Spiel. Trotzdem nicht wirklich erfreulich. Alte Menschen sind bekanntlich jenseits von Gut und Böse. Nach längerer Lagerung sind sie auch jenseits von frisch und duftig, im Grunde schon regelrecht angegammelt und stinkig – nicht schön, alles in allem –, aber was soll's. Job ist Job. Und so ein Rechtsmediziner hätte ja auch Schönheitschirurg werden können – wie Oliver. Also ein bisschen selbst gemachtes Leid, wenn Herr Övelkötter nun an Omi rumfummeln muss. Nach mehreren Stunden intensiver Arbeit landet sein Bericht auf Janssens Schreibtisch.

Omi ist erwürgt worden. Allerdings nicht von zarter Kinderhand. Die Abdrücke auf ihrem Hals beziehungsweise auf dem, was davon noch übrig ist, passen eher zu den Pranken eines Bären, sodass Lea und Ellen wahrscheinlich aus dem Schneider sind. Schade eigentlich, das hätte die Sache so schön einfach gemacht.

Erneut kramt er sein Denkpapier hervor. Hinter den »Mord?« malt er gewissenhaft ein »Ja«.

Dann steht er auf.

Er wird diesem Oliver mal genauer auf die Finger sehen müssen.

Gerade will er sich seinen Mantel schnappen und zur Tat schreiten, da fällt sein Blick auf einen ekligen großen schwarzen Käfer, der in einer Kiste neben den Akten im Regal hockt.

Was ist das denn Widerliches?

Tja, das kommt davon, wenn Männer sich bei der Erzeugung ihrer Kinder nur zu Mädchen aufraffen können und daher über Jungsspielzeug nicht so richtig Bescheid wissen. Ich weiß, solche Äußerungen lassen richtige Emanzen jetzt reihenweise in Ohnmacht fallen. Doch seit ich meiner kleinen Nichte mal einen Trecker geschenkt habe, den sie jeden Abend zugedeckt und ihm liebevoll »Gute Nacht« gewünscht hat, glaube ich, dass Spielzeugwünsche angeboren sind.

KOK Janssen kennt sich jedenfalls mit ekligen großen Käfern nicht aus und ist erst nach eingehender Befragung des Internets in der Lage, ihn als Drohne anzuerkennen.

»Die Drohne wurde unter dem Wagen des verunfallten von Weinstein sichergestellt und weist keinerlei Auffälligkeiten auf.« Das jedenfalls behauptet die KTU auf dem Beipackzettel.

Er beschließt, von Olivers Fingern erst mal die Finger zu lassen und zunächst dafür zu sorgen, dass er die Drohne wieder loswird. Mit solchem Ungeziefer möchte er sein Zimmer so kurz wie möglich teilen.

»Na, meine Kleine, lässt du mich mal rein?«, fragt KOK Janssen mit seinem gütigsten Lächeln, als Lea auf sein Klingeln hin die Haustür einen schmalen Spalt öffnet.

»Nein«, sagt Lea. Sie lässt niemanden rein. Basta.

Ja, wir können stolz auf unsere Kinder sein. Die machen heutzutage, was die lieben Eltern sagen. Noch stolzer könnten wir natürlich sein, wenn sie nicht einmal die Tür öffnen würden, denn es gibt böse Menschen, die ganz gern mal den Fuß in die Tür schieben, und ab dann ist daddeldu.

Nun kann es natürlich sein, dass du keine Eltern hast, die dir sagen, dass du niemanden reinlassen darfst, und du bist vielleicht schon groß. In diesem Fall hilft ein Blick ins Grundgesetz. Artikel 13 gewährleistet die Unverletzlichkeit der Wohnung. Heißt: Bei dir zu Hause darf niemand rein, wenn du das nicht willst. Normalerweise ist das jedem klar; wenn Mörder, Vergewaltiger oder Zeitungsverkäufer vor der Tür stehen, dann muss man die nicht reinlassen. Aber – man höre und staune – auch die liebe Staatsgewalt muss man nicht reinlassen. Mag man gar nicht glauben, wenn man in deutschen Fernsehkrimis sieht, wie die Kriminalkommissare mit den Worten »Ist Ihnen doch recht« schwuppdiwupp in die Wohnung des mutmaßlichen Buschermanns gehen und mal eben unters Bett schauen oder im Badezimmer die Haare aus der Bürste klauen.

Nun kann man von einem sechsjährigen Mädchen nicht erwarten, dass es sich schon so richtig gut mit dem Grundgesetz auskennt. Da muss das Verbot der Mami, fremde Leute in die Wohnung zu lassen, reichen. Und siehst du: Gerade da liegt der Hase im Pfeffer.

Lea kommen nämlich Zweifel. Sie linst unschlüssig durch den Türspalt. Das ist doch der Onkel, den sie schon mal nicht reingelassen hat, woraufhin Mami, als sie das gehört hat, unter dem Küchentisch ganz lange am Fußboden rumgewischt und dabei geweint hat. Das wäre allemal ein Grund, ihn nie wieder hereinzulassen. Andererseits hat Mami ihn dann ja später selbst hereingelassen. Außerdem hat Mami gesagt, dass Lea Bekannte natürlich reinlassen muss, und bekannt ist er ja nun, der Onkel KOK, wenn auch wahrscheinlich kein guter Bekannter. Gute Bekannte bringen in aller Regel niemanden zum Weinen.

Während Lea noch schwankt, ob oder ob nicht, holt Janssen die Drohne aus der Tasche und sagt: »Meine Kollegen haben sie von Kopf bis Propeller untersucht. Jetzt will dein Bruder sie sicherlich wiederhaben.«

Diese Worte geben den Ausschlag. Wenn Lea ihm jetzt die Tür vor der Nase zuknallt, redet Rick nie wieder ein Wort mit ihr. So viel ist mal klar. Sie zieht also die Tür weit auf, wedelt galant mit dem rechten Arm und versucht einen Kratzfuß, wie sie ihn mal im Fernsehen in einem Historienschinken gesehen hat. »Bitte sääähr, der Herr.«

»Wir sollten mal schau'n, ob sie noch fliegt«, sagt KOK Janssen. »Wer weiß, was die Spusi alles mit ihr angestellt hat.« Er kneift schelmisch ein Auge zu und geht durch die Küche direkt in den Garten, wo Rick ihm schon entgegenkommt.

Anders als damals Papa überlässt KOK Janssen Rick die Drohne, damit er sie steuern kann. Mehr noch: Janssen bestaunt seine Flugkünste. »Wow«, sagt er, »das kannst du ja wirklich prima«, und klaubt die Drohne nach mehreren kunstvoll gedrehten Schleifen aus den Rabatten. Rick, der sein Urteil von neulich langsam überdenkt, darf sogar sein Handy holen und dem Kommissar, der anscheinend doch kein so richtiges Arschloch ist, zeigen, was die Drohne mit ihrer Kamera alles zu sehen bekommt, während sie hoch über dem Rasen dahingleitet.

»Toll«, sagt der KOK. »Ich bin schwer beeindruckt. Darf deine kleine Schwester auch mal damit spielen?«

Spielen? Also wirklich, Herr Kommissar, wie kann man nur? Einen Stein nach dem anderen hat er bei Rick ins Brett gekriegt, indem er seine Flugkünste bewunderte. Und nun – plumps – alle wieder draußen. Er ist eben doch nur ein richtiges Arschloch.

Rick hält Lea die Steuerungskonsole hin. »Da«, sagt er unwillig. »Aber nur ganz kurz, und mach ja nichts kaputt.«

Lea hat die ganze Zeit in respektvollem Abstand neben den beiden gestanden und schweigend den Flug der Drohne beobachtet. Als sie jetzt von ihrem Bruder die Herrschaft über den schwarzen Flieger unter die Nase gehalten kriegt, weicht sie erschrocken zurück und will sich hinter dem Kommissar verstecken. Gerade noch rechtzeitig fällt ihr ein, dass der ja der ist, der Mami mal unter den Tisch getrieben hat, wo sie geputzt und geweint hat. Blitzschnell entscheidet sie, lieber unter den Gartentisch zu kriechen und ein wenig zu weinen. Das Putzen lässt sie weg.

»Was ist denn hier los?« Ellen steht oben an der Treppe, die über die Veranda hinunter in den Garten führt, und stemmt die Fäuste in die Taille.

»Ich habe Ihre Drohne zurückgebracht«, sagt KOK Janssen. »Ihr Sohn ist ja ein wahrer Meister der Flugkunst. Möchten Sie sie auch mal fliegen lassen?« Er hält ihr die Drohne hin.

Langsam steigt Ellen die Stufen hinab und klaubt Lea unter dem Gartentisch hervor. »Ich finde das unerhört«, sagt sie, während sie Lea sanft streichelt, die sich an sie schmiegt und nur vorsichtig von hinten um Ellens Hüfte herumlugt. »Sie dringen hier ein, während ich nicht da bin, und wagen es, die Kinder mit der Drohne zu erschrecken. Ihr Vater ist dadurch zu Tode gekommen.«

»Aber gnädige Frau«, sagt Janssen, »ich wollte doch nur –« Er bricht ab. »Ihr Sohn hat so viel Spaß daran. Er kann wirklich gut damit umgehen.« Janssen macht einen total hilflosen Eindruck. »Sie sollten es auch mal probieren«, sagt er schließlich und hält ihr erneut den Flieger hin.

»Ich sollte überhaupt nichts«, sagt Ellen und drückt Lea, die inzwischen angefangen hat zu weinen, fest an sich. »Ich habe keine Zeit für solchen Unsinn. Und Sie«, sagt sie und strafft sich, »Sie sollten jetzt verschwinden. Rick, sei doch bitte so nett und begleite den Herrn Kommissar zur Tür.«

Donnerwetter. Bewundernd sieht Rick seine Mutter an. Er hatte schon befürchtet, dass Mutti diesmal verstört mit dem Rasenmäher über die Rabatten bügelt. Aber nein, sie steht da, kerzengerade, und schmeißt den Kommissar raus. Das hätte er ihr gar nicht zugetraut. Vielleicht muss er doch nicht nach Kanada auswandern.

Als Mutti dann aber den Inhalt der obligatorischen Essensboxen in Teller umfüllt und zur Eile mahnt, weil Oliver heute früher aus seiner Praxis nach Hause kommt und sie daher noch zeitiger als sonst aufbrechen müssen, beschließt er, noch einmal darüber nachzudenken.

***

KOK Janssen ist wieder im Kommissariat angekommen, grüßt nur kurz im Vorbeigehen die Abteilungsassistentin und steuert zielstrebig auf sein Büro zu. Er muss sich schnell ein paar Notizen über seine Erkenntnisse dieses Nachmittags machen, solange der Eindruck noch frisch ist.

Nachdenklich zieht er sein Denkpapier aus der Schublade. »Mord? Ja«, steht bisher drauf. Das ist nicht viel. Genau genommen gar nichts. Da steht ja nicht einmal der Name des vermeintlich Ermordeten. »Frau von Weinstein« passt gerade noch in die Zeile darüber. Dann lässt er eine Handbreit frei und schreibt »Horst von Weinstein« und »Mord?«.

Er kaut an seinem Stift. Soll er »Ja« oder »Nein« schreiben? Horst ist beim Hantieren mit dem Wagenheber auf abschüssiger Einfahrt von seinem Wagen überrollt worden. Das ist zwar blöd, aber doch eindeutig ein Unfall. Ein bisschen merkwürdig ist allenfalls die Spielzeugdrohne unter dem Auto.

Im Geiste lässt der KOK die Flugschau an sich vorbeiziehen, die ihm im Hause beziehungsweise Garten derer von Weinstein geboten wurde.

»Rick« wäre ein Kandidat für den Mord. Der hätte das super hinkriegen können, so wie der sich mit der Drohnenlenkung auskennt. Aber der war gar nicht da, als die Drohne sich Horsts Kopf als Ziel aussuchte. Schweren Herzens streicht KOK Janssen »Rick« wieder durch und kaut weiter.

Lea und Ellen waren da, als Papa beziehungsweise Horst überrollt wurde. Aber Janssen hat keine Ahnung, wie gut die beiden als Piloten sind.

»Ellen« könnte es getan haben. Einen Grund hätte sie sicher gehabt. An Motiven herrscht bei Eheleuten kein Mangel. Wie benimmt sich ein Mörder, dem man die Mordwaffe unter die Nase hält? Ellen hat ihm nicht den Eindruck gemacht, als ob sie Angst hatte, sie hat ihn ganz einfach an die Luft gesetzt. Außerdem ist sie eine Frau. Frauen und Technik! Das kennt man ja, und er kennt es im Besonderen. Aus seinem Vier-Frauen-Haushalt weiß er, dass der Austausch einer kaputten Glühbirne das Maximum dessen ist, das man Frauen zutrauen kann. Manchmal nicht einmal das.

»~~Ellen~~«.

Was ist mit dem berühmten großen Unbekannten? Wäre doch gut möglich, dass eine Nachbardrohne auf derselben Frequenz fliegt. Wahrscheinlich ist die gesamte Düsternbrooker Umgebung gesteckt voll mit Drohnen. Das ist todsicher das Allererste, was diese reichen Schnösel ihren Buben auf den

Gabentisch legen. Und zwar aus einem Preissegment, in dem alle die gleiche Grundeinstellung haben. So was kennt Janssen von seinem Garagentor. Als er sich dafür eine Fernbedienung zugelegt hatte, musste er lange prokeln, bis er eine geeignete Einstellung fand, bei der nicht gleichzeitig auch die Garage von Drewsen aufging. Aber soll Janssen diese Idee weiterverfolgen? Wäre schließlich ein absoluter Scheißkrimi, wenn auf den letzten Metern ein ansonsten gänzlich Unbeteiligter als Mörder aus dem Hut gezaubert würde. Nein, von dem großen Unbekannten kann er sich verabschieden.

Bleibt Lea. Was ist mit Lea? Die hat sich wieder ausgesprochen seltsam benommen, hatte richtig Angst vor der Drohne. Gut möglich, dass sie sie mit ihren Patschehändchen unglücklich gegen den Vater gelenkt hat. Aber dann wäre es kein Mord, sondern einfach nur ein Unfall. Und selbst wenn sie es geschafft hätte, das mit Absicht zu machen, wäre es kein Mord. Kinder sind in Deutschland leider nicht strafmündig. KOK Janssen hört auf, an seinem Stift zu kauen, und schreibt: »Nein«.

Arme Kieler Mordstatistik. Mit einem Mord an Horst kann sie sich nicht schmücken. Da muss man richtig dankbar sein, dass wenigstens Omis Tod dazu beiträgt, ein wenig Leben in die Statistik zu bringen.

Janssen stöhnt, holt sein kleines Notizbüchlein aus der Brusttasche und schreibt hastig etwas auf, wobei er die Zunge ein wenig zwischen die Lippen schiebt, weil er dann besser schreiben kann.

Was wird er wohl Wichtiges geschrieben haben, der Herr Kriminaloberkommissar? »O. Kallwegs Fingerabdrücke«, hat er geschrieben, damit er es nicht vergisst.

Ein Stress, das alles! Man könnte unter der Last der Vielfältigkeit der Aufgaben schier zusammenbrechen.

Martina

In der Praxis ist der Bär los. Martina hat alle Hände voll zu tun. Besonders die Einhaltung der Termine ist völlig aus dem Gleichgewicht geraten. Das liegt allerdings nicht an ihr, sondern am Chef. Oliver ist nie in dem Sprechzimmer, in dem er zu den geplanten Zeiten sein sollte, was bei zwei an der Zahl eigentlich nicht sonderlich schwierig wäre. Aber er ist nicht nur oft nicht in dem vorgesehenen Zimmer, manchmal ist er sogar unauffindbar. Und im Wartezimmer stapeln sich die Patientinnen. Ganz ungut so was, denn die Damen sind in aller Regel nicht auf Krankenschein da – Kassenpatienten wären das Warten ja gewohnt –, sondern bezahlen alles aus eigener Tasche. Da kann Termintreue erwartet werden. Entsprechend ungehalten ist die Stimmung.

»Schwester«, sagt die Frau mit den wallenden Locken mürrisch zu Martina. Seit das Fräulein als Berufsbezeichnung ausgestorben ist, pflegen die Patientinnen, die zu faul sind, auf das Namensschild zu sehen, Martina auf diese Weise anzusprechen. »Ich warte nun schon eine geschlagene halbe Stunde. Was soll das? In fünf Minuten geh ich wieder, ich hab schließlich nicht den ganzen Tag Zeit.«

»Der Herr Doktor ist zu einem dringenden Notfall gerufen worden«, sagt Martina. Das ist ihr Standardspruch, mit dem sie erst einmal wieder etwas Ruhe in den Laden bringen kann. Erstaunlich eigentlich, denn welche Notfälle kann es für einen Schönheitschirurgen schon geben? Doch allenfalls, dass eine Dame in letzter Minute erkannt hat, dass sie mit dieser Nase unmöglich heute Abend auf dem Ball erscheinen kann oder dass ihr abendliches Date mit solch einem ungehobenen Busen in einer Katastrophe enden wird.

»Wo waren Sie denn, Herr Doktor?«, fragt Martina Oliver förmlich, aber ärgerlich, wenn er endlich wiederauftaucht.

»So geht das nicht. Wir müssen doch die Termine einhalten. Es ist schließlich unser Markenzeichen, dass bei uns niemand warten muss.«

»Alles gut«, sagt er daraufhin nur und lächelt sie so verschmitzt an, dass sie dahinschmilzt.

»Soll ich Ihnen die entsprechenden Fälle heute Abend noch kurz reinreichen?«, fragt sie dann, aber neuerdings schüttelt Oliver nur den Kopf, murmelt was von »ohnehin schon spät dran« und ist abends weg, bevor sie ihn zu fassen kriegt.

Oliver hat sich verändert, seit seine Mutter tot ist. Eigentlich nicht wirklich erstaunlich, denn ein Tod bringt grundlegende Änderungen mit sich. Zuerst einmal natürlich für den Toten selbst. Der erlebt im Grunde die grundlegendste Änderung, wobei das Wort »erleben« vielleicht nicht ganz passend ist. Aber natürlich bleiben auch die nächsten Angehörigen nicht verschont. Oliver muss sein Leben neu ordnen, jetzt, wo seine Mutter nicht mehr ist.

Aber wieso, denkt Martina, wieso ordnet er es nicht mit mir?

Still hat sie ertragen, dass Olivers Mutter ihrem ganz großen Glück im Wege stand. Jetzt, da sie das Zeitliche gesegnet hat, wie man so schön sagt, jetzt sollte endlich der Tag kommen, an dem sie und Oliver ihre Liebe offenbaren.

Aber er offenbart nicht.

Alles geht weiter wie bisher. Drei Mal schon hat sie sich gesagt, dass morgen auch noch ein Tag ist, und sie hatte recht: Morgen war auch noch ein Tag, aber er ging ebenso vorbei wie der davor. Immer wenn sie gerade zum alles entscheidenden Gespräch ansetzen wollte, kam irgendwas dazwischen. Wenn sie richtig darüber nachdenkt, war Oliver nicht ganz unschuldig an dem Dazwischenkommen. Und nun ist er nicht einmal mehr zum Reinreichen zu fassen, sondern macht sich dünne. Langsam beschleicht sie der Verdacht: Der will so weitermachen beziehungsweise, schlimmer noch, der will sich »ausschleichen«, wie das der Mediziner nennt. Kennt sie von der Medikamentierung. Langsam die Dosierung verringern, sodass der Körper es gar nicht merkt, wenn er seine Ration nicht mehr bekommt.

Donnerschlag: Oliver will sich aus ihr ausschleichen.

Martina ist nicht so ein kleines dummes Häschen, wie du vielleicht glaubst. Sie ist eine MFA, eine Medizinische Fachangestellte, also eigentlich das, was man landläufig immer noch Arzthelferin nennt. Aber sie ist der Chef der Truppe. Denn sie hat's drauf. Wer nicht weiterweiß, der fragt sie. Manchmal tut das sogar der Chef.

Jetzt endlich kommt ihr ein neuer Spruch in den Sinn: Verschiebe nicht auf morgen, was du heute kannst besorgen. Als Oliver wieder zu seiner Mittagspause aufbricht, fährt sie ihm nach. Und schau mal einer guck: Da sitzt doch ihr Oliver in zärtlichem Tête-à-Tête händchenhaltend mit einer fremden Frau beim Mittagessen und schaut ihr verliebt in die Augen. Jeder nascht keck vom Nachtisch des anderen, und beide prosten sich mit Wein herzlich zu. Nein, wie herzig!

Martina beobachtet die beiden aus sicherer Entfernung mit dem Fernglas, das sie aus alten Zeiten, als sie noch mit ihrem Verflossenen über die Förde segelte, herüberretten konnte. Es ist nur ein 7 x 50, wie es für wackelige Positionen auf einem Segelboot wichtig ist. Nicht ein 10 x 50, womit sie auch die Fältchen in Ellens Gesicht sehen könnte – und ihren Ehering, den sie weiterhin trägt, so viel Pietät muss sein. Doch was Martina sieht, reicht ihr vollkommen.

Der Mistkerl hat eine andere!

Sie beschließt, dass Oliver sie kennenlernen soll. Und zwar von einer ganz anderen Seite.

Doch zuerst muss einmal der Gegner näher in Augenschein genommen werden.

Es ist nicht wirklich schwer, jemanden zu verfolgen, der das verfolgende Auto nicht kennt. Schon gar nicht, wenn der Verfolgte es eilig hat, weil ihm ein schlechtes Gewissen im Nacken sitzt und er den vom Restaurant liebevoll in Warmhalteboxen verpackten Mittagstisch noch einigermaßen warm an den Mann beziehungsweise an die Kinder bringen will.

Gewissenhaft notiert Martina die Adresse des Hauses, in dessen Einfahrt Ellen einbiegt, parkt dann ihren Wagen zwei Blocks weiter und schlendert zurück, um auch den Namen der Kontrahentin vom Klingelschild abzulesen. Ein Blick ins Internet verrät ihr, dass der Besitzer dieses elitären Anwesens ein Beamter im Landeshaus ist. Dessen Gattin hat also ein Auge auf ihren Oliver geworfen. Und das Schlimmste: Ihr Oliver hat zurückgeworfen.

Martina beschließt, dieser neuen Eroberung von Oliver mal einen Besuch abzustatten. Die soll ruhig merken, dass sie auf fremdem Terrain wildert. Schließlich ist sie verheiratet. Solche Wilderer sind verletzlich.

✳✳✳

Als Ellen die Haustür aufschließt, kommt Rick ihr entgegen. »Wir haben Besuch«, sagt er.

»So?«, sagt Ellen. »Von wem denn?«

»Ihre Tochter war so freundlich, mich hereinzulassen«, sagt die kleine Frau mit lustigem Hütchen auf den schwarzen Locken und lächelt Ellen an. »Ich bin Frau Ertel vom Umasa-Sozialforschungsinstitut. Wir führen eine Stichprobenbefragung zum Thema ›Familien in Kiel‹ durch.«

»Ach«, sagt Ellen. Während sie ihren Mantel ablegt und die Warmhalteboxen in die Küche bringt, überlegt sie, was wohl ein Räuber und Vergewaltiger in so einer Situation zu ihr sagen würde. Würde der auch sagen: »Ihre Tochter war so freundlich, mich hereinzulassen?« Ihr graut bei der Vorstellung, wie Lea mit einem Messer am Hals den Mann hereinlässt und auch sie ihn »hereinlassen« muss, während ihre Kinder entsetzt zusehen. »Ich verbitte mir, dass Sie hier eindringen und die Naivität meiner Kinder derart schamlos ausnutzen«, sagt sie. »Verlassen Sie sofort mein Haus.«

»Ja, ja«, sagt die kleine Frau und klaubt schnell Zettel und Handtäschchen zusammen. »Vielen Dank auch.« Und schon ist sie zur Tür hinaus.

»Ich habe euch doch gesagt, dass ihr nicht einfach fremde Leute ins Haus lassen dürft«, sagt Ellen, als die Frau weg ist.

»Die war aber nett«, sagt Lea und kuschelt sich an ihre Mutter.

»Nett. Was heißt denn nett? Räuber sind auch zuerst total nett, und nachher bringen sie euch um. Rick, warum hast du nicht aufgepasst, dass Lea niemanden ins Haus lässt?«

»Früher hat Omi immer aufgepasst. Was kann ich dafür, dass sie nicht mehr da ist?«

**

Martina zittert, als sie endlich ihr Auto erreicht, das sie zwei Straßen weiter weg geparkt hat. Sie reißt sich Hütchen und Perücke vom Kopf, während sie versucht, das Ergebnis ihrer Spionagearbeit zu verarbeiten. Viel konnte sie den Kindern nicht entlocken, bevor die Mutter kam und sie wieder rausschmiss. Aber das ganze Ambiente sprach Bände: Die neue Flamme von Oliver kann offensichtlich vor Geld kaum laufen, wohnt mit ihren beiden Kindern in diesem Anwesen, für das der Gatte beim Landeshaus ackert, während sie die Zeit für Fremdgänge nutzt.

Wieso hat Oliver Interesse an solch einer völlig gebundenen und vergebenen Frau? Vielleicht erinnert sie ihn an seine Ex? Männer fallen ja immer auf denselben Typ rein. Aber doch nicht Oliver! Der hat sich doch nicht von der einen getrennt, um mit der Nächsten noch mal dieselbe Scheiße durchzumachen.

... dieselbe Scheiße durchmachen ... dieselbe Scheiße durchmachen, hallt es durch ihren Kopf.

Da fällt es ihr wie Schuppen von den Augen. Gerade deswegen! Die Frau hat einen Mann und zwei Kinder. So was ist total ungefährlich für Oliver. So eine will nicht heiraten. So eine will auch keine Kinder. Die hat das ja alles schon!

Mit einem Schlag erkennt Martina: Diese Frau ist ihr über. Mit der kann sie nicht mithalten, denn sie selbst will heiraten, sie will Kinder. Und zwar bald. Die Uhr tickt, sie ist fünfunddreißig.

Scheiße. Da hat sie ihre besten Jahre mit einem Mann verplempert, der für ihre Zwecke total ungeeignet ist. Jetzt kann sie wieder von vorne anfangen.

Vernünftig, die Frau, muss ich schon sagen. Das kann nicht jede: loslassen, erkennen, dass man ein totes Pferd reitet, und endlich absteigen. Aber leider – Martina kann es auch nicht. Sie fühlt diesen Stich im Herzen, sie fühlt, dass sie Oliver liebt, und kommt schließlich zu dem verhängnisvollen Schluss: Wenn ich ihn nicht kriege, soll ihn auch keine andere haben.

Martina meldet sich krank und nimmt ihre jährliche Grippe.

＊＊＊

Wer eine Grippe nimmt, obwohl er keine hat, kommt auf dumme Gedanken. Bei Männern ist das nicht ganz so schlimm. Die fliesen einfach in der freien Zeit das Bad neu. Kein wirklich dummer Gedanke, wenn man davon absieht, dass anschließend natürlich die Gattin *ihre* Grippe nehmen muss, um die gesamte Wohnung einschließlich des Schrankinneren von dem feinen Staub zu befreien, der sich an allen möglichen und unmöglichen Stellen festgesetzt hat.

Da Martina zu ihrem Leidwesen über keinen eigenen Mann verfügt, dessen Dreck sie nach seiner Grippe wegwischen kann, hat sie Zeit für wirklich dummes Zeug: Sie geht auf Beobachtungsposten, parkt ihren Wagen strategisch günstig in einer Seitenstraße und hat so einen wundervollen Blick auf Olivers Haustür, ohne selbst gesehen zu werden. Gerade will sie ihr Buch hervorkramen, mit dem sie sich immer die Zeit des Wartens vertreibt, da sieht sie es: Statt Olivers grünem Mercedes kommt ein Van angefahren, und ihm entsteigt … Olivers neue Flamme.

Ohne zu zögern, so als ob sie es täglich tut, geht diese Ellen auf Olivers Haus zu, holt einen Schlüssel aus der Manteltasche und schließt auf. Der Terrier, der schon anfing zu bellen, als sie mit ihren Stöckelschuhen die Einfahrt hinaufgegangen ist, springt an ihr hoch und will sich vor Freude schier umbringen.

Martina bleibt die Spucke weg. Diese Ellen hat einen Schlüssel, einen Schlüssel zu Olivers Haus. Was hätte sie dafür gegeben, Olivers Schlüssel zu haben, bei ihm ein und aus gehen zu können! Und der Hund, dieses treulose Vieh, der bei ihr immer nur mal kurz mit dem Schwanz wedelt, wenn Oliver ihn wegen der toten Mutter nun öfter in die Praxis mitbringt, und dem *sie* sein Fressen gibt, der führt sich hier auf, als ob … ja, wie denn? Ganz klar: Der Hund begrüßt Ellen, als ob sie das neue Frauchen ist.

Martina schlägt das Herz bis zum Hals. So ist das also. Während sie ihrem Oliver noch Zeit lassen will, den Schmerz über den Tod seiner Mutter zu verarbeiten, hat der sich längst nach was Neuem umgesehen. Und dieses Neue ist nicht sie. Martina fühlt sich schrecklich. Oliver, dieser Mistkerl, hat sie die ganze Zeit nur benutzt, hat erst jahrelang seine Mutter vorgeschoben, und als es endlich so weit war, hat er sich lieber still und heimlich anders entschieden.

Weg, nichts wie weg hier. Sie startet den Wagen, legt den ersten Gang ein und rast davon. Erst zu Hause kommt sie wieder zur Besinnung. Diese Ellen tut so, als ob sie bei Oliver zu Hause wäre. Was sagt eigentlich deren Mann dazu?

Nichts sagt der dazu, wie sie nach einem kurzen Anruf im Ministerium erfährt. Der sagt überhaupt nie wieder was. Zu nichts. Der ist tot.

Na bravo.

Das wirft Martinas ganze schöne Erkenntnis in Sachen Olivers Bindungsunwilligkeit über den Haufen. Er muss also mehr an dieser Ellen finden als sexuelle Freuden in Unabhängigkeit.

Jetzt tut Martina das, was die meisten Frauen tun, wenn eine Konkurrentin im Spiel ist. Sie vergleicht sich mit ihr und gelangt zu der Überzeugung, dass Ellens Busen schöner, ihre Beine länger und ihr Po runder sein müssen. Diese Erkenntnis stürzt sie in tiefen Kummer.

Nach einer durchweinten Nacht meldet sich Martinas Verstand wieder. Nun gut: Längere Beine sind eben länger, dagegen ist schwer was zu machen. Aber ein nicht ganz runder Po ist heutzutage kein Schicksalsschlag mehr. Und ein schöner Busen ist quasi Martinas tägliches Brot. Damit kennt sie sich als Sprechstundenhilfe eines Schönheitschirurgen bestens aus.

Es muss in den frühen Morgenstunden gewesen sein, wahrscheinlich kurz nach dem Aufstehen, also auf dem Klo, denn dort kommen einem stets die besten Ideen. Ein Klogang ist immer gut für weitreichende Erkenntnisse. Ja, Martina wird wahrscheinlich gerade auf dem Klo gesessen haben, als es ihr wieder einfiel: Der gute Oliver hat in den Anfängen seiner Verschönerungsarbeit auf Brustimplantate gesetzt, die sich im Nachhinein als höchst zweifelhaft herausgestellt haben. Wer – wie sie – den Einkauf einer Praxis unter sich hat, der weiß das. Und wer – wie sie – die Rechnungen schreibt, weiß auch, dass wesentlich teurere Implantate abgerechnet wurden. Weshalb nun etliche Frauen mit tickenden Zeitbomben durch die Gegend laufen, ohne etwas davon zu ahnen.

Martina setzt sich in ihren Schaukelstuhl und überlegt. Wenn bei einer der Damen die Bombe platzt – im wahrsten Sinne des Wortes –, dann ist der gute Oliver dran, überlegt sie. Sanft lässt sie sich hin- und herwiegen, während sie darüber nachdenkt, wie sie das für sich nutzen könnte. Warum warten, bis ein Implantat brüchig wird? Ist es nicht ihre moralische Pflicht, die Alarmglocken zu läuten? Dann kämen mächtige Entschädigungszahlungen auf Oliver zu, und sein guter Ruf wäre total im Eimer. Das sollte sie ihm mal in aller Deutlichkeit klarmachen. Sie hat ein Pfand in der Hand, gegen das selbst der schönste Busen einer Ellen nicht anstinken kann.

Sie beschließt, wieder gesund zu werden und in der Registratur der Praxis Beweise zu sammeln, um ihren Oliver zurück auf Spur zu bringen.

Doch Moment mal: Das ist vielleicht doch keine so gute Idee. Wenn sie das alles ans Licht bringt, ist Oliver seine Approbation los und sie damit ihren Job. Und womöglich hat sie eine Klage wegen Mitwisserschaft an der Backe.

Na, Gott sei Dank, möchte man meinen, da hat sie gerade noch mal die Kurve gekriegt. Aber du musst bedenken: Abgeblitzte Frauen sind unberechenbar. Die gehen über Leichen – und wenn es die eigene ist.

***

»Oliver, ich muss mit dir reden, und zwar sofort«, sagt Martina.

Durch die gesamte Praxis geht ein Ruck. Angefangen bei den Patientinnen, die sich wundern, dass eine Arzthelferin so respektlos mit ihrem Chef reden darf, über die anderen Sprechstundenhilfen, die nicht gedacht hätten, dass sich ihr lange gehegter Verdacht, dass die beiden was miteinander haben, so unvermittelt bestätigt, bis hin zu Oliver selbst, der sein bestgehütetes Geheimnis wie eine Seifenblase zerplatzen sieht.

»Martina, wie schön, dass Sie wieder auf dem Damm sind. Was möchten Sie denn?«, entgegnet er förmlich, um zu retten, was noch zu retten ist, aber Martina schiebt ihn mit den Worten »Lass den Quatsch und tu nicht so scheinheilig« in sein Sprechzimmer.

»Setz dich da hin«, befiehlt sie, zeigt auf das Sesselchen vor dem Glastisch und knallt die Tür hinter sich zu. Dann baut sie sich vor ihm auf, nennt ihn mit voller Inbrunst »Du Arschloch« und lässt sich auf das Sofa plumpsen, das schon so viel über sie beide mitgekriegt hat.

»Was ist denn mit dir los?«, fragt Oliver entgeistert. »Bist du nicht mehr ganz bei Trost?«

Doch, Martina ist bei Trost. Sie haut ihm die Szene um die Ohren, die sie während ihrer schweren Grippe vor seinem Haus beobachtet hat, sagt ihm in aller Deutlichkeit, was sie davon hält und was sie deswegen *von ihm* hält und dass er sich noch wundern wird, zu was sie fähig ist. Mit hochrotem Kopf und kreischender Stimme droht sie, dass sie ihm mindestens zwölf Busen nachweisen kann, die ein Silikon beherbergen, das die zugehörigen sechs Damen ihre Gesundheit und ihn seinen Kopf kosten kann. Man muss wirklich froh sein, dass Oliver damals die Türen hat verstärken lassen, damit man von draußen nichts mitbekommt. Die auf der anderen Seite der Tür würden sonst sicher nicht schlecht gestaunt haben über das, was sie zu hören bekommen hätten.

Foxy hat es nicht so gut, er ist auf dieser Seite der Tür und hält sein obligatorisches Schläfchen in seinem Körbchen. Seit Frauchen, also sein ureigenstes Frauchen, das liebe alte Frauchen, irgendwie nicht mehr da ist, nimmt Herrchen ihn bisweilen mit in die Praxis. Nicht so toll für Foxy. Zu Hause ist es viel schöner. Der große Garten, das Haus mit den vielen Zimmern, überall gibt es was zu entdecken, und ab dem späten Nachmittag ist neuerdings die Bude voll. Dann sitzt er meist mit Kindern auf dem Sofa und sieht fern, während sie ihn kraulen. Oder er zeigt ihnen, wie gut er das blöde Stöckchen in den Brombeerbüschen finden kann, das sie immer wegwerfen. Herrlich.

Aber diese wunderbaren Dinge ereignen sich eben erst gegen Abend. Tagsüber ist es zu Hause teilweise so langweilig, dass er schon mal überprüft hat, ob Herrchens Schuhe tatsächlich alle aus Leder sind. Seitdem sind alle Türen geschlossen, und er hat nur den Flur als Auslauf. Oder Herrchen nimmt ihn mit zur Arbeit – öde ohne Ende. Dabei könnte es ganz interessant sein. Die Gerüche hier sind grandios und ihm gänzlich unbekannt. Außerdem kommen ständig andere Leute, die er eigentlich alle begrüßen und beschnüffeln möchte. Geht aber nicht. Er hat schon mächtig Ärger bekommen, als er mal an einer Dame hochgesprungen ist. Einmal hätte er beinah Prügel bezogen, nur weil er die Toilette inspiziert hat. Seitdem muss er in seinem Körbchen unterm Schreibtisch liegen bleiben und die Schnauze halten. Im Grunde kann man die ganze Sache so zusammenfassen: Zu Hause durfte er mal alles, hier gar nichts.

Deshalb öffnet Foxy nur vorsichtig das rechte Auge und stellt ein Ohr auf, als der Terz in Olivers Zimmer losgeht. Als der Lärm aber immer heftiger wird und er Herrchens ängstliche Stimme hört, erhebt er sich und stellt auch das andere Ohr auf. Wie bei einem Tennismatch geht sein Kopf hin und her, während sein Blick den Worten folgt, die über das Glastischchen fliegen.

Und dann passiert es: Martina haut auf den Tisch, dass die ausgebreiteten Broschüren hüpfen. »So nicht, mein Lieber«, schreit sie, »nun wirst du mich aber mal kennenlernen.«

Wie von der Tarantel gestochen kommt Foxy unter dem Schreibtisch hervor, bellt wie verrückt, springt auf das Sofa und schnappt nach Martinas Nase. Einen Moment lang sind alle drei starr vor Schreck. Foxy kann sich als Erster wieder fassen. Er bellt noch einmal kurz und flüchtet dann quer über den Glastisch auf Olivers Schoß. Aus dieser vermeintlich sicheren Position heraus fängt er erneut an zu bellen, bis Oliver ihn am Kragen packt, aus dem Zimmer bugsiert und die Tür hinter ihm zuschlägt.

Foxy landet auf seinen vier Pfoten und setzt sich verdutzt auf den Hintern. Sofort kommen die Arzthelferinnen von allen Seiten auf ihn zugestürmt. Du hörst schon an der Nachsilbe »-innen«, dass es sich ausschließlich um weibliches Personal handelt. Entsprechend liegt ein Gurren und Zirpen in der Luft. »Ach, du Süßer.« – »War Herrchen ganz böse mit dir?« – »Mein armer Kleiner.« – »Komm mal, ich hab ein Leckerli für dich.«

Da Foxy sich nicht die Ohren zuhalten kann, versucht er zu entkommen und verirrt sich ins Wartezimmer. Auch hier nur

Weibsen. »Was bist du denn für ein süßer Fratz?« – »Komm doch mal zu Mami«, flötet es ihm entgegen.

Entsetzt legt Foxy den Rückwärtsgang ein, irrt durch die verschiedensten Räumlichkeiten, findet endlich die Tür zum Sprechzimmer wieder und presst sich zitternd dagegen. Um ihn herum ist die Welt voller Gezirpe, Gegirre und Geflöte. Er bellt und fletscht die Zähne aus Angst vor dieser überbordenden Weiblichkeit.

Endlich öffnet sich die Tür. »Was machst du denn hier für einen Radau?«, sagt Oliver.

Foxy witscht durch den geöffneten Spalt, saust in sein Körbchen und stellt sich tot.

Ein schrecklicher Tag, das kann man wohl sagen. Nicht nur für Foxy. Oliver ist nicht viel besser dran, selbst wenn er nicht bellt und sich auch nicht tot stellt, was er nebenbei bemerkt gern tun würde.

»Martina, Liebes«, sagt er stattdessen so sanft, dass sie lange überlegen muss, ob sie solch einen Ton schon jemals von ihm gehört hat, »Martina, ich hatte die Hoffnung, dass wenigstens du mit mir fühlst.«

»Da kannst du hoffen, bis du schwarz wirst«, sagt sie hart. »Ich habe Verständnis dafür gehabt, dass du total durch den Wind bist, weil deine Mutter tot ist. Aber jetzt reicht's. Die Sache mit dieser Schnepfe wirst du büßen.«

»Ach, du hast ja keine Ahnung«, sagt Oliver, und seine Stimme ist ganz ernst. »Diese Ellen frisst mich auf. Es ist alles so schrecklich. Du bist die Einzige, die mich versteht.« Wie ein Häufchen Elend sitzt Oliver in seinem Sessel.

Nenne mir eine einzige Frau, die bei solchen Worten nicht dahinschmilzt. Martina schmilzt augenblicklich, und Oliver nutzt die Gunst der Stunde.

Foxy stellt zwar ein Ohr auf, um das nicht jugendfreie Gestöhne besser mitzukriegen, hält aber beide Augen fest geschlossen. Und das ist gut so. Schließlich ist er erst vier.

Rick

Rick sitzt in Olivers ehemaligem Kinderzimmer auf der Fensterbank und sieht nach draußen. Manche würden ihren linken Arm dafür geben, solch eine Aussicht genießen zu können, aber Rick schaut ziemlich miesepetrig – und das, obwohl in der Schleuse gerade mächtig geschleust wird.

Das Haus, in dem Oliver aufgewachsen ist, stammt aus Zeiten, als man den Kapitänen ein kleines Hutzelhäuschen in Holtenau für billiges Geld zum Kauf anbot. Hört sich aus heutiger Sicht super an, war damals aber nicht so doll. Wer wollte schließlich weitab vom Schuss im piefigen Holtenau wohnen? Doch für ausrangierte Kapitäne gerade richtig. So konnten die Herren sogar noch im hohen Alter aufs Wasser blicken und von vergangenen Zeiten träumen. Heute haben die Hutzelhäuschen dank zahlreicher An- und Umbauten das Hutzelige weitgehend abgelegt und sind ein echter Knaller mit Kanalblick.

Der Blick ist allerdings nicht mehr wie früher. Aus den kleinen Bäumchen am Rande des Kanals sind inzwischen ausgewachsene Bäume geworden, und Rick muss sich weit nach rechts lehnen, um das Geschehen in der Schleuse zu beobachten, und weit nach links, um einen Blick auf die ausfahrende Stena Line zu erhaschen. Im Winter, wenn die Bäume kahl sind, ist die Aussicht besser. Rick hofft, diese Zeit nicht auch noch hier erleben zu müssen.

Rick kann die phantastische Aussicht nämlich gestohlen bleiben. Er denkt über sein beschissenes Leben nach. Alles hätte so prima werden können, als Omi endlich das Zeitliche gesegnet hat. Damit war der Stein des Anstoßes – so hatte er zumindest geglaubt – endlich unter der Erde. Sie hätten glücklich und zufrieden leben können bis ans Ende ihrer Tage, und wenn sie nicht gestorben sind, dann leben sie noch heute.

Ja, Pustekuchen. Papa und Mutti waren danach zunehmend auf Krawall gebürstet, und der Stress nahm kein Ende. Von denen musste also auch noch einer weg. Als es Papa traf, dachte Rick, dass es so wahrscheinlich am besten war. Omi spielte bei Papa immer die erste Geige, dicht gefolgt von seinem schlimmen Knie, das unangefochten auf der zweiten Geige dudelte, und dann kam lange nichts. Wie weit hinten er selber kam, das wollte Rick sich gar nicht so genau vorstellen.

Nun waren sie nur noch zu dritt, und alles hätte wieder gut werden können. Mit Muttis zeitweiligen Aussetzern wäre er klargekommen. Rick hatte sogar die Hoffnung, dass sich das mit Muttis Übersprungshandlungen nun, da Omi und Papa weg waren, bessern würde. Aber was macht die blöde Gans? Holt in Form von diesem Oliver gleich das nächste Problem ins Haus.

Rick ballt die Faust. Ja, wenn's noch so wäre! Dann hätte er der ganzen Angelegenheit wenigstens aus dem Weg gehen können. Aber nein, sie müssen – alle Mann hoch – jeden Tag in Olivers Haus traben und hier rumsitzen, fernab von Freunden, von ihrer normalen Umgebung, dem Computer und allem, was das Leben schön macht. Nur das Handy darf Rick mitnehmen, aber was soll das, wenn man an den Verabredungen über WhatsApp und Facebook nicht teilnehmen kann?

Es gibt nur eine Lösung. Er muss nach Kanada. Mit Tobi ab nach Kanada. Bis es endlich losgeht, kann er sich vielleicht bei Tobi einnisten. Bloß weg aus dieser Irrenanstalt.

Aber das geht nicht.

Rick steigen die Tränen in die Augen bei dieser Erkenntnis. Die Holtenauer Schleuse öffnet das südliche Tor und lässt die Schiffe laufen, ebenso wie er seinen Tränen freien Lauf lässt.

Er muss bleiben. Wegen Lea muss er bleiben. Er kann sie nicht allein zurücklassen.

Frauen machen wirklich nur Stress, egal wie niedlich sie sind. Dabei ist Lea nicht einmal mehr niedlich. Richtig verstört ist sie. Früher konnte er sie auch mal ein bisschen roh anfassen. Dann hat sie nur gequietscht und ihm die Zunge rausgestreckt. Jetzt muss er auf Samtpfoten gehen, sonst fängt sie gleich an zu heulen.

»Kommt ihr?«, ruft Mutti von unten hoch.

Rick wischt sich unauffällig die Tränen ab und rutscht von der Fensterbank. »Komm, du Knalltüte«, sagt er zu Lea, »unten gibt's happa happa.«

Die Knalltüte sitzt auf dem Boden und hat ihre Puppe auf dem Schoß. Beide geben keinen Mucks von sich, was sehr ungewöhnlich ist, zumindest für Lea. Die Puppe redet eigentlich nie, obwohl Lea vehement darauf besteht, dass sie es doch tut. Früher hat sie ständig mit ihrer Puppe geplappert und, weil die nicht zurückplapperte, deren Part gleich mit übernommen. Doch seit Papas Tod hat Lea die Puppe im Schweigen überholt. Beide sagen kein Wort, stieren nur in die Gegend.

»Nun mach schon und leg die Puppe weg«, sagt Rick und zerrt Lea die Puppe aus dem Arm, »sonst meckert Oliver wieder mit Mutti und sagt, ihre Kinder wären schlecht erzogen.«

Lea zieht einen Flunsch. »Die Puppe heißt Telga«, sagt sie weinerlich.

Rick legt die Puppe, die er gerade noch rüde an einem Bein schlenkern ließ, sanft in Leas Bett und deckt sie – nach einem Seitenblick auf die bedröppelte Lea – mit einiger Überwindung sogar zu.

Nach dem Essen verschwindet Rick in »sein« Zimmer, das nicht sein Zimmer ist und den Mief von Oliver ausstrahlt. Hier wird er sich nie heimisch fühlen. Außerdem teilt er sich das Zimmer mit seiner kleinen Schwester. Wie entwürdigend. Aber hier kann er zumindest eine Weile allein sein, denn Lea spielt nach dem Essen noch mit Foxy, bis der die Nase voll hat. Seit sie ihn einmal unglücklich an den Ohren gezogen hat, hat Foxy immer früher die Nase voll und verkrümelt sich lieber aufs Sofa. Am liebsten zwischen Oliver und Ellen, zumindest, bis Ellen ihn wegschubst.

»Wollen wir noch was spielen?«, fragt Lea. Sie steht früher als sonst wieder im Zimmer und holt das Spiel »Leitern und Schlangen« aus dem Regal. Das konnte sie von zu Hause in Olivers Heimstatt überführen, indem sie so lange geheult hat, bis Mami es erlaubte. Jetzt ist es natürlich nicht mehr zu Hause und fehlt da. Es fehlt sogar sehr, denn es ist Leas Lieblingsspiel, das sie meist mit ihrer Puppe spielt und dabei wahlweise entweder zugunsten von Telga oder sich selber schummelt.

»Nein«, sagt Rick, »das ist ein Spiel für Halbidioten.«

Gekränkt verzieht sich Lea mit ihrer Puppe ins Bett und ist schon eingeschlafen, als Ellen hochkommt, um den beiden Gute Nacht zu sagen.

Die Regel, dass Dreizehnjährige bis neun aufbleiben dürfen, hat sich irgendwie verflüchtigt. Rick kriegt um acht seinen Gute-Nacht-Kuss und geht zu Bett, wann er will. Meist will er früher als neun. Mit Handy, einem Perry Rhodan und zwei Pornos bewaffnet kriecht er unter die Bettdecke und träumt sich in eine andere Welt.

Kaum eingeschlafen, schreckt er hoch. Aus dem Bett an der anderen Wand kommt ein verzweifelter Schrei. Noch ehe er die Sache richtig einordnen kann, wird seine Bettdecke leicht angehoben, und Lea krabbelt zu ihm ins Bett.

»Was soll der Scheiß?«, murmelt er verschlafen.

»Ich hab Angst«, flüstert Lea und wischt ihr Gesicht an seinem T-Shirt trocken.

»Warum das denn?« Er dreht sich ein wenig, um Leas Kopf auf seinen Oberarm zu schieben, damit sein Unterarm nicht von ihrem Gewicht zerquetscht wird.

»Ich hab Papa totgemacht.« Lea fängt an zu zittern.

»So'n Quatsch. Du hast geträumt.«

»Nein«, sagt Lea und heult ihm den linken Ärmel nass. »Ich hab doch mit dem Ding gespielt, das du auf den Tisch geknallt hast. Hast du ja verboten. Hab ich trotzdem gemacht.« Jetzt wischt sie auch noch ihren Rotz an ihm ab. Wird nicht mehr lange dauern und sie pinkelt in sein Bett.

»Was für ein Unsinn.« Rick legt seinen Arm um sie und streichelt sie etwas hilflos. So geht es nicht weiter, denkt er und zerrt Telgas Arm, der ihm unangenehm in die Seite sticht, darunter hervor. Im Grunde müsste er dem Schicksal ein wenig nachhelfen und dafür sorgen, dass Oliver auch totgeht.

✻✻✻

Oliver ahnt nichts von den Damoklesschwertern, die sich über ihm zusammenbrauen.

Oh Gott, eine richtige Scheißmetapher ist das. Man sollte die Autorin in die Wüste schicken. Denn erstens brauen sich Schwerter nicht zusammen, zweitens war es bei Damokles nur *ein* Schwert, und drittens wusste Damokles, was über ihm schwebte – im Gegensatz zu Oliver. Der weiß von nichts.

Nach seiner sexuellen Entgleisung mit Martina hat er zwar ein bisschen das Gefühl, dass es nicht gut war, was er da gemacht hat; dass er vielleicht erst mit der einen hätte aufhören sollen, bevor er mit der anderen wieder anfängt. Aber es geht halt nicht immer so, wie es sollte, versucht er sein schlechtes Gewissen zu beruhigen. Jedenfalls hat er jetzt unverhofft wieder zwei Frauen an der Backe. Bei dem Gedanken wird ihm ganz anders.

Dass er außerdem noch den KOK an der Backe hat, der ihm nach Rückgabe der Drohne nun aber endlich mal ordentlich auf die Finger sehen will, ob die zu den Abdrücken auf Omis Hals passen, weiß er nicht.

Auch dass Rick nichts dagegen hätte, wenn er dem Beispiel von Omi und Papa folgte, weiß er nicht.

Dass Martina unterdessen in ihrem Langzeitgedächtnis gekramt hat und fündig geworden ist, weiß er zwar, nimmt es aber nicht allzu ernst. Denn Oliver ist ein Sonnenscheinchen. Wenn sich eine Katastrophe anbahnt, wischt er sie mit leichter Hand beiseite. Den haut so leicht nichts um. Deshalb macht er sich nach kurzem Unwohlsein auch keine weiteren Gedanken.

Er wird die Sache mit Martina wieder an langer Leine laufen lassen, sobald er die Sache mit Ellen geklärt hat. Denn so kann es nicht weitergehen. Ständig tritt er auf irgendwelche Spielzeuge, die die Kinder auf dem Teppich verstreut haben, und dass Ellen ihm ständig auf der Pelle hockt, ist auch nicht im Sinne des Erfinders.

Sein einziges wirkliches Problem, so denkt er, ist das Aufspüren des Porschefahrers, der seine Mutter übergemangelt hat. Den will er unbedingt finden. Deshalb hat er den Wedel darauf angesetzt.

Was macht der eigentlich? Der Detektiv, dieser unfähige Hansel?

Der unfähige Hansel macht seinen Job, was sonst? Dafür wird er von Oliver bezahlt. Rausgekriegt hat er bisher zwar nicht viel, aber das ist egal. Er wird nach Aufwand bezahlt, nicht nach Erfolg.

Ein Freund bei der Polizei hat Wedel gesteckt, dass es dreiundzwanzig Porsches im Raum Kiel gibt. Das ist übersichtlich an der Zahl. Weil er auch die zugehörigen Adressen kennt, könnte er sicher drei bis fünf Fahrzeughalter pro Tag überprüfen, herausfinden, ob sie einen schwarzen, zerdetschten Porsche fahren, und wäre nach einer Woche damit durch. Aber er hat schließlich nicht nur einen einzigen Kunden. Da muss er Prioritäten setzen. Deshalb macht er, was du vielleicht auch tätest: Die Sachen, die Spaß machen, schreibt er auf seine Prioritätenliste ganz nach oben. Adressen abzuklappern und die Farbe von irgendwelchen Luxusschleudern zu überprüfen gehört nicht zu seinen Favorites, auf gut Neudeutsch gesagt.

Trotzdem hat Wedel seinen Kunden Oliver nicht ganz vernachlässigt. Neunzehn Porsches scheiden inzwischen aus. Siebzehn haben die falsche Farbe, aber zwei sind schwarz, was den Wedel'schen Blutdruck steigen ließ. Er musste sie jedoch fallen lassen, weil sie vorne wie geleckt aussahen. So gut ist keine Reparaturwerkstatt, hat er gedacht. Nicht hier bei uns in Kiel. Ja, das hat er gedacht, der gute Wedel, was ich persönlich allerdings für ein Vorurteil halte.

Jedenfalls hat er neunzehn von der Liste gestrichen und sich die restlichen vier für heute vorgenommen. Jetzt streunt er durch den Forstweg. Rechts lauter nette Einfamilienhäuschen mit Stellplätzen, links Mehrfamilienhäuser, teils mit Garage. Die neueren sogar mit Tiefgarage. Scheiße. Die gehobene Gesellschaft stellt ihre teuren Galoppis natürlich nicht an den Straßenrand, sondern unter ein Dach, wo sie vor Wind und Wetter geschützt sind. Vor Wind, Wetter und den neugierigen Blicken eines Detektivs, der mal gucken will, ob das gute Stück ein altes Mütterchen plattgemacht haben könnte. Da hilft es nichts, er muss mal wieder in den sauren Apfel beißen.

Wedel geht auf das Haus Nummer 17 zu und klingelt. »Guten Tag«, sagt er, als sich die Tür öffnet. »Ich bin Gregor Hansen von der Iduna-Versicherung. Sind deine Eltern zu Hause?«

Siehst du, das ist einer der vielen Unterschiede zwischen einem Detektiv und einem Polizisten. Ein Detektiv darf lügen und zum Beispiel sagen, er sei von der Versicherung. Das darf ein Polizist natürlich auch, aber nicht im Dienst. Da wird das nicht gern gesehen. Oder besser gesagt: Es wird zwar vielleicht gern gesehen, weil er damit besser ermitteln kann, aber er darf sich nicht erwischen lassen. Sonst macht ihm sein Vorgesetzter die Hölle heiß, weil alles, was er ermittelt hat, dann nicht gerichtsverwertbar ist.

Aber ein Detektiv darf lügen. Und ein Kind, das ihm die Tür aufmacht, darf er natürlich erst recht anlügen. Das zumindest denken die meisten Erwachsenen, fangen schon ganz früh mit dem Weihnachtsmann an und können sich das Lügen dann nur schwer wieder abgewöhnen.

Ein Kind darf natürlich zurücklügen. Das zumindest denken die meisten Kinder, fangen schon ganz früh mit einem »Ich war's nicht« an und werden mit den Jahren immer besser.

Tobi ist mit seinen fast fünfzehn Jahren kein Kind mehr

und hat es in Sachen Erwachsene belügen zu einer gewissen Perfektion gebracht. »Nein«, sagt er. Gerade will er die Tür wieder zumachen, da ruft jemand aus der Küche: »Wer ist es denn?«

Mütter können solche Spielverderber sein.

»Es ist Gregor«, ruft Tobi zurück, in der Hoffnung, seine Mutter vermutet hinter Gregor einen Klassenkameraden und gibt Ruhe. Aber nein, Mutti kommt schon aus der Küche angewetzt. Sie trocknet sich geschäftig die Hände an einem Geschirrtuch ab, ganz wie es sich für Mütter, die aus Küchen kommen, gehört.

»Ach, ich dachte, es sei ein Schulfreund von dir«, sagt sie zu Tobi. »Wer sind Sie?«, fährt sie an Wedel gewandt fort.

»Ich bin Gregor Hansen von der Iduna-Versicherung. Ich bin hier wegen Ihres Wagens.«

Die Mutter hat inzwischen ihre Hände zur Gänze getrocknet, bindet ihre Schürze ab und legt sie zusammen mit dem Tuch auf die Kommode. »Kommen Sie doch rein«, sagt sie. »Es geht sicher um den Wildschaden.«

Während beide im Wohnzimmer sitzen, lässt sich Wedel alles erzählen. Mit wichtiger Miene notiert er auf einem Blatt, das wie ein offizielles Formular aussieht, dass vor fast genau drei Monaten, am 14. April 2020, der arme Matthi mit zerdetschtem Auto nach Hause gekommen ist, weil ihm ein Reh vors Auto gelaufen war.

»Ah … ja«, sagt Wedel, klemmt, um seine Konzentration zu unterstreichen, die Zunge zwischen die Lippen und kritzelt etwas auf sein Blatt. »Wo war denn der Unfall?«, fragt er und hält den Stift startbereit auf das Formular gerichtet.

»Tja, so genau weiß ich das nicht. Mein Mann arbeitet in Altenholz in der Datenzentrale. Es muss auf dem Rückweg passiert sein.«

»Ach, wie schade, dass Sie es nicht genauer wissen.« Wedel lässt den Stift sinken. »Na, macht nichts, dann lassen wir den Teil erst mal offen. Deswegen kann ich Ihren Mann ja dann noch mal kurz anrufen. Und ansonsten?« Wedel kaut an dem Stift. »Ansonsten ist an dem Fahrzeug alles wieder so, wie es war, oder?«

»Ja, natürlich, wir haben es reparieren lassen, alles wieder wie vorher. Bis auf – ich weiß nicht, ob das wichtig ist – jetzt ist das Auto rot.«

»Ja, so«, sagt Wedel und scheint zu überlegen, ob er dazu eine Notiz machen soll. »Na, das erwähnen wir vielleicht besser nicht, sonst müssen wir nachher noch die Kosten für das Umspritzen vom Gesamtschaden abziehen. Das wollen Sie sicher nicht.« Schelmisch sieht er Frau Kramer an und kneift ein Auge zusammen.

»Ja, wenn Sie meinen ...«, sagt Frau Kramer gedehnt. »Wir sind aber keine Versicherungsbetrüger.«

»Natürlich nicht.« Wedel steht auf. »Einen schönen Tag noch.«

»Ich bringe Sie zur Tür«, sagt Frau Kramer und greift pflichtbewusst zu Geschirrtuch und Schürze, sobald sie hinter Wedel die Tür geschlossen hat.

»Das hast du mal wieder richtig scheiße gemacht«, sagt Tobi, der die ganze Zeit im Flur gestanden und gelauscht hat.

»Aber Junge, was sind denn das für Ausdrücke?«, empört sich Mutti.

»Papa wird ganz schön wütend werden, dass du dem Kerl das alles gesagt hast. Warum hast du den Fritzen überhaupt reingelassen?« Tobi wartet die Antwort nicht ab, sondern sprintet die Treppe zu seinem Zimmer hinauf.

»Was willst du denn damit sagen, Tobias?«, ruft seine Mutter ihm nach, erhält aber keine Antwort mehr. »Wir haben nichts zu verbergen. Und nenn den netten Herrn Hansen nicht Fritze.«

Zu Hause angekommen, zieht der Fritze erst die Schuhe aus und dann eine vorläufige Bilanz. Er hat den Porschefahrer gefunden. Leider nicht aufgrund seines genialen Spürsinns, sondern einfach nur dank weiblicher Geschwätzigkeit. Nicht auszudenken, wenn der Porsche am Straßenrand gestanden hätte. Dann hätte er nur einen kurzen Blick drauf geworfen, gesehen, dass er rot ist, und ihn, schwups, von der Liste gestrichen. Wahrscheinlich hätte er nach den dreiundzwanzig Kieler Porsches den Radius auf Porsches aus dem Kreis Rendsburg/Eckernförde erweitert und schlussendlich erst mit der Suche aufgehört, nachdem auch der letzte schwarze Porsche Deutschlands seine kratzerlose Unschuld bewiesen hätte.

Schade eigentlich. Der Job hätte sich zu einer *never-ending story* auswachsen können, einer sicheren Einnahmequelle bis ans Ende aller Tage. Aber nein, die blöde Tussi muss alles ausplaudern und ihn damit im Grunde zu einem armen Mann machen. Kurz überlegt er, ob er den Nachmittag aus seinem Gedächtnis streichen und mit seiner Suche fortfahren soll, aber er verwirft den Gedanken. Die Chance, einen Job erfolgreich abzuschließen – was er beileibe nicht von allen seinen Aufträgen sagen kann –, ist einfach zu verlockend.

Aber irgendwie passt nicht alles zusammen.

Die Kramers wohnen im Forstweg, und der Gatte arbeitet in der Datenzentrale in Altenholz. Da liegt die Kreuzung, die Olivers Mutter zum Verhängnis wurde, beim besten Willen nicht auf dem Weg. Außerdem: Was macht ein Angestellter der Datenzentrale um kurz nach zwölf in Suchsdorf? Um diese Zeit hat er zu arbeiten und das Bruttosozialprodukt zu erhöhen und nicht mit seinem Traumauto durch die Gegend zu kutschieren.

Vielleicht war es doch nur ein Reh, das ihm als Geschenk des Himmels vor den Kühler gelaufen ist, damit er zusammen mit der Reparatur seinen Wagen auf Kosten der Versicherung mit einer neuen Traumfarbe schmücken kann. Herrlich, das Erstaunen der Kollegen zu sehen, die sich nicht satt überlegen können an der Frage, wieso er genug Geld hat, um sich ständig ein neues Auto leisten zu können. Und dann noch in gehobenster Preisklasse. Soll es ja geben: Menschen, die erst glücklich sind, wenn der Neid der anderen ihnen in den Nacken bläst.

Richtig unglücklich wird Wedel bei dem Gedanken, dass er vielleicht doch den Falschen am Kanthaken hat. Doch dann gibt er sich einen Ruck. Schluss. Aus. Man muss auch mal loslassen können. Was sollen die Zweifel? Der Kramer war's und basta. Den Rest sollen andere machen. Er ist mit seinem Job durch. Viel länger würde sich dieser Kallweg sowieso nicht mehr melken lassen.

Wedel schreibt seinen Abschlussbericht, nennt Ross und Reiter, wie man so schön sagt, also Matthias Kramer aus dem Forstweg 17 mit seinem inzwischen umgespritzten und jetzt roten Porsche, und legt eine abschließende Rechnung mit Bitte um zeitnahe Begleichung bei.

Das alles tut er mit einem unangenehmen Gefühl, denn er weiß nicht, was Tobi weiß. Tobi ist nämlich nicht blöd und kann eins und eins zusammenzählen, was man von einem fast fünfzehnjährigen Jungen natürlich erwarten kann, auch wenn es Menschen gibt, die behaupten, die Kinder lernten heutzutage in der Schule nicht einmal mehr die Grundrechenarten. Seit Rick ihm erzählt hat, dass er jetzt die Nächte bei einem Mann verbringen muss, dessen Mutter von einem schwarzen Porsche überrollt wurde, kann sich Papa mit seiner Story vom überfahrenen Reh einpökeln lassen.

Aber Tobi sagt natürlich nichts dazu, denn Kinder lieben ihre Eltern, auch wenn die es ihnen manchmal wirklich nicht einfach machen.

Auch dass er weiß, dass Papa manchmal in der Mittagspause eine Spritztour in den Sukoring macht, sagt er nicht. Papa kann in seiner Mittagspause machen, was er will, und wenn Papa die Mittagspause bis zum Gehtnichtmehr verlängert, ist es Sache der Datenzentrale, zu intervenieren. Ihn geht das nichts an, findet er. Und Mutti geht das auch nichts an.

Ja, die Jugend von heute kann sehr diskret sein. Daran sollte sich Wedel mal ein Beispiel nehmen. Doch der plaudert in seinem Brief an Oliver alles aus, was er herausgefunden hat – mit Namen und Adresse, als ob Datenschutz für ihn ein Fremdwort wäre. Er kann natürlich nicht wissen, dass Ellen – ganz zufällig und wahrscheinlich in aller Harmlosigkeit – täglich Olivers Post durchwühlt und auch vor einem Dampfbad zum Öffnen der Briefe nicht zurückschreckt.

**

»Meinst du, dass ihr bald so weit seid, dass ihr eventuell … ich meine, die Kinder brauchen doch –« Oliver bricht ab.

Ellen, die sich auf dem Sofa dicht an ihn gekuschelt hat und gerade zur Fernbedienung greifen will, sieht ihn mit großen Augen an.

»So kann es jedenfalls nicht weitergehen«, sagt Oliver fest, drückt den Rücken durch und setzt sich gerade hin. Heiße Themen soll man in aufrechter Haltung hinter sich bringen. So hingelümmelt kriegt man nicht den erforderlichen Drive. Er will Ellen endlich sagen, dass sie ihre Kinder nehmen und wieder bei sich zu Hause wohnen soll. Denn allmählich hat er die Nase voll. Früher lebte er mit einer älteren Dame zusammen, nämlich mit seiner Mutter, die den Laden am Laufen hielt und einen Hund hatte, der nicht weiter störte. Heute lebt er mit einer jüngeren Dame zusammen, nämlich mit Ellen, die sein Geld ausgibt und zwei Kinder hat, die überall rumwuseln. Außerdem hat er noch den mütterlichen Hund am Hals. Irgendeiner von diesen vieren will immer irgendwas von ihm. Ständig herrscht Unruhe. Dauernd sieht einer ihn anklagend an, und unablässig spielt mindestens einer die beleidigte Leberwurst. Es reicht. Selbst die heißesten Nächte mit Ellen sind keine Entschädigung für das, was ihm mit diesem ganzen Affentheater zugemutet wird.

Hinzu kommt, dass er inzwischen Seiten an Ellen entdeckt

hat, die ihn erstaunen. Ihre merkwürdige Kaufwut. Immer drei Paar Schuhe, wo doch ein Paar völlig gereicht hätte. Sie hat schließlich auch nicht mehr Füße als andere Leute. Zwei Kilo Käse, wenn ein Viertelpfund dicke langte. Ständig müssen überlagerte Speisen entsorgt werden. Dann ihre sonderbaren Übersprungshandlungen. Außerdem ist sie launisch. Eben noch konnte sie die wunderbare Aussicht genießen und ihn mit ihrer Freude anstecken, im nächsten Augenblick macht sie ihm schwerste Vorwürfe, weil er vergessen hat, Wasser für Tee aufzusetzen.

Anfangs hatte er sich ihr seltsames Verhalten mit ihrer unglücklichen Ehe erklärt, doch es ging nach Horsts Tod immer so weiter. Was er als liebenswerte Besonderheit genommen hatte, nervt jetzt zunehmend. Da ist Martina doch ein ganz anderer Schnack, besonders seit sie zu ihrer alten Anschmiegsamkeit zurückgefunden hat und ihm wieder das eine oder andere »reinreicht«.

»Was meinst du damit, dass es so nicht weitergehen kann?«, fragt Ellen. Auch sie hat sich jetzt aufgesetzt und ist ein wenig von ihm abgerückt.

Aha. Der Kampf beginnt. Vorsichtig steuert Oliver auf sein Ziel zu: »Die Kinder brauchen ein geregeltes Leben. Dieses mal hier, mal da ist schrecklich für sie. Guck dir Lea an. Die ist doch nur noch ein Strich in der Landschaft. Auch für dich ist das alles nicht gut. Und ehrlich gesagt, ich gehe auch langsam auf dem Zahnfleisch.« So, nun ist es endlich raus. Oliver atmet tief ein. Geschafft. Er hat es gesagt. Er hat ihr endlich die Wahrheit gesagt, ohne dass sie gekränkt sein muss. Richtig ein bisschen stolz ist er auf sich. So viel konsequente Behutsamkeit hätte er sich gar nicht zugetraut.

Ellen nimmt seine Hand. »Du hast recht«, sagt sie.

Oliver fällt ein Stein vom Herzen. Er hätte nicht gedacht, dass es so einfach werden würde.

»Wir dürfen nicht egoistisch sein«, sagt Ellen. »Wir müssen an die Kinder denken.« Sie macht eine Pause und streichelt über seinen Handrücken. »Dieses Haus ist einfach zu klein für uns alle.«

Oliver runzelt ein wenig die Stirn, aber er schweigt.

»Ist wahrscheinlich sowieso besser, wenn du das Haus aufgibst«, sagt Ellen und nippt an ihrem Wein. »Die vielen Erinnerungen an deine Mutter hier überall … das tut dir nicht gut.« Sie kuschelt sich wieder an ihn, während sie weiterredet. »Du Armer, was da alles auf dich zukommt. Der Umzug, der Verkauf des Hauses. Wo wollen wir mit deinen ganzen Sachen hin? Sag mal: Der Sekretär, willst du den behalten? Ich wüsste gar nicht, wo wir den bei mir unterbringen sollten?«

Oliver, der sich gewappnet hatte, Tränen zu trocknen und trotzdem standhaft zu bleiben, erkennt, dass er mit seiner Behutsamkeit entschieden zu weit gegangen ist. Der Stein, der ihm vom Herzen gefallen ist, ist nur bis zur Magengrube gekommen und liegt nun so quer, wie Steine dort zu liegen pflegen. »Äh … Moment mal«, sagt er und schiebt sie etwas unsanft von sich. »Du hast mich … äh … völlig … falsch verstanden.«

Es bedarf noch etlicher weiterer Sätze, bis Ellen ihn völlig richtig versteht.

Dann spult sie das ganze Programm ab. Foxy flieht schon bei den ersten lauten Worten in sein Körbchen, und das ist gut so. So kann er nämlich nicht unglücklich zwischen die Fronten geraten, wenn jetzt die Fetzen und die Weingläser fliegen. Er hat schließlich vier Pfoten, und an keiner Pfote trägt er Schuhe. Wie leicht kann da ein Fehltritt böse Folgen haben.

»Streitkultur« ist das Zauberwort, das inzwischen in die Umgangssprache Eingang gefunden hat, und ich muss sagen: Die lässt hier mächtig zu wünschen übrig. Von Augenhöhe keine Spur. Der gegenseitige Respekt hat den Tiefpunkt unterschritten. Oliver kann sich nicht erinnern, dass es damals, als er sich von seiner Frau trennte, so hoch hergegangen war. Und das, obwohl er mit ihr immerhin verheiratet war – und zwar mehrere Jahre. Beides kann man von seiner Beziehung mit Ellen nicht sagen.

Wenn Weingläser durch die Luft fliegen und ihr Inhalt den Teppich versaut, werden die Worte nicht mehr auf die Goldwaage gelegt. Dann vergreift sich selbst ein so besonnener Mann wie Oliver in der Wahl. Welches Wort letztlich den Ausschlag dafür gegeben hat, dass Ellen mit einem Mal wieder ganz ruhig und sachlich wird, daran kann er sich im Nachhinein nicht mehr erinnern. Im Grunde ist es ihm auch egal.

Wichtig ist eigentlich nur, dass sie sich entschuldigt und ihm hilft, die Trümmer beiseitezuräumen.

»Wenn es dir recht ist, dann bleibe ich noch die Nacht«, sagt sie und strahlt ihn an, während sie dem Teppich mit Spülmittel und Schwamm zu Leibe rückt. »Wenn ich jetzt die Kinder aus dem Schlaf reiße … die können doch am wenigsten was dafür.«

Oliver nickt. Ist klar. Die können nichts dafür. Obwohl – wenn er genauer darüber nachdenkt … eigentlich … ach, egal, Hauptsache, Frieden.

Die Säuberung des Teppichs hat Ellen offensichtlich gutgetan. Kennt man ja. Selbst Furien werden lammfromm, wenn sie mal irgendwo feucht durchwischen oder irgendwas putzen können.

Erst als beide erschöpft ins Bett sinken, kurz vorm Einschlafen, fängt Ellen an zu weinen.

»Liebes«, sagt Oliver und nimmt sie tröstend in den Arm, »wir bleiben doch Freunde.«

Aber nein, immer wieder bricht ein Schluchzer aus ihr heraus.

Er streichelt sie sanft. Tja, und dann kann er sich nicht mehr zusammennehmen. Es kommt zum Beischlaf, wie man das in gehobenem Deutsch nennen würde.

Ganz ungut, so was. Denn es wird so gern missverstanden. Was der eine für den Höhepunkt des gelungenen Endes einer

Affäre hält, könnte der andere als Auftakt eines neuen Anfangs sehen. Das sollte man vorher klären. Obwohl – nützen täte es eigentlich nichts. Besonders der Gesetzgeber hat da ganz klare Vorstellungen. Vor einer nicht einvernehmlichen Scheidung verlangt er drei Jahre Trennung. Wenn der Mann dann nach zwei Jahren und dreihundertvierundsechzig Tagen zur Feier des Tages noch mal mit ihr in die Kiste hüpft, kann er grad wieder von vorne anfangen. Umgekehrt natürlich genauso. Dem Gesetzgeber ist es egal, wer mit dem Hüpfen angefangen hat.

Aber in unserem Fall braucht sich der Gesetzgeber keine Sorgen zu machen. Am nächsten Morgen sitzen zwei gute alte Freunde in wundersamer Eintracht beim Frühstück.

»Ich packe dann mal den ganzen Krimskrams zusammen, den wir in den letzten Wochen hier bei dir verstreut haben.« Ellen ist schon aufgestanden, während sie noch an ihrem Toast kaut, und trinkt den letzten Schluck Kaffee im Stehen.

»Na, na, so gehetzt muss es ja nun auch nicht ablaufen mit eurem Auszug«, sagt Oliver. Es ist ihm jetzt beinah ein bisschen peinlich, dass Ellen die Sache so konsequent durchziehen will. Aber sie ist schon halb auf der Treppe.

»Du kennst mich doch«, sagt sie und lacht ihn mit ihren wunderschön weißen Zähnen an, »unangenehme Sachen bringe ich lieber schnell hinter mich. Geh du ruhig schon in die Praxis, ich mach hier noch Ordnung und bringe den Kindern unsere Trennung schonend bei. Sie werden dich sicher vermissen. Sie haben dich doch so gern. Aber da müssen sie durch.«

Ach, es wird ihm immer unangenehmer. Die Kinder haben ihn gern? Hätte er gar nicht gedacht. Ach, was soll's, Hauptsache, es ist vorbei und glimpflich abgelaufen.

»Grüß die beiden von mir«, ruft er ihr noch zu und macht, dass er aus dem Haus kommt.

Erstaunlich, dass Ellen sich so schnell hat umstimmen lassen. Wo sie doch so große Ambitionen hatte.

Hätte man gar nicht gedacht, dass nach vierzig Jahren Emanzipation und Frauenbewegung der eheliche Hafen immer noch so eine große Anziehungskraft ausstrahlt. Aber so ist es. Auf Olivers Hafen steuerten bis gestern sogar zwei Frauen zu, denn nicht nur Ellen, sondern auch Martina hatte Fahrt aufgenommen. Uns blieb im Grunde nur übrig zuzuschauen, welche von beiden das Rennen machte. Nun ist die eine also aus dem Spiel, Martina hat freie Fahrt. Dass Oliver jetzt – so ganz ohne mütterlichen Schutz – noch Chancen hat, einer Ehe zu entkommen, glaube ich nicht. Wie sollte er das anstellen?

KOK Janssen

Der Kriminalkommissar erfährt es als Erster.

Also fast. Als Allererste erfährt es natürlich die Nachbarin, die nach merkwürdigen Geräuschen in Olivers Haus die Polizei verständigt hat. Und dann der Sani, der nur noch den Tod feststellen kann, und dann die Polizei, die daraufhin großzügig Flatterband um Olivers Haus verteilt.

Aber dann erscheint er. Unser KOK Janssen.

Was er sieht, ist eine Riesensauerei. Überall Blut. Dagegen waren die paar Tröpfchen Rotwein, die Ellen während des Streits auf dem hellen Teppich verteilt hatte, wirklich nur pillepalle. Jetzt kann Oliver den Teppich endgültig wegschmeißen, das kriegt keiner wieder raus. Dabei ist das Blut noch ganz frisch, wie KOK Janssen durch einen Wisch seiner mit Gummihandschuh bewehrten Hand feststellt und wie es die Spusi, die überall Schildchen aufstellt, bestätigt.

Flecken soll man wegmachen, solange sie noch frisch sind. Aber ich denke, das Blut wird tief ins Gewebe eingezogen sein, bevor Oliver den Teppich unter Martina wegziehen darf. Wenn er es überhaupt darf. Es wird nicht gern gesehen, wenn Hauptverdächtige Beweismittel in die chemische Reinigung bringen.

Dabei ist der Teppich im eigentlichen Sinne gar kein Beweis. Das eigentliche Beweismittel ist der Ferrari unter den Messern. Er steckt in Martinas Hals.

Da kann sich die Kieler Mordstatistik wirklich freuen. Dies ist ein glasklarer Mord. Martina kann sich das Messer nicht selbst in den Hals gerammt haben, das ist schon rein anatomisch unmöglich. Es muss einer zugestochen haben. Ob nachher juristisch dann doch nur Totschlag dabei rausspringt, weil die Heimtücke fehlte, darüber macht KOK Janssen sich keinen Kopf. Das sollen die Gerichte entscheiden. Seine Aufgabe ist es, denjenigen zu finden, der das Messer in Martinas Hals gesteckt hat, und allenfalls noch, warum er so missgelaunt war, dass er das für nötig hielt.

Und siehe da, er hat ihn schon, den Meuchelmörder. Just nämlich, nachdem der KOK seine ersten Anweisungen gegeben hat, wer was tun soll und welche Zimmer wie auf den Kopf gestellt werden müssen, schneit der Hausherr rein mit den Worten: »Was ist denn hier los?«

Richtig empört kommt die Frage rüber, aber Janssen lässt sich nichts vormachen. Das kennt er von seinen Töchtern. »Wieso sind denn die Kekse schon alle? Ich hab mal wieder keinen abgekriegt!«, sagte seine Jüngste immer voller Entrüstung, und er hätte schwören können, dass sie dabei noch kaute.

»Herr Kallweg«, sagt Janssen, »ich frage ganz direkt: Waren Sie das?« Er schiebt Oliver ins Wohnzimmer, wo Martina tot mit aufgerissenen Augen auf dem Boden liegt. Oliver wird bleich, und ihm sacken die Beine weg, woraufhin die Sanis, die schon beinah weg waren, noch mal zurückgerufen werden müssen.

Wie soll ich dir die Szene schildern, die sich nun abspielt? Martina und Oliver sind im Grunde die Einzigen, die sich verhältnismäßig ruhig verhalten. Etliche Leute in weißem Plastik wuseln geschäftig durchs Haus, gelb-rote Sanis heben Oliver auf eine Trage, Janssen steht ratlos im Weg, und Foxy, den Oliver auch heute wieder in die Praxis mitgenommen hatte, rast wie toll bellend von einem zum anderen, zieht die Leine hinter sich her, die Oliver bei seinem Gang zu Boden entglitten ist, und hinterlässt überall rote Tapsen, seit er bei Martina vorbeigeschaut hat.

»Vielleicht fängt mal einer den Köter ein«, brüllt Janssen gegen das Gebell an.

Erst nachdem Foxy von einem Mann in Weiß eingefangen und unter Androhung von Repressalien (»Wenn du jetzt nicht ruhig bist, passiert was!«) in sein Körbchen verfrachtet worden ist, kann KOK Janssen wieder klar denken.

Er hat Oliver eindeutig zu hart angefasst. Es ist immer eine kitzlige Angelegenheit für einen Kommissar, wie er den vermeintlichen Mörder mit seiner mutmaßlichen Tat konfrontiert.

Wie du an diesen vorsichtigen Worten schon hören kannst, gilt in Deutschland die Unschuldsvermutung. Bis das Gericht ein Urteil gesprochen hat, muss die Polizei den vermeintlich mutmaßlichen Mörder mit Glacéhandschuhen anfassen.

Auf der anderen Seite sollte ein Kommissar die Gunst der Stunde nicht verstreichen lassen und den Schock nutzen, durch den sich der Delinquent zu einem Geständnis hinreißen lassen könnte, das ihm nach längerem Nachdenken vielleicht nicht über die Lippen käme.

Hier jedoch ist der KOK klar übers Ziel hinausgeschossen. Die Sanis werden Oliver mitnehmen, um ihn unter ärztlicher Aufsicht wieder aufzupäppeln, und dann ist es Essig mit einem unüberlegten Geständnis, das der Unschuldsvermutete angesichts seiner Tat von sich gibt. Allerdings ist sich Janssen nach Olivers Gang zu Boden gar nicht mehr so sicher, ob er wirklich den Mörder vor sich hat. Das sah einfach zu echt aus. Sollte die Ohnmacht gespielt gewesen sein, war sie eine schauspielerische Meisterleistung. So was wurde ihm bisher nicht einmal von seinen Töchtern geboten.

Kurz bevor die Sanis Oliver auf der Trage in ihr Auto schieben, macht der die Augen wieder auf. »Danke, geht schon wieder«, sagt er. Doch als er aufstehen will, ist er recht wackelig auf den Beinen, sodass Janssen ihm einen Arm reichen muss, um ihn zu stützen.

»Setzen wir uns doch am besten auf die Bank in Ihrem Garten«, sagt KOK Janssen. Ihn noch mal ins Haus zu lassen erscheint ihm zu gefährlich. Wenn Oliver dann wieder zusammenklappt, werden ihn die Sanis endgültig mitnehmen, und er kann mit dem Verhör warten, bis sein potenzieller Mörder sich wieder vollständig berappelt hat und jedes Wort auf die Goldwaage legt.

Das Verhör auf der Gartenbank gerät mehr und mehr zu einem Trauergespräch zwischen guten Freunden. Oliver ist am Boden zerstört. Er zieht das Unglück magisch an, wie es scheint. Erst wird seine Mutter von einem wild gewordenen Autofahrer überfahren, dann verstirbt plötzlich Ellens Schwiegermutter, ihr Mann wird vom eigenen Auto zerquetscht, und nun wird eine gute Freundin bestialisch ermordet. In seiner nächsten Umgebung ereignen sich furchtbare Tode. Janssen nickt und hört dem verzweifelten Mann schweigend zu.

»Gerade in letzter Zeit sind Martina und ich uns wieder so nahe gewesen«, sagt Oliver, und der Kommissar glaubt, einen feuchten Schimmer in seinen Augen erkennen zu können. »Manchmal hat sie zwar gepoltert und sich aufgeregt, doch das muss sein, wenn man so einen Laden wie meine Praxis schmeißen will. Im Grunde war sie herzensgut.«

»Wer mag ihr wohl die Blessuren an der Nase beigebracht haben«, sagt Janssen. Nicht als Frage, mehr so, als ob er auch etwas beisteuern will zu der herzensguten Frau, die Olivers »Laden« geschmissen hat.

»Das war Roxy«, sagt Oliver.

»Nanu«, sagt Janssen. »Der süße kleine Hund beißt?«

»Nein, normalerweise nicht«, sagt Oliver und schafft ein kleines Lächeln bei dem Gedanken an den Hund, »aber wenn gestritten wird, will er natürlich sein Herrchen verteidigen.«

»Wer hat denn gestritten?«

»Martina und ich.«

»Ach«, sagt Janssen. Mehr nicht. Der Kommissar in ihm läuft zwar zu Hochtouren auf, will wissen: Wann? Wo? Warum? Aber er fragt nicht nach. Er bringt es einfach nicht übers Herz, den am Boden zerstörten Mann mit Fragen zu malträtieren. Das wird er später tun. Die Zeit dafür kommt noch.

Erst nach gut zwei Stunden kann Janssen sich mit einem »Ich muss dann auch mal wieder« loseisen. Er gibt einem der Polizisten die Anweisung, sich darum zu kümmern, wo Herr Kallweg samt Köter die nächsten Tage verbringen kann. »Wenn das geklärt und die Spusi fertig ist, lassen Sie die Leiche abtransportieren und das Haus versiegeln. Und dann gut dem Ding.«

Der Polizist überlegt einen Moment, beschließt, dass der KOK mit »dann gut dem Ding« sicherlich gemeint hat, dass sie danach alle nach Hause können, und macht entsprechend Dampf, damit es ein früher Feierabend wird.

Wieder hinter seinem Schreibtisch angekommen, holt Janssen sein Denkpapier hervor. Na bitte, endlich und zweifelsfrei ein echter Mord. Er greift zum Stift, malt in seiner schönsten Sonntags-Ausgeh-Schrift »Martina Frersen« aufs Papier und setzt voller Genugtuung ein »Mord? Ja« darunter. Dann fällt sein Blick auf die oberste Zeile mit »Frau von Weinstein«. Ach ja richtig, auch ein Mord. Hätte er beinah vergessen. Bei dieser ungewohnten Häufung von ungeklärten Toden in Kiel kann einem schon mal einer durchrutschen. Während ihres Schwätzchens auf der Gartenbank hatte er Olivers Hände jedoch geistesgegenwärtig einer optischen Prüfung unterzogen und war zu dem Schluss gekommen, dass diese Hände durchaus zu den Würgemalen am von Weinstein'schen Hals passen *könnten*.

Gerade will er ein »Wer? Oliver Kallweg« unter das »Mord? Ja« von Frau von Weinstein schreiben, da stockt er. Ein »könnte« könnte vor Gericht nicht standhalten. Er braucht unbedingt Kallwegs Fingerabdrücke. Schnell zieht er sein kleines Büchlein aus der Brusttasche, um sich eine entsprechende Notiz zu machen – wichtige Sachen merkt er sich lieber schriftlich –, da sieht er es: »O. Kallweg Fingerabdrücke«. Er hat es sich also schon gemerkt und trotzdem vergessen.

Hoffentlich sind die Jungs noch da, denkt er, während er kleine Müsterchen in sein Notizbuch malt und dem Tut-tut des Freizeichens lauscht. Er hat Glück, die »Jungs« sind noch am Tatort, sichern Spuren, beruhigen den Köter und passen auf, dass Oliver nicht wieder umkippt.

»Fingerabdrücke nehmen! Aber pronto«, bellt er in den Hörer und wischt sich die Schweißperlen von der Stirn.

Was für ein Stress! Er darf sich jetzt nicht verzetteln, das tut seinem Blutdruck nicht gut.

Er lädt die Bilder vom Tatort, die die Spusi auf den Polizeiserver übertragen hat, auf seinen Rechner und vertieft sich in den Anblick der toten Martina. »Wer war es?«, flüstert er ihrem Bild auf dem Monitor zu. »Und warum?« Da Martina naturgemäß nicht antwortet, schnappt er sich zwei Streifenpolizisten und fährt zu ihrer Wohnung.

Die Wohnungstür ist selbstverständlich verschlossen, was aber für einen Kriminalbeamten von Format kein Hindernis ist. Gerade will Janssen die Tür mit seiner Scheckkarte öffnen, da fällt ihm ein, dass die siebziger Jahre, in denen ein Schimanski damit jedes Schloss geknackt hat, vorbei sind. Er ruft den Hausmeister, und fünf Minuten später wird ihm aufgetan.

»Sie Küche«, sagt er zu dem kleineren der beiden Streifenhörnchen und ergänzt: »Sie Schlafzimmer«, wobei er mit dem Zeigefinger auf den anderen zeigt. »Ich nehme mir den Rest vor.«

Eigentlich hätte sein Ton ein zackiges »Jawoll« mit Hand an der Mütze erfordert. Da aber nichts dergleichen kommt und die beiden nur gemütlich auf die jeweils nächstliegende Tür zuschlunzen, atmet er enttäuscht durch und öffnet die Tür mit der großen Milchglasscheibe. Sitzgruppe, Couchtisch, Fernseher – alles so, wie man sich ein Wohnzimmer vorstellt. Und aufgeräumt, aber hallo! KOK Janssen pfeift anerkennend durch die Zähne.

Sofort sind die beiden Streifenhörnchen wieder neben ihm und stehen stramm. »Sie haben gerufen?«

Janssen schüttelt unwillig den Kopf. »Wegtreten«, brummt

er, und die beiden schlagen die Hacken zusammen. Na bitte, geht doch.

Neben dem gemütlichen Teil des Zimmers steht an der Wand ein Schreibtisch – oder besser gesagt ein Schreibtischchen. Auch hier alles penibel ordentlich. Diesmal verkneift sich KOK Janssen einen Pfiff, damit die beiden nicht wieder angerauscht kommen. Er hat nicht ewig Zeit.

Kurz blättert er die Blätter durch, die in drei übereinandergestapelten Schüben versammelt sind, dann zieht er die oberste Schublade des Schreibtisches auf. Ganz obenauf liegt eine Dokumentenmappe. Schon als er die erste der Seiten, die ihm daraus entgegenpurzeln, überflogen hat, weiß er Bescheid: Der saubere Herr Doktor hat billige Implantate verbaut und teuer abgerechnet. Ja, sieh mal einer guck. Nun kann er sich doch nicht mehr bremsen und pfeift wieder durch die Zähne.

»Spusi rufen! Hier muss alles auf links gezogen werden«, bellt er die beiden an, die wieder in Sekundenschnelle neben ihm aufgetaucht sind.

Nun mag man natürlich denken, dass es eine ganze Weile dauert, bis die weiß gewandeten Männer (und Frauen und Sonstige, da will ich gendermäßig korrekt sein) alles durchforstet haben. Aber in dieser kleinen, aufgeräumten Zwei-Zimmer-Wohnung geht es zügig voran. Sämtliche Ordner (es sind zwei Stück), die Dokumentenmappe und der Laptop werden eingesackt. Der merkwürdige Zettel, auf dem Martina in Kleinmädchenhandschrift die Adresse von Ellen von Weinstein notiert hat, wird in ein Plastiktütchen verpackt. Als am Schlafzimmerlämpchen dann noch ein wunderschöner Fingerabdruck gesichert werden kann, ist KOK Janssen glücklich. Wenn der mit denen des schönen Oliver übereinstimmt, wovon er ausgeht, dann hat er genug Beweise beisammen, um ihn lebenslänglich festsetzen zu können. Selbst die Tatsache, dass in Deutschland ein Lebenslang oft nur fünfzehn Jahre dauert, kann seine Euphorie nicht schmälern.

»Das war's dann für Sie«, sagt Janssen, als er spätabends in Olivers Praxis auftaucht, wo der gerade seine Couch für eine ungemütliche Nacht herrichten will. Dabei wedelt er fröhlich mit dem Haftbefehl, den ein Richter wegen Flucht- und Verdunkelungsgefahr bei Mordverdacht stets anstandslos ausstellt.

Kurz darauf kann Oliver eine Pritsche in der JVA Neumünster für eine noch weitaus ungemütlichere Nacht herrichten. Auch für Foxy brechen härtere Zeiten an. KOK Janssen sorgt dafür, dass er umgehend im Tierheim eingeknastet wird.

Wenn du meinst, dass KOK Janssen damit seinen Teil des Jobs erledigt hat, bist du leider schief gewickelt. Im Gegenteil: Jetzt geht's erst richtig los – und zwar unter einem höllischen Zeitdruck. Nach einem halben Jahr Untersuchungshaft kann es sonst passieren, dass selbst der verdächtigste Mordverdächtige erst mal wieder gehen darf, wenn der Haftrichter keine Verlängerung genehmigt. Es ist also zu befürchten, dass Polizei und Staatsanwaltschaft nur hundertzweiundachtzig Tage Zeit haben, um die Sache wasserdicht zu machen. Wenn man bedenkt, dass man von diesen hundertzweiundachtzig Tagen fünfzig Tage Wochenende, mindestens drei Feiertage, fünfzehn Tage Urlaub und etliche Fehltage wegen Krankheit abziehen muss, bleibt kaum was übrig. Da kann man sich den Luxus, nicht nur be-, sondern auch entlastendes Material zu sammeln und noch mehr Verdächtige aufzustöbern, wirklich kaum leisten. Daher ist es KOK Janssen beim besten Willen nicht nachzutragen, dass er in seiner Freude, Oliver als Mordverdächtigen gefunden zu haben, dessen Recht auf Ermittlung nach allen Seiten ein wenig aus den Augen verliert und sein ganzes Tun und Handeln der Wasserdichtigkeit verschreibt.

Ebenso habe ich natürlich auch großes Verständnis dafür, dass der Beschuldigte einen Anwalt bemüht, damit der ihn so schnell wie möglich wieder aus der U-Haft rausboxt. Wenn der berühmte Schönheitschirurg ein halbes Jahr im Untersuchungsgefängnis die Füße hochlegt, sucht sich die Damenwelt jemand anderen, der sie runderneuert. Und Foxy wird ein halbes Jahr im Tierheim vielleicht auch nicht ohne psychische Schäden überstehen.

Kein Verständnis hingegen habe ich für die Fernseh-Tatörter, die den Rechtsanwalt als Buhmann darstellen, der der Polizei ständig in die Suppe spuckt, ihre anstrengende Arbeit systematisch hintertreibt und seinen Mandanten aus den Fängen der Justiz befreit, obwohl doch jeder sieht, dass der von oben bis unten Dreck am Stecken hat. Scheiß-Rechtsstaat, denkt man brav, fühlt mit den sympathischen Kommissaren mit, die sich ein Bein nach dem anderen ausreißen, und wünscht dem bösen Verbrecher die Pest äh ... die gerechte Strafe an den Hals.

Warum fällt man eigentlich immer auf solche Drehbuchschreiber rein? Na, ebendeshalb: weil man die Kommissare schon so lange kennt, weil sie einem von Tatort zu Tatort mehr ans Herz gewachsen sind mit ihren privaten kleinen Sorgen und Nöten, wohingegen der Böse nur kurz in unserem Leben weilt und so eine fiese Visage hat. Dafür schmeißt man gern mal seine Rechte in die Ecke. Man braucht sie ja nicht, denn man selber gehört schließlich zu den Guten – abends so nett bei Chips und Bier vorm Fernseher. Dass man einmal der Nicht-ganz-so-Gute sein oder gar gänzlich unschuldig in die Mühlen der Justiz geraten könnte – wer glaubt denn so was?

***

Wir glauben ja, dass wir in einer Demokratie leben. Aber das stimmt nicht. Wir leben in einem demokratischen Rechtsstaat. Was ist der Unterschied? In einer Demokratie können zwei Wölfe und ein Schaf darüber abstimmen, was es zum Abendessen gibt. In einem Rechtsstaat ist das Schaf am nächsten Tag beim Frühstück noch am Leben. Ärgerlich für die Wölfe. Deshalb mögen Wölfe – ebenso wie manche Regierungen –

Rechtsstaatlichkeit nicht sonderlich und versuchen alles, uns unsere Rechte zu nehmen.

Noch ist es nicht so weit, noch haben wir sie. Das weiß auch KOK Janssen, weshalb er ebenfalls weiß, dass er sich sputen muss, wenn er Schaf Oliver möglichst lange hinter Gittern halten will, bevor ein Rechtsbeistand ihn wieder befreit.

»Wir haben im Augenblick leider gar keine Termine frei«, sagt die Sprechstundenhilfe hinter dem Empfangstresen, als KOK Janssen in Olivers Praxis auftaucht. Sie sieht ihn ungehalten an. Die Hektik strahlt ihr aus sämtlichen Knopflöchern, und auch die anderen Arzthelferinnen wuseln alle durcheinander und sind schwerstbeschäftigt.

Ein bisschen befremdlich ist das schon, denn man weiß schließlich, dass jede Arztpraxis eine total ruhige Kugel schiebt, wenn der Chef nicht da ist. Frei nach dem Motto: Ist die Katze aus dem Haus, tanzen die Mäuse auf den Tischen. Wenn aber die Katze kurz vorher angerufen hat, um zu vermelden, dass sie mehrere Wochen lang krank sein wird und alle Termine elegant umgeschaufelt werden müssen, dann verfällt die ganze Mäuseschar in hektische Betriebsamkeit. Da ist es natürlich ganz ungut, wenn auch noch eine vermeintliche Neu-Kundschaft dazwischenplatzt, und verständlich, dass die Sprechstundenhilfe sie abzuwimmeln versucht.

Wortlos zeigt Janssen seinen Dienstausweis.

Wie soll ich dir die Wirkung beschreiben? Vielleicht kennst du das Spiel »Mutter, darf ich?«. Solange die Mutter nicht hinguckt, rücken die Kinder vor, um augenblicklich mitten in der Bewegung zu verharren, sowie die Mutter sie anschaut. Wer hätte gedacht, dass ein Ausweis in Form einer Scheckkarte mit Lichtbild die Mutter so prima ersetzen kann.

Janssen zieht ein Verhör durch, wie wir es aus jedem besseren Krimi kennen, und ist mit dem Ergebnis ausgesprochen zufrieden: Seit Jahren hatten der Chef Oliver und die Chef-Sprechstundenhilfe Martina ein Verhältnis, das sie zu verheimlichen suchten.

»Nein, das war manchmal wirklich richtig komisch, wie sie versucht haben, das vor uns zu verbergen.« Die kleine Dicke will sich ausschütten vor Lachen.

Der KOK hat es nicht gern, wenn während seines Verhörs gelacht wird, selbst wenn es sich nicht um ein Verhör, sondern nur um eine Befragung handelt. Aber die allgemeine Fröhlichkeit, die das Personal ergreift, als es um diesen Punkt geht, hätte beinah auch ihn angesteckt. Deshalb ist es gut, dass endlich die Krise zur Sprache kommt, die offensichtlich in letzter Zeit zwischen die beiden geheimen Turteltäubchen getreten ist.

»Da sind dann hinter verschlossenen Türen manchmal gewaltig die Fetzen geflogen«, raunt die kleine Dicke hinter vorgehaltener Hand, als würde sie damit einen Tratsch offenbaren, den niemand hören soll. Sie muss ihre Augen und Ohren wirklich überall gehabt haben und ist ein Quell umfangreichster Information, weshalb Janssen sich fragt, ob sie überhaupt noch Zeit zum Arbeiten gefunden hat.

»Wann genau sind zuletzt die Fetzen geflogen?«

»Ach, Fetzen flogen eigentlich dauernd, aber besonders heftig war es … warten Sie mal … das muss …«, sie legt zwei Finger an den Mund und lässt die Augen zur Decke wandern, »ja, jetzt fällt es mir wieder ein: Das war letzten Dienstag, am 13., so gegen vierzehn Uhr fünfundzwanzig.«

Einen kurzen Moment lang stutzt Janssen ob der präzisen Angabe, doch dann macht er zügig seine Notizen. Es war also genau eine Woche vor dem Mord. Interessant. Kurz befragt er noch die anderen Damen, ob sie Unstimmigkeiten zwischen dem Chef und der Chef-Sprechstundenhilfe bemerkt hätten, und als diese sich gar nicht wieder einkriegen können mit ihrem Geplapper über diesen Tag, an dem sogar Foxy aus dem Sprechzimmer geflogen ist, damit er sie nicht durch sein Bellen beim Streiten stört, kann Janssen im höchsten Grade befriedigt ein Ausrufezeichen hinter Datum und Uhrzeit machen. Damit hat er Oliver im Sack. An dieser Aussage kann kein Richter vorbei. Und noch besser: Daran wird sich auch Olivers Rechtsanwalt die Zähne ausbeißen.

***

»Aber deshalb bringe ich Martina doch nicht um«, schreit Oliver, als KOK Janssen ihn mit den eheähnlichen Streitereien konfrontiert, die er in Olivers Praxis zutage gefördert hat. Zu dieser Konfrontation ist der KOK extra nach Neumünster gefahren, wo die Kieler Untersuchungshaft Unterschlupf gefunden hat.

»Nein«, sagt Janssen, »deswegen nicht«, und knallt Oliver die Kopien auf den Tisch, die er in Martinas Wohnung gefunden hat. »Aber deswegen!«

»Was ist das denn?«, fragt Oliver und sieht Janssen erstaunt an.

Natürlich. Diesen unschuldigen Dackelblick kennt Janssen zur Genüge. Wenn er sich recht erinnert, war es vor allem seine Große, die diesen Blick perfekt draufhatte. Oder war es die Gattin selbst? Egal. Nie wieder fällt er darauf rein. Warte nur, Bürschchen, damit kommst du mir nicht durch. Da hat sich der feine Herr Schönheitschirurg mächtig geschnitten.

»Das, mein lieber Herr Kallweg, sind Abrechnungen, die ganz klar belegen, dass Sie in Ihren Patientinnen Schrott verbaut haben. Frau Frersen ist Ihnen draufgekommen und hat Sie damit erpresst. Da wussten Sie sich nicht mehr anders zu helfen und haben sie umgebracht.«

»So ein Quatsch«, sagt Oliver.

Sollte man nicht tun. Polizisten sind auch nur Menschen und hören es nicht gern, wenn ihre logischen Schlüsse als Quatsch beiseitegeräumt werden. In diesem Fall ganz besonders ungeschickt, denn jetzt ärgert sich Janssen – und zwar richtig. Er hat schließlich sehr viel Mühe darauf verwendet, Olivers Alibi zu zerpflücken. Dabei wäre es gar nicht nötig gewesen, die Erpressung mit den Schrottimplantaten ist Motiv genug, da hätte es den Streit zwischen Oliver und Martina und ein fehlendes Alibi gar nicht gebraucht. Die sind nur die Sahnehäubchen obendrauf.

Aber das konnte Janssen ja noch nicht wissen, als er sich Foxy aus dem Tierheim ausgeborgt hat, um Olivers Behauptung zu überprüfen, er sei mit Roxy Gassi gegangen und deshalb gar nicht da gewesen, als Martina ermordet wurde. Janssen ist mit Foxy die ganze Kastanienallee rauf- und runtergegangen, bis der Hund schließlich und endlich sein Geschäft erledigt hatte. Damit war eindeutig bewiesen, dass Oliver mit Foxy *nicht* Gassi gegangen war, sondern die Zeit genutzt hatte, um Martina umzubringen. Wie sonst ist es zu erklären, dass Foxy bei KOK Janssens Erscheinen am Tatort wild durch die Gegend kotete, sodass der Tatortreiniger an mehreren Stellen seine liebe Not mit den Hinterlassenschaften hatte. Dass Foxy zum Bunkern neigt und in Stresssituationen schon mal die Kontrolle über seinen Schließmuskel verliert, kann Janssen ja nicht ahnen.

»Soso«, sagt Janssen mit eisigem Unterton, »ich rede also Quatsch. Aber dass Sie Frau Frersen am 20. Ihren Haustürschlüssel gegeben haben, weil Sie sich mit ihr in der Mittagspause bei Ihnen zu Hause treffen wollten, das ist kein Quatsch, oder?«

»Das habe ich nun schon fünfzigmal zugegeben«, brummt Oliver.

»Warum haben Sie sie zu sich nach Hause bestellt?«

»Ich habe sie nicht bestellt. Wir waren da verabredet!«, schreit Oliver.

»Und als Sie dort ankamen, hat Sie Ihnen die Tür geöffnet, ein hübsches kleines Schürzchen umgebunden, mit Küchenmesser in der Hand, weil sie gerade Zwiebeln klein geschnitten hat – und da haben Sie ihr das Messer in den Hals gerammt. So war es doch. Geben Sie es zu!«

»Was für ein Unsinn.« Oliver wird langsam richtig grantig. »Martina wollte kein Essen kochen. Wir wollten vögeln.

Deshalb hatte sie auch *keine* Schürze an. Und zum Zwiebelnschneiden ist das Messer gänzlich ungeeignet. Außerdem lag sie tot im Wohnzimmer und nicht im Flur.«

»Wie … interessant«, sagt KOK Janssen gedehnt. »Vor allem, wenn man bedenkt, dass Sie am Tatort in Ohnmacht gefallen sind, als Sie Ihre Geliebte tot gesehen haben. Wie können Sie sich da noch so genau erinnern, ob sie eine Schürze trug oder nicht? Und das Messer kennen Sie also auch, obwohl Sie behauptet haben, nichts darüber zu wissen.« Zufrieden lehnt sich Janssen in seinem Stuhl nach hinten, gespannt, wie Oliver seinen Kopf aus der Schlinge ziehen will.

»Wissen Sie was?«, sagt Oliver und steht auf. »Ohne meinen Anwalt sage ich gar nichts mehr.« Er geht zu dem Justizvollzugsbeamten, der den Verhörraum bewacht, lässt sich die Tür öffnen und ist verschwunden. Janssen sieht ihm verblüfft nach.

Ein super Abgang! Muss ich sagen. Aber leider zu spät. Sicher, es macht Spaß, einen Kriminaloberkommissar mal so richtig auflaufen zu lassen und ihm zu zeigen, wie blöd er ist. Aber man vergisst dabei den Spruch, den ein Polizist gleich zu Anfang einer Vernehmung sagt: dass man nämlich die Aussage verweigern kann, aber wenn man es nicht tut, alles gegen einen verwendet werden kann. Und unser guter Janssen wird alles gegen Oliver verwenden, was er von ihm gehört und gesehen hat. *Alles* wird er verwenden. Auch das, was er nur zwischen den Zeilen gehört oder gesehen zu haben glaubt.

Jetzt ist dir sicher klar, warum KOK Janssen kurz nach Olivers Abgang so fröhlichen Schrittes den Verhörraum verlässt. Er hat Widersprüche in Olivers Aussagen entdeckt. Außerdem ist dessen Alibi widerlegt, das Motiv glasklar, und die Tatwaffe hat Kallweg'sche Fingerabdrücke. Da kann Olivers Rechtsanwalt später noch so oft behaupten, dass das gar nicht das Messer seines Mandanten ist und die Fingerabdrücke nur deshalb drauf sind, weil er damit die köstlichen Ellen'schen Braten tranchieren musste. Wer glaubt denn so was?

Auch Ellen wird sich vor Gericht – selbst unter Eid – nicht mehr daran erinnern, dass sie Oliver jemals mit dem Ferrari unter den Messern hantieren gesehen hat. »Wissen Sie, Hohes Gericht«, wird sie sagen, »über die Küche hatte ich immer ganz allein die Oberhoheit« – mit einem Augenaufschlag … also ganz großartig.

* * *

KOK Janssen holt seinen Denkzettel aus der Schublade, um den endgültigen Haken hinter »Wer? Oliver Kallweg« zu machen. »Motiv, Alibi, Beweise« – alles geklärt. Wunderbar, keine offenen Fragen verunstalten das heilige Blatt. Zumindest so lange, bis Janssens Blick in die oberen Regionen des Papiers gleitet. »Frau von Weinstein«, steht da. »Mord? Ja«, so weit alles in Ordnung. Aber in der Zeile, in der samt Antwort das »Wer?« stehen muss, klafft weiterhin eine Riesenlücke.

Janssen kratzt sich am Kopf. Die ganze von Weinstein'sche Soße ist völlig ungeklärt. Zwei tote Weinsteine, aber kein Mörder. Bei Horst von Weinstein nicht einmal ein Mord! Doch dass dieser Oliver irgendwie bis über beide Ohren in diesen ungeklärten Toten mit drinsteckt, das hat er im Urin. Da muss eine Verbindung sein. Wieso stand Ellens Adresse auf dem Zettel, den er in Martinas Wohnung gefunden hat? Was hatte die tote Martina mit der Weinstein-Soße zu tun?

KOK Janssen hasst unbeantwortete Fragen. Die fallen ihm erfahrungsgemäß sofort auf die Füße, sobald der Staatsanwalt den Kopf zur Bürotür reinsteckt. Seufzend schnappt er sich seinen Mantel und macht sich auf den Weg.

»Na, meine Kleine, darf ich wohl mal reinkommen, obwohl die Mami nicht da ist?«, fragt der KOK und beugt sich scheiß-freundlich zu Lea runter.

»Die Mami ist da«, antwortet Lea ebenso scheißfreundlich und öffnet die Tür weit genug, damit der Kriminalkommissar eintreten kann. Verwundert sieht er Lea an. So unkompliziert hatte er es sich nicht vorgestellt, der Herrin des Hauses habhaft zu werden. Bisher war Ellen eigentlich nie da, wenn er kam.

»Vielen Dank, schmeckt großartig«, sagt er, während er höflich am Kaffee nippt, den Ellen ihm hingestellt hat. Dabei sieht er sich unauffällig um. Hier hat sich einiges verändert seit seinem letzten Besuch. Auf dem großen Büfett, das früher die Ahnengalerie in Silberrahmen beheimatete, stehen jetzt wie Kraut und Rüben jede Menge Kinderbücher, gekrönt vom Strickzeug der Hausfrau. Der Couchtisch hat seine Brokatdecke eingebüßt, und das Troddelkissen für Omis Rücken im übermächtigen Ohrensessel ist ebenso verschwunden wie alle anderen Sofakissen. Überall liegt Spielzeug herum, und auf dem altehrwürdigen Sekretär prangt ganz unpassend ein aufgeklapptes Notebook. Ganz offensichtlich hat Familie von Weinstein junior das Regiment übernommen, wo früher Frau von Weinstein senior die Herrschaft hatte.

»Das von Frau Frersen haben Sie sicherlich schon gehört?«, beginnt Janssen das Gespräch, das natürlich gar kein Gespräch, sondern ein Verhör oder zumindest eine Befragung werden soll. Aber er hat gute Erfahrungen damit gemacht, seine Ermittlungen mit dem Anschein der Beiläufigkeit daherkommen zu lassen.

»Wer ist Frau Frersen? Sollte ich die kennen?«, fragt Ellen und schenkt dem Kriminaloberkommissar Kaffee nach.

»Oh ja, danke, wie aufmerksam«, sagt Janssen und schiebt – wie nebenbei – die Tasse ein bisschen in Richtung Kanne, damit Ellen besser gießen kann. Doch das ist rein äußerlich. Innerlich beobachtet er Ellen genau. Schließlich lag ihre Adresse im Schreibtisch einer Frau, von der sie behauptet, sie nicht zu kennen. Er hofft, irgendetwas Verräterisches in Ellens Handeln zu entdecken.

Doch da muss ich ihn leider enttäuschen. Keinerlei Auffälligkeiten, kein Zittern der Hand, nichts. Ellen ist einfach nur eine Frau mit Kaffeekanne in der Hand.

»Frau Frersen war eine gute Bekannte von Herrn Kallweg. Oder besser gesagt: eine enge Freundin.«

»Ach«, sagt Ellen.

KOK Janssen lässt ihr Zeit, die Nachricht zu verdauen – wenn sie denn verdaut werden muss – und dann zu reagieren. Erst tut sich nichts, doch dann reagiert Ellen.

»Ach«, sagt sie noch einmal und fährt dann fort: »Oliver hat eine enge Freundin? Was heißt das denn?«

Janssen erzählt ihr, was er an Informationen aus Olivers Praxis herausgeholt hat, beschreibt die Heimlichkeit, die die beiden um ihre »enge Freundschaft« gewoben haben, und die Brüche, die es in letzter Zeit gegeben haben soll. Dann holt er zu seinem dezidiert geplanten Schlag aus. »Wie ist eigentlich *Ihre* Beziehung zu Herrn Kallweg?«

»Gut«, sagt Ellen und strahlt. »Sehr gut. Wir wollten sogar zusammenziehen.«

»Wollten?«, echot KOK Janssen wie beiläufig und rührt in seinem Kaffee. »Wollen Sie das jetzt nicht mehr?«

Ellen schüttelt den Kopf. »Wir haben gerade noch rechtzeitig gemerkt, dass wir doch nicht so gut zusammenpassen. Wäre auch etwas schnell gewesen, so kurz nach Horsts Tod. Ich muss mich doch erst einmal neu sortieren. Und dann natürlich die Kinder … nein, es war eine Schnapsidee. Aber wir sind natürlich weiterhin sehr gute Freunde. Würde mich nicht wundern, wenn er nachher anruft und noch mal auf einen Sprung vorbeikommt. Lea ist ganz närrisch nach ihm. Und er nach ihr.« Sie sieht dem Kommissar mit einem glücklichen Lächeln in die Augen – offen, ehrlich, geradeheraus.

Janssen stöhnt. Aber er stöhnt mehr innerlich, damit niemand merkt, wie ihm die Sache auf den Magen schlägt. Bis eben wollte er dieser Frau auf den Zahn fühlen und langsam aus ihr herausprokeln, welche Rolle sie bei Oliver und Oliver bei dem Tod ihrer Schwiegermutter gespielt hat. Jetzt aber erkennt er, dass Ellen offenbar von nichts eine Ahnung hat. Weder von Martinas Tod, von deren Existenz sie sogar nie eine

Ahnung hatte, noch davon, dass Oliver unter Mordverdacht steht und in der JVA Neumünster einsitzt.

Am liebsten würde er »Vielen Dank für den Kaffee« sagen, aufstehen und gehen. Aber das geht natürlich nicht. Jetzt muss er Ellen darüber aufklären, dass Oliver neben ihr noch eine weitere mehr als nur gute Freundin hatte und dass wahrscheinlich er es war, der diese bestialisch umgebracht hat, weswegen er nun in Untersuchungshaft sitzt. Unauffällig fühlt er, ob er ein Päckchen Papiertaschentücher in seiner Hosentasche hat, um den zu erwartenden Tränenstrom einigermaßen beherrschen zu können.

»Hört mal, ihr beiden«, sagt er zu Rick und Lea, »wollt ihr nicht mal ein bisschen in den Garten gehen? Ist doch so herrliches Wetter draußen.«

Blitzartig schlägt Ellens Stimmung um. »Was soll das?«, fragt sie mit kaltem Blick. »Lassen Sie meine Kinder in Ruhe. Die gehen in den Garten, wann sie wollen. Denen müssen Sie keine Ratschläge erteilen. Die haben von ihrer Großmutter genügend gute Ratschläge bekommen. Das reicht bis ans Lebensende.«

Erschrocken sieht Janssen Ellen an. Er wollte den Kindern doch nur ersparen, die Schrecklichkeiten hören zu müssen, wollte sie schützen und wird nun unerwartet von einer Löwin angegangen, die jeden wegbeißt, der ihrem Nachwuchs zu nah kommt.

Bitte, dann nicht, denkt er. Er hatte es schließlich nur gut gemeint. Er holt tief Luft – eine Hand am Paket mit den Taschentüchern, die andere an der Kaffeetasse – und sagt, was er zu sagen hat.

Jetzt ist es Ellen, die erschrocken guckt. Mit weit aufgerissenen Augen starrt sie den Kommissar an. Der holt schon mal vorsorglich die Taschentücher hervor, denn der Tränenausbruch scheint unmittelbar bevorzustehen.

»Was unterstehen Sie sich«, zischt Ellen, »mir so was zu erzählen. Vor den Kindern!«

Janssen muss sich regelrecht wegducken vor Ellens Zorn. »Ich hab gesagt, dass die Kinder in den Garten gehen sollen. Sie waren es doch, die die Kinder dabeihaben wollte.«

»Ich wusste schließlich nicht, *was* Sie mir sagen würden«, schreit Ellen. Sie fährt sich durch die Haare, greift zur Kaffeekanne, verschiebt die Tassen, zupft fahrig an ihrer Bluse, streicht sich den Rock glatt, zittert am ganzen Körper.

Janssen beobachtet sie angstvoll. Er ist kein Mediziner, aber das scheint ihm einem Nervenzusammenbruch doch recht nahezukommen. »Ich glaube, ich rufe mal eben einen Arzt. Sie sollten sich vielleicht derweil ein wenig ausruhen«, sagt er und versucht, seiner Stimme einen total beruhigenden Touch zu verleihen.

»Unsinn«, sagt Ellen. Sie streicht sich noch einmal kurz über den Rock und greift zur Kaffeekanne. »Noch einen Schluck, Herr Kommissar? – Und ihr geht am besten doch mal in den Garten«, sagt sie an die Kinder gewandt.

Lea und Rick haben Ellens plötzlichen Ausbruch mit mäßigem Interesse verfolgt, was Janssen mit einigem Erstaunen registriert. Jetzt trollen sie sich ohne sonderliche Gemütsregung in den Garten hinaus. Nur Lea dreht sich in der Terrassentür noch einmal kurz um. »Ich will aber nachher noch Pudding«, sagt sie. »Du hast es mir versprochen.«

Ellen wirft ihrer Tochter ein Kusshändchen zu, lächelt sie an und behält das Lächeln bei, als sie sich wieder dem Kommissar zuwendet. »Tja, der Oliver ... meine Güte ... also so was ... wer hätte das gedacht?«

Was genau sie damit meint, kann der Kommissar nicht erkennen, und er traut sich auch nicht nachzufragen. Er will keinen zweiten Ausbruch riskieren. Außerdem ist es ihm im Grunde egal, ob sich Ellens Erstaunen auf Olivers amouröse Zweigleisigkeit oder den Mordverdacht bezieht. Vorsichtig schiebt er das Gespräch dorthin, wo er es haben will, und auf das, weshalb er in Wirklichkeit gekommen ist. Ellen muss etwas über den mysteriösen Tod der alten von Weinstein wissen.

Und richtig. Sie weiß einiges und erzählt es bereitwillig. Äußerst bereitwillig sogar. Der KOK kommt gar nicht so schnell nach mit dem Mitschreiben.

Nach dem mehr als erschreckenden Auftakt seines Besuches kann er dank Ellens Offenbarungen sozusagen mit übervollen Taschen wieder abziehen. Er ist so befriedigt über den Verlauf des Gesprächs, dass er beinah vergessen hätte, die Kinder grüßen zu lassen, bevor er geht. So was muss man immer machen, das weiß er noch von früher. Seine Frau war immer sehr empört, wenn Gäste kamen oder gingen, ohne sich nach den Kindern zu erkundigen. »Nur weil sie nicht da sind, sind sie ja schließlich nicht weg«, sagte sie des Öfteren entrüstet, obwohl er immer dachte, dass solche Grüße an die Kinder seinen drei Mädchen sicher weitestgehend am Arsch vorbeigehen dürften.

»Vielen Dank, ich richte es den Kindern aus«, sagt Ellen, begleitet ihn zur Tür und verschließt sie mit einem »Kommen Sie gut nach Hause« hinter ihm.

***

Janssen kommt nicht gut nach Hause. Er kommt gut ins Büro. Die Ergebnisse seines Besuches müssen auf seinen Denkzettel übertragen werden, solange die Informationen, die Ellen wie aus einem riesigen Füllhorn über ihm ausgegossen hat, noch warm sind.

Es war also Horst, der seine Pfoten um Omis Hals gelegt und zugedrückt hat, bis sie das Atmen für immer einstellte. Schön für einen Kriminaloberkommissar, wenn er den Tathergang eines Mordes von einem Zeugen geschildert bekommt. Davon können viele seiner Kollegen nur träumen. Allerdings ist Ellen kein Während-Zeuge, sondern eigentlich ein Nachher-Zeuge, denn die Tat an sich hat sie nicht gesehen, sondern nur das geständige Häufchen Elend nach der Tat erlebt. Und als liebende Ehefrau hat sie ihren Gatten natürlich nicht verraten, sondern geholfen, die Spuren zu verwischen. Janssen hatte verständnisvoll genickt, als sie ihm das schilderte, und er nickt auch jetzt verständnisvoll, als er hinter das »Wer?« von Omis Mord den Namen »Horst« schreibt.

Ja, das ist alles schön zu wissen, aber unbefriedigend. Zumindest für Janssen, der Mörder gern dingfest macht. Tote Mörder werden aber nicht dingfest gemacht. Da spricht die Strafprozessordnung eine ganz eindeutige Sprache. Gegen Tote wird nicht verhandelt. Und wenn gegen sie nicht verhandelt wird, braucht sich unser KOK nicht die Mühe zu machen, gegen sie zu ermitteln. Besonders, findet er, wenn die Sache so sonnenklar ist wie in diesem Fall.

Janssen ist sich nicht sicher, ob er sich darüber freuen oder ärgern soll, denn auch der Tod von Horst ist höchst unergiebig. Nach Ellens Andeutungen vermutet er einen Unfall, herbeigeführt von der kleinen Lea. Die ist nicht einmal annähernd strafmündig, sodass er sich auch in diesem Fall die Ermittlungen sparen kann. Eine einzige Enttäuschung! Zwei so wunderbare Tode, aber für einen KOK ist nichts zu holen. Ganz ungut für seine private Statistik.

Da muss Janssen Oliver beinah dankbar sein, dass er mit Martinas Tod endlich etwas erschaffen hat, womit sich ein Oberkommissar seine Meriten verdienen kann. Allerdings: So richtig meritenmäßig wird das auch nicht werden, dazu ist der Fall zu eindeutig. Der Mörder hat kein Alibi, dafür aber ein handfestes Motiv. Außerdem sind wunderbare Fingerabdrücke auf der Tatwaffe. Nicht zu vergessen die Zeugin, die Nachbarin, die allerdings leider nur eine Fast-Zeugin ist. Wenn er bei der noch ein bisschen bohrt – wer weiß, ob sie sich nicht doch noch daran erinnert, den Hausherrn vor den merkwürdigen Geräuschen ins Haus hinein- und nach den merkwürdigen Geräuschen schnellen Schrittes wieder hinausgehen gesehen zu haben.

Mit Zeugen ist das nämlich eine ganz eigene Sache. Da hat der KOK schon die interessantesten Dinge erlebt. Meist wird sich erinnert, was das Zeug hält, und erst auf intensives Befragen hin lösen sich die Erinnerungen nach und nach in Wohlgefallen auf. Auch die entgegengesetzte Erfahrung hat er schon gemacht. Der Zeuge weiß gar nichts, bestreitet sogar, den Verdächtigen überhaupt zu kennen, bis man nach und nach aus ihm herauspult, dass er seit vielen Jahren engen Kontakt mit ihm hatte. Alles schon da gewesen. Janssen wird den Erinnerungen der Nachbarin ein wenig auf die Sprünge helfen müssen. Nicht dass es wirklich nötig wäre bei einem Fall, so klar wie diesem. Aber ein Zeuge rundet die Sache meist ganz herrlich ab. Besonders dann, wenn der Tatverdächtige mit einem gewieften und mit allen Wassern gewaschenen Anwalt daherkommt, wovon bei Oliver auszugehen ist.

**

Gottes Mühlen mahlen langsam, aber gerecht. Das weiß man, da ist man sich einig. Nicht ganz so einig ist man sich in der Frage, ob die Mühlen der Justiz nicht noch langsamer mahlen, dafür aber öfter ungerecht. Hier gehen die Meinungen erheblich auseinander, denn manche Prozesse kommen und kommen nicht in Gang, bei anderen dagegen geht es unheimlich schnell. Mit der Gerechtigkeit ist es ähnlich. Mancher kleine Dealer muss für Jahre einsitzen, wohingegen ein anderer, der Mord und Totschlag an seiner Gattin auf dem Gewissen hat, nach kürzester Zeit wieder frei rumläuft.

Der Prozess gegen Oliver ist einer von der ganz schnellen Sorte. Vielleicht hat die zuständige Strafkammer ihn vorgezogen, um endlich mal was zu verhandeln, das man ruck, zuck durchziehen kann. Lediglich zwei Termine hat sie veranschlagt, was für einen Mordprozess nun wirklich erstaunlich wenig ist. Aber so sicher wie in diesem Fall sind Richter eben selten. Natürlich liegt die Sache mit der Gerechtigkeit völlig im Dunkeln, aber das ist ja normal.

KOK Janssen erscheint bestens vorbereitet zur Verhandlung. Über jedes Stöckchen, das Olivers Anwalt ihm vor die Füße wirft, um ihn zu Fall zu bringen, springt er gekonnt drüber. Selbst bei der Frage, ob denn auch Ellens Alibi überprüft wurde, kann er brillieren. Selbstverständlich hat er den Kellner vom »Mercato« befragt, ob Frau von Weinstein am fraglichen Tag dort zu Mittag gegessen hat. Der Kellner konnte sich sogar daran erinnern, dass sie allein war. »Auch am Donnerstag, den 27.?«, hatte er extra noch einmal nachgefragt, obwohl das eigentlich völlig überflüssig war. Genickt hat er daraufhin, der Kellner, und im Brustton der Überzeugung hinzugefügt: »Sie kam immer donnerstags. Wenn sie nicht da gewesen wäre, das wäre mir aufgefallen.«

Zufrieden nimmt Janssen nach seiner Aussage im Zuschauerraum Platz. War ja klar, dass darauf herumgehackt werden würde, ob er auch ja nach allen Seiten ermittelt hat. Schließlich waren nicht nur Olivers, sondern auch Ellens Fingerabdrücke auf dem Messer. Aber das ist mehr als selbstverständlich, schließlich war es *ihr* Messer, an Schärfe nicht zu überbieten, was auch so bleiben sollte, weswegen sie es immer von Hand abspülte und nicht in den Geschirrspüler tat. Daher überall ihre Fingerabdrücke. Aber Fingerabdrücke allein machen eben noch keinen Mörder, vor allem dann nicht, wenn wie bei Ellen ein Alibi vorhanden, aber kein Motiv in Sicht ist. Wenn es allerdings – wie in Olivers Fall – kein Alibi, aber ein glasklares Mordmotiv gibt, sind seine Fingerabdrücke auf dem Tatmesser ein wunderbares Add-on.

Erst jetzt bemerkt Janssen, dass Rick neben ihm sitzt. Auch er verfolgt also den Prozess an dem ehemaligen Freund seiner Mutter. So richtig richtig findet Janssen das nicht. Schließlich ist Rick noch ein halbes Kind. Was kann das für einen Schaden in der Kinderseele anrichten, wenn detailliert die erfolgten Grausamkeiten aufgetischt werden und sogar die eigene Mutter befragt wird und in die Schusslinie gerät. Da muss man sich dann nicht wundern, wenn das Urvertrauen flöten geht.

»Hab keine Angst«, sagt Janssen und legt Rick väterlich den Arm um die Schultern. »Deiner Mutter kann nichts geschehen. So eine feine Frau, deine Mutter.«

Rick nickt. »Alles klar«, sagt er und lehnt sich ein wenig vor, um sich aus KOK Janssens Arm zu befreien.

Wie wir wissen, ist Janssen Besitzer dreier eigener Kinder. Man darf ihm also eine gewisse Feinfühligkeit unterstellen, was Kinderseelen betrifft. Aber es sind eben drei Mädchen, die er großgezogen hat, und die tragen das Herz bekanntlich eher auf der Zunge als Jungs. Jedenfalls bemerkt er Ricks Abwehrhaltung gegen ihn nicht, und wenn doch, so deutet er sie falsch.

Rick und Tobi

»Sie haben ihn für fünfzehn Jahre eingebuchtet«, sagt Rick und holt Schwung, damit er hinter Tobi herkommt. Der hat ein deutlich längeres Skateboard als er, und Länge läuft, wie man weiß.

»Wer hat wen eingebuchtet?«, fragt Tobi und lässt sein Skateboard ausrollen.

»Das Gericht den Oliver.« Beide Jungs lassen ihre Boards mit einem Kick hochflipsen und setzen sich auf die hohen Steinstufen hinter dem Landtag mit herrlichem Blick aufs Wasser. Eigentlich hatten sie, wie die anderen Jungs auch, mit ihren Skateboards die Treppen neben dem Gebäude runterfahren und am reichlich vorhandenen Geländer ihre Künste verfeinern wollen. Aber jetzt muss erst mal über die Sache mit Oliver geredet werden.

»Prima«, sagt Tobi, »dann hast du ja endlich den Stress von den Hacken. Wohnst wieder richtig zu Hause und musst nicht mehr bei dem Lover deiner Mutter abhängen. Ist doch super.«

»Ich weiß nicht«, sagt Rick und rupft das Gras aus den Fugen der Stufen. »Wird nicht lange gut gehen. Sein Anwalt hat schon eine Revision angekündigt. Ich muss so bald wie möglich nach Kanada.«

Tobi ist nicht einer der Schnellsten. Mit dem Skateboard schon, aber ansonsten, so im Oberstübchen, da ist er eher langsam. Obwohl – das ist nicht ganz richtig. In Wirklichkeit ist er nur genau, geht mit Informationen ähnlich um wie eine Kuh mit Gras: Er schluckt erst einmal alles, aber wenn er dann Zeit hat, kaut er es in aller Ruhe noch mal gut durch.

Es dauert daher eine Weile, bis Tobi erstaunt aufsieht und fragt: »Wieso musst du möglichst bald nach Kanada? Was hat das denn mit dem Anwalt und der Berufung zu tun?«

»Na, eben …«, sagt Rick, steht auf und steigt aufs Skateboard. Tobi tut es ihm nach. Erst zwei Stunden später endet ihr Ausflug abrupt, als es Tobi nach etlichen leichteren Stürzen etwas schwerer erwischt.

»Du hast noch nicht geantwortet«, sagt Tobi zu Rick, während beide auf den Bus warten, weil er den Weg nach Hause zu Fuß beziehungsweise zu Skateboard nun nicht mehr schaffen wird.

»Du auch nicht«, sagt Rick.

»Hä?«, sagt Tobi.

»Wann geht es endlich nach Kanada?«, fragt Rick und steht von seinem Sitz im Wartehäuschen auf, weil der Bus kommt.

»Sag mal, willst du etwa weg, weil du es warst, der die Schnalle von diesem Oliver umgebracht hat?«, scherzt Tobi, während er mit schmerzverzerrtem Gesicht hinter Rick in den Bus humpelt.

»Quatsch«, sagt Rick, »ich hätte natürlich Oliver und nicht diese Martina umgebracht. Und das werde ich auch noch tun müssen, wenn der wieder freikommt.«

Stöhnend lässt Tobi sich auf einen freien Sitz fallen und rutscht zum Fensterplatz durch, damit Rick neben ihm sitzen kann. »Ich versteh das alles nicht«, sagt er und bewegt vorsichtig seinen Fuß, um sich einmal mehr zu vergewissern, dass nichts gebrochen ist. »Wenn du es nicht warst, musst du doch auch nicht abhauen.«

Rick antwortet nicht, und auch Tobi schweigt eine Weile, so ergriffen ist er von seiner außerordentlichen Kombinationsgabe. »Oder?«, fragt er schließlich und kickt Rick mit dem Ellbogen in die Seite. »Wenn du es nicht warst, dann war's der Oliver, und dann kommt der auch nicht frei, und dann musst du ihn auch nicht umbringen.«

Tobi wächst heute in Sachen Logik wirklich über sich selbst hinaus. Vielleicht sollte er öfter mal mit dem Fuß umknicken. Der Schmerz fördert anscheinend das Denkvermögen.

»Oder?«, fragt er noch mal und kickt Rick erneut in die Rippen.

»Pass auf«, sagt Rick, »erst mal muss ich hier weg, nach Kanada, und wenn sich alles beruhigt hat, komme ich zurück. Wegen Lea. Damit die nicht ins Heim muss. Vielleicht können wir beide dann erst mal bei euch wohnen, bis ich erwachsen bin und Lea bei mir leben darf.«

Tobi ruckelt wieder ein bisschen an seinem Fuß. Der Schmerz geht ihm durch und durch, aber in seinem Denkapparat rührt sich nichts. Er hat von Ricks ganzer Rede nur Bahnhof verstanden. »Hä?«, sagt er.

Der Weg von der Bushaltestelle bis zu Tobis Haus zieht sich, denn Tobi kommt, auf Rick gestützt, nur langsam vorwärts. Als sie endlich bei ihm zu Hause ankommen, humpelt Tobi gleich ins Wohnzimmer, um sich aufs Sofa zu hauen und sich der mütterlichen Pflege zu überantworten. Doch statt der Mutter sitzt eine andere Frau im Ohrensessel und unterhält sich angeregt mit seinem Vater.

»Was machen Siiiie denn hier?«, fragt Tobi wenig charmant.

Recht hat er. Was macht sie hier, die Mutter von Rick? Dabei macht er sich nicht so sehr Gedanken darüber, dass seine Eltern mit Ricks Eltern keinerlei Kontakt haben und sich daher auch nicht gegenseitig die Sessel platt sitzen. Es ist einfach nur das Bild, das ihn stört. Wenn eine Frau in diesem Ohrensessel sitzt, dann muss es *seine* Mutter sein. Ricks Mutter gehört in einen ganz anderen Ohrensessel.

Auch Rick ist nicht wesentlich freundlicher: »Ey, Mutter, was willst du denn hier?«

So ist das, wenn Mütter irgendwo auftauchen, wo sie nicht hingehören. Die eigene Brut lässt sie dann sofort spüren, dass sie unerwünscht ist.

»Hallo, Rick, wie schön«, sagt Ellen und strahlt ihren Sohn an. Dann bemerkt sie, was mit Tobi los ist. »Junge, hast du dich verletzt?«, fragt sie besorgt. »Ich mach dir am besten gleich einen kalten Wickel gegen die Schwellung. Zieh schon mal die Schuhe aus.« Sie springt auf, läuft in die Küche und kommt Augenblicke später mit einer Eiskompresse wieder.

»Deine Mutter kennt sich hier ja schon prima aus«, sagt Tobi zu Rick.

Rick zuckt mit den Schultern. »Sie hat's halt drauf – und das in jeder Lebenslage. Sie weiß immer, was zu tun ist. Mit tödlicher Sicherheit«, antwortet er mit Sarkasmus in der Stimme.

Tobi und sein Vater sehen Rick erstaunt an. So kennen sie ihn gar nicht. Dieser freundliche, harmlose Junge, der immer so zärtlich von seiner Mutter gesprochen hat, ist ja wie verwandelt. Während Tobi sich die Ursache dafür nicht wirklich erklären kann, weiß sein Vater gleich Bescheid: Rick ist in der Pubertät. Na endlich, denkt er, endlich ist es bei denen auch so weit. Warum sollen es andere Eltern leichter haben als er? So ein Puber-Tier kann einem den letzten Nerv rauben.

»Wo ist denn Mutti?«, fragt Tobi, während Ellen vorsichtig seinen Fuß umwickelt.

»Ja«, sagt sein Vater und wird ein wenig rot, »so richtig … also eigentlich … da bin ich im Augenblick –« Er bricht ab.

»Matthi«, sagt Ellen und sieht zu Tobis Vater hinüber, »Tobis Fuß sieht gar nicht gut aus. Kann sein, dass das ein Bänderriss ist. Das sollte sich ein Arzt ansehen.«

An Tobi gewandt fährt sie fort: »Du legst jetzt das Bein schön hoch. Am besten gehst du zu Bett, und wenn es morgen nicht besser ist, fahren wir in die Lubinus-Klinik. Rick, hilf deinem Freund in sein Zimmer.«

Tobi ist sprachlos: Seine Mutter ist verschwunden, statt ihrer sitzt Ricks Mutter in Muttis Ohrensessel, duzt seinen Vater und schickt ihn ins Bett.

»Sach ma, wie ist deine Mutter denn drauf?«, fragt er Rick, während er auf dessen Arm gestützt nach oben humpelt.

Rick kneift die Lippen zusammen und konzentriert sich ganz darauf, den verletzten Freund die Treppe hinaufzubugsieren. Erst als Tobi in seinem Zimmer auf dem Sofa sitzt und das Bein weisungsgemäß etwas erhöht über eine Lehne geschwungen hat, hockt er sich neben ihn und kriegt die Zähne auseinander.

»Merkst du endlich, dass ich hier wegmuss? Die dreht inzwischen völlig am Rad. Eine Meise hatte sie schon immer, aber so schlimm wie jetzt war es früher nicht.«

»Wieso das denn?«, fragt Tobi. »Deine Mutter ist doch ganz prima. Der Wickel ist erste Sahne. Es tut schon viel weniger weh.«

Rick nickt. »Ja, sie ist prima, kümmert sich super um dich, wenn ihr danach ist, schlägt sich doppelt und ist hilfsbereit bis zum Gehtnichtmehr. Aber wenn ihr irgendwas nicht passt, bringt sie dich um.«

»Sag mal, spinnst du?«, fragt Tobi und sieht Rick entsetzt an.

»Nein«, sagt Rick.

＊

»Soll ich einen Tee aufsetzen? Solange die Kinder oben sind, können wir es uns hier noch ein wenig gemütlich machen.« Ellen sieht Tobis Vater strahlend an.

»Nein«, sagt Matthias. »Sag endlich, was du willst, und dann geh bitte.« Er versucht, den Satz so nett wie möglich rüberzubringen, um sie nicht zu verärgern, hat aber das Gefühl, dass er ihm etwas unfreundlicher als beabsichtigt rausgerutscht ist.

Seit mindestens drei Stunden textet ihn diese Frau jetzt zu. Redet und redet, kippt ihm lauter langweiliges Zeug vor die Füße, doch zwischen den Zeilen meint er immer mal wieder eine Drohung herauszuhören. Er ist in ihrer Gewalt und hat keine Ahnung, wie er da einigermaßen unbeschadet wieder rauskommen kann.

Dabei hatte alles so harmlos angefangen: Es hatte geklingelt, seine Frau hatte die Tür geöffnet und diese Frau mit den Worten »Hier ist noch mal jemand wegen des Unfalls« ins Wohnzimmer gelassen. Und kaum eingetreten, hatte diese Ellen sich auch schon in den besten Sessel gesetzt, ihn »Matthi« genannt und so getan, als würde sie ihn schon seit hundert Jahren kennen. Und zwar näher! Bis seine Frau mit den Worten »Ich störe wohl« ihren Mantel genommen hatte und gegangen war.

»Ach, Matthi«, sagt Ellen und schlägt die Beine übereinander, »schau mal. Uns verbindet doch so viel.«

»Mich«, sagt Matthias und ärgert sich darüber, dass er sich von ihrer vertraulichen Anrede hat überrumpeln lassen und nicht auf dem Sie bestanden hat, »mich verbindet überhaupt nichts mit dir. Sag endlich, was du willst.«

»Ja, schau«, sagt Ellen und hebt wieder zu einer längeren Rede an, an dessen Ende er genau so schlau ist wie zuvor. Nichts hat er verstanden, absolut gar nichts. Nur so viel: Sie war Zeuge, als er an diesem fürchterlichen Mittwoch, an diesem 14. April, dem Tag, den er nie vergessen wird, eine Frau überfahren und Fahrerflucht begangen hat. Wenig später ist sie im Krankenhaus gestorben, und er hat Schuld. Was diese Ellen jetzt jedoch mit diesem Wissen anzufangen gedenkt, hat er ihrem Redeschwall nicht entnehmen können.

Was will sie von ihm? Wahrscheinlich Geld. Aber warum kommt sie erst jetzt? Wie hat sie ihn überhaupt gefunden? Alle möglichen Gedanken kreisen in seinem Kopf. Ihm tritt der Schweiß auf die Stirn. Er ist in ihrer Hand. Sie kann von ihm verlangen, was sie will, er muss es tun, denn sie weiß über ihn Bescheid. Er dagegen weiß von ihr nichts. Außer dass sie die Mutter von Tobis Freund Rick ist.

»Soll ich uns nicht doch einen Tee machen?«, fragt Ellen und erhebt sich aus dem Sessel, »du bist ganz blass. Ein Tee wird dir sicher guttun.«

»Na gut«, sagt Matthias, »ich schau derweil mal nach Tobi.«

Bloß weg von dieser Frau, denkt er. Soll sie ruhig so tun, als ob sie in seinem Haus zu Hause wäre. Ihm ist inzwischen alles egal. Er weiß nur, dass er in ihre Fänge geraten ist und da irgendwie wieder herauskommen muss. Vielleicht weiß Tobi was. Immerhin ist diese merkwürdige Frau ja die Mutter seines besten Freundes.

»Na, ihr beiden«, sagt er mit gespielter Fröhlichkeit, »was macht ihr denn hier? Wie geht's deiner Pfote, Tobi?«

Tobi grunzt irgendetwas Unverständliches, und Rick, der neben seinem Freund auf dem Sofa gelümmelt hat, setzt sich höflich auf, als Tobis Vater reinkommt.

»Hör mal, Rick«, sagt Matthias so beiläufig wie möglich, »ich glaube, deine Mutter will was von dir. Geh doch mal nach unten.«

Erst als er Ricks Schritte auf der Treppe hört, setzt er sich neben Tobi. »Du, sag mal, weißt du irgendwas über Ricks Mutter?«, fragt er.

»Nö«, sagt Tobi.

»Gar nichts? Du bist doch öfter mal bei denen zu Hause.«

»Nö«, sagt Tobi.

Es ist zum Auswachsen mit dem Jungen. Richtig gesprächig war er ja noch nie mit seinem Vater, trotzdem hat der bisher immer gedacht, dass sie sich auch ohne Worte gut verstehen. Aber jetzt, wo es mal Worte braucht, ist der Junge bockig. Wenn seine Mutter ihn was fragen würde, würden die Worte sicher nur so sprudeln, aber dem Vater gegenüber mauert er. Langsam möchte Matthias glauben, dass das Verhältnis zu seinem Sohn vielleicht doch nicht so gut ist, wie er sich immer eingebildet hat. Dass es vielleicht überhaupt gar kein Verhältnis ist, das er zu seinem Sohn hat.

»Hör mal, Tobias, diese Frau, die Mutter von Rick, die ist mir irgendwie unheimlich. Weißt du denn wirklich gar nichts von ihr? Hat dir Rick denn überhaupt nie was über sie erzählt?«

»Nö«, sagt Tobi und schaut ausdruckslos in das unglückliche Gesicht seines Vaters.

Beide schweigen. Matthias' Hand wagt sich unsicher vor und greift zaghaft nach Tobis Arm.

»Weißt du«, sagt Tobi schließlich und sieht seinen Vater direkt an, »ich glaube, Rick hat Angst vor ihr.«

Wedel

Zeitunglesen gehört zu den ureigensten Aufgaben eines Privatdetektivs. Es ist nicht wie bei anderen Leuten, die so was beim Frühstücken erledigen, um über die Geschehnisse in der Welt und im heimatlichen Umfeld auf dem Laufenden zu sein. Für ihn ist es eher so etwas wie der Blick in einen Stellenanzeiger, eine Übersicht über mögliche neue Aufgaben, für deren Erledigung er seine Hilfe anbieten könnte. Dem Teil der »Kieler Nachrichten«, der sich mit den Schicksalen kleiner Leute wie etwa dem Bäcker beschäftigt, der aus persönlichen Gründen zur Geschäftsaufgabe gezwungen wurde, oder der älteren Dame, der auf offener Straße die Handtasche mit fünfzig Euro geklaut wurde, schenkt er besondere Aufmerksamkeit. Kann schließlich sein, dass der Bäcker sein Geschäft nur sehr ungern aufgegeben hat und die Dame wissen möchte, wo ihre Euros abgeblieben sind.

Vormittags highlightet er die entsprechenden Stellen mit gelbem Marker, mittags stattet er dem Redakteur einen Besuch ab, und gegen Abend hat er meist schon rausgekriegt, wie derjenige heißt, über den da als Harald F. berichtet wird und dem er seine Dienste anbieten könnte. Zurzeit allerdings ist unser Detektiv Wedel mit Aufträgen einigermaßen gut versorgt, weshalb es schier an ein Wunder grenzt, dass ihm der mickrige Dreizeiler über die Verurteilung des Schönheitschirurgen Oliver K. (43), der seine langjährige Freundin erstochen hat, nicht entgeht.

Es dauert noch ganze zwei Tage, bis der Groschen in ihm endlich bis ganz nach unten gefallen ist. Oliver K.? Ist das nicht ein ehemaliger Kunde, der wissen wollte, wer seine Mutter überfahren hat? So einer ersticht seine Freundin? Der doch nicht! Dem würde er nicht einmal zutrauen, dass er den fahrerflüchtigen Porschefahrer ersticht, und wenn der zehnmal über seine Mutter gebrettert ist. Für so was ist der doch gar nicht der Typ.

Hatte der überhaupt eine langjährige Freundin? Wedel weiß nur etwas von einer kurzjährigen Freundin. Einer extrem kurzjährigen. Dieser Oliver war frisch verliebt. In eine Frau mit zwei Kindern. Wedel hatte sich gar nicht genug darüber wundern können, wieso sich ein so gut situierter und so gut aussehender Mann eine Frau mit zwei Kindern ans Bein bindet. Ihm würde so was nicht passieren. Im Leben nicht! So toll kann eine Frau gar nicht sein, dass er sich mit ihr einlassen würde und zwei Kinder als Dreingabe in Kauf nähme. Schon erstaunlich, wo die Liebe manchmal hinfällt.

Wedel sitzt in seinem Auto und starrt auf die Fensterfront eines Hauses, in der Hoffnung, dass sich hinter der Gardine bald etwas bewegt, das als Beweis für die Untreue des dahinter agierenden Gatten seiner Kundin herhalten kann. Aber bis jetzt rührt sich nichts, sodass er weiter seinen Gedanken nachhängt.

Soso, der Schönheitschirurg soll also aus Liebe zu seiner Neuen die Alte mit ein paar gezielten Messerstichen erledigt haben. So ein Quatsch. Das passt nun wirklich nicht.

Hoppla, jetzt rührt sich was hinter der Gardine. Hektisch drückt Wedel auf den Auslöser seiner Nachtsichtkamera. Vielleicht kann man in einer Vergrößerung der Aufnahmen ja was erkennen. Viel Hoffnung hat er allerdings nicht.

Plötzlich wird die Gardine zurückgezogen, ein nackter Mann reißt das bodentiefe Fenster auf, breitet die Arme aus und atmet tief die wohltuende Nachtluft ein. Klick, klick macht Wedels Kamera, und schon ist der endgültige Beweis für die Untreue des ungetreuen Gatten im Kasten. Wedel atmet auf. Lange genug hat er hier auf seinem Ansitz lauern müssen, um sein Opfer vor die Linse zu bekommen. Er hat diesen Auftrag endlich erledigt und kann sich jetzt ein bisschen um seinen alten Kunden Oliver kümmern. Das interessiert ihn wesentlich mehr als diese leidigen Untreue-Angelegenheiten. Er versteht sowieso nicht, was das noch soll. Seit die Schuldfrage bei Scheidungen keine Rolle mehr spielt, ist das doch egal. Um dem Ehemann ein bisschen die Hölle heißzumachen, findet eine Ehefrau schließlich immer irgendwelche Gründe. Dazu bedarf es weiß Gott keiner Untreue. Es reichen schon ein paar herumliegende Socken oder ein nicht rausgetragener Mülleimer.

Zu Hause angekommen, wühlt Wedel in seinen alten Unterlagen und notiert sich die Adresse von Oliver, von dessen ominöser kurzjähriger Freundin und dem Porschefahrer. Morgen wird er deren unterschiedliche Behausungen mal abklappern. Außerdem will er recherchieren, wo Oliver einsitzt. Er blättert in seinem Terminkalender. Ah, morgen geht nicht. Übermorgen auch nicht. Na, dann eben nächste Woche.

✳✳✳

»Na, habt ihr euch gut amüsiert? Du und Papa und Papas neue Freundin?«, fragt Tobis Mutter spitz, als sie am späten Abend wieder nach Hause kommt. Papa und Tobi sitzen eng beieinander und sehen Fußball. »Papas neue Freundin«, wie Heidi Kramer Ellen genannt hat, ist weg. Sie war schon weg, als Tobi am Arm seines Vaters nach unten gehumpelt kam. Rick und seine Mutter waren ohne Abschied gegangen.

Dann erst sieht Heidi Tobis umwickelten Fuß und tut das, was Mütter zu tun pflegen, wenn sie sehen, dass sich die eigene Brut verletzt hat: Sie schmilzt vor Mitleid dahin. Sie hört jedoch augenblicklich auf zu schmelzen, als Tobi auf ihre Frage, wer ihm denn den Fuß so fachmännisch verbunden hat, antwortet: »Papas neue Freundin.«

Respekt! Tobi ist zwar etwas langsam im Oberstübchen, aber er hat ja lange genug Zeit gehabt, sich eine treffende Antwort zu überlegen. Und seine Antwort trifft, trifft mitten ins Herz der eifersüchtigen Heidi.

Was ist los mit dieser Familie? Die Mutter reagiert übertrieben dünnhäutig, nur weil eine wildfremde Frau auftaucht. Der Sohn haut mit drei kurzen Worten seinen Vater in die Pfanne und gießt Öl ins Feuer der mütterlichen Empörung. Und der Vater lässt es seit Wochen widerstandslos geschehen, dass alle sich gegenseitig anschwärzen, diskreditieren und anprangern.

So kann's kommen. So was ist beinah unausweichlich, wenn ein Familienmitglied plötzlich zur Heimlichkeit verdammt ist. Eine Familie bricht auseinander, wenn der Vater sich in immer neue Lügen verstricken muss, um seine Schuld nicht einzugestehen. Wer alles zu vertuschen versucht, wer der Frau weismachen will, das demolierte Auto sei ein Wildschaden, wer nicht bemerkt, dass sein Sohn ihn durchschaut hat, aber nicht verpetzen will, der sprengt die Familie auseinander. Dann macht sich ein Sohn, der die Lügen einfach nicht mehr aushält, auf unschöne Weise Luft und hetzt die Eltern in seiner Verzweiflung gegeneinander. Vielleicht in der Hoffnung, dass sie sich endlich die Wahrheit sagen, um gemeinsam die Krise durchstehen zu können.

Jedenfalls könnte man das glauben. Aber vielleicht ist es auch einfach nur die Pubertät, die Tobi antreibt, seine Eltern mit Steinchen zu bewerfen, die sie im Augenblick nicht parieren können, weil der Haussegen schief hängt.

Dass ein Haussegen in Schieflage gerät, wenn der Vater die Schuld am Tod einer älteren Dame verheimlichen will, kann man sich ganz gut vorstellen. Und dass die Gattin den schiefen Haussegen als amourösen Ausrutscher des Gatten missversteht und die Krallen ausfährt, wenn sich wildfremde Blondinen in ihrem Lieblingssessel breitmachen, kann man sich ebenso gut vorstellen.

»Red keinen Unsinn, Tobi«, sagt sein Vater. »Das war die Mutter von Rick. Die ist gekommen, um ihren Sohn abzuholen.«

»Ach tatsächlich?« Aus den Augen von Tobis Mutter

sprühen kleine Funken. »Das war also nur die Mutter von Rick. Wollte nur ihren Kleinen abholen. Setzt sich in meinen Sessel, sagt Matthilein zu dir und wartet auf ihr Junges. Wie rührend.«

»Sie hat nicht ›Matthilein‹ zu mir gesagt.«

»Das stimmt. Aber ›Herr Kramer‹ hat sie auch nicht gesagt. Wieso duzt ihr euch eigentlich?«

»Sie hat angefangen«, sagt Matthias lahm.

»Womit?«

»Mit dem Duzen.«

»Ach nee. Die Mutter von Rick hat also aus heiterem Himmel angefangen, dich zu duzen. Weißt du was? Das kannst du deiner Großmutter erzählen.« Zum zweiten Mal an diesem Tag schnappt sich Heidi Kramer ihren Mantel und geht.

Aber diesmal kommt sie nicht wieder.

❊ ❊ ❊

»Es geht um Oliver Kallweg. Kann ich Sie in dieser Angelegenheit mal sprechen?« Wedel macht eine leichte Verbeugung vor Matthias und zieht einen Dienstausweis Marke Eigenbau aus der Manteltasche. Eine Lupe umrahmt sein Konterfei, daneben steht in Großbuchstaben DETEKTEI WEDEL & PARTNER. Mit seinem Porträt innerhalb der Lupe hat er sich besonders viel Mühe gegeben. Der Fischaugen-Effekt macht ihn zwar nicht unbedingt schöner, dafür ist er aber eigentlich gar nicht zu erkennen, was in Anbetracht seines Berufes nicht wirklich schlecht ist. Einen Partner hat er natürlich nicht. Er ist ein Ein-Mann-Betrieb, aber das kaufmännische & hatte es ihm schon immer angetan.

»Was für eine Angelegenheit? Ich kenne keinen Kallweck«, sagt Matthias mürrisch.

»-weg«, korrigiert Wedel, »Kall-weg. Kann ich reinkommen?«

Das weiß er noch aus der Detektiv-Grundausbildung: zuallererst versuchen, in die Wohnung zu kommen. Ist man erst mal drin, kann man nicht so leicht wieder rauskomplimentiert werden. Außerdem lässt sich vieles sehen, woraus man seine Schlüsse ziehen kann. Das Innenleben einer Wohnung respektive eines Hauses ist ein Quell unerschöpflicher Information. Nach wenigen umherschweifenden Blicken liegt der Bewohner vor einem wie ein geöffnetes Buch.

Vor Wedel liegt die leicht verspießerte Wohnstatt gehobenen Bildungsbürgertums mit Tendenz zur Großmannssucht, wie er aus dem überdimensionalen Flügel schließt, auf dem ein Häkeldeckchen mit Schnörkelvase neben einem Bild im Silberrahmen steht. Das müsste alles abgeräumt werden, um auf dem Flügel zu spielen, was anscheinend selten passiert, denn Noten fehlen.

»Ihre Frau spielt Klavier?«, fragt Wedel.

»Mein Sohn. Was kann ich für Sie tun?«

»Ihr Sohn wohnt noch bei Ihnen?«, fragt Wedel.

»Mein Sohn ist knapp fünfzehn. Sollte mich sehr wundern, wenn er demnächst auszieht. Würden Sie mir jetzt bitte sagen, was Sie von mir wollen?«

Also, das muss man Wedel lassen. Er hat seinen Job von der Pike auf gelernt. Soft und freundlich in die Wohnung eindringen, sich häuslich niederlassen, den Gastgeber in ein Gespräch über Banalitäten verwickeln und dann plötzlich und unerwartet mit dem Eigentlichen herausrücken. Das ist normalerweise seine Devise.

Doch bei Kramer beißt Wedel auf Granit. Der hat ihn man gerade so weit eindringen lassen, dass er einen Blick in die gute Stube werfen kann. Von Sitzen keine Spur, und von einem Gespräch, banal oder nicht, sind sie noch meilenweit entfernt.

Nun gut, Wedel kann auch anders. »Sie haben«, sagt er, während er unaufgefordert ins Wohnzimmer geht und sich in den Ohrensessel setzt, »am 14. April auf der Eckernförder Straße Höhe Steenbecker Weg die Mutter meines Mandanten überfahren und dann Fahrerflucht begangen. Ich habe dafür einen Zeugen.«

Matthias schleppt sich mühsam zur Couch und lässt sich hineinfallen. Seine Knie sind ganz weich. »Sie meinen wohl eher eine Zeug*in*?«, fragt er vorsichtig.

»Korrekt. Mein Zeuge ist weiblich.«

Das ist die dritte wichtige Regel für einen Detektiv: sich nie verblüffen lassen. Er hatte den gebluffen Zeugen lediglich als kleines Schmankerl in den Ring werfen wollen, und nun plumpst ihm eine ganz reale Zeugin unverhofft in die geöffneten Arme. Manchmal hat man eben Glück.

»Was will die Frau?«, flüstert Matthias.

Woher soll Wedel das wissen? Er wusste ja vor einer Minute noch nicht einmal, dass es überhaupt eine Zeugin gibt. Da bin ich jetzt wirklich gespannt, wie Wedel alles, was er an Informationen braucht, unauffällig aus Matthias Kramer herauspulen will.

»Was glauben Sie?«, fragt Wedel.

Ja, so ist es richtig! Jede Frage erst mal mit einer Gegenfrage beantworten und abwarten, was geschieht.

»Sie hat es nicht gesagt, ist einfach nur vorbeigekommen, hat sich als Zeugin geoutet und ist dann mit ihrem Sohn wieder abgedampft.«

»Sie hat ihren Sohn dabeigehabt?«, fragt Wedel.

»Eigentlich nicht. Die beiden haben sich zufällig hier getroffen.«

Nein, ein Detektiv hat es nicht leicht. Es sind nur kleinste Puzzleteilchen, die Matthias Kramer ihm zukommen lässt und die er zu einem stimmigen Bild zusammensetzen muss, während er gleichzeitig so zu tun hat, als wüsste er über alles genauestens Bescheid. Anstrengend, so was. Dafür muss man alle Lampen anhaben und höllisch auf dem Quivive sein. Wedel hat schon manches Mal überlegt, ob er nicht auf Polizei umschulen sollte. Die weiß nämlich auch oft weniger als nichts, kann aber immer sagen: »Natürlich weiß ich das, ich will es trotzdem noch einmal *von Ihnen* hören.« Herrlich, so was.

Obwohl Kramer die Zähne kaum auseinanderkriegt, hat Wedel am Ende doch immerhin in Erfahrung bringen können, dass diese ihm gänzlich unbekannte Zeugin die Mutter eines Schulfreundes von Kramers flügelspielendem Sohn ist.

Na bitte, mit dieser Information müsste sich doch was anfangen lassen, wenn man Detektiv ist.

Und richtig! Damit lässt sich was anfangen. Als Wedel endlich einen Termin in der JVA Neumünster bekommt und seinen ehemaligen Kunden Oliver im Knast besuchen darf, spricht er als Erstes das mit der Unfallzeugin an, die ihm so unverhofft vor die Füße gefallen ist.

»Wieso haben Sie mir denn nicht gesagt, dass es für den Unfall eine Zeugin gibt, die Sie obendrein auch noch gut kennen?«, fragt er.

»Wissen Sie was? Ich hab jetzt weiß Gott andere Sorgen. Was wollen Sie überhaupt hier? Sie haben Ihren Job gemacht, und ich habe Sie bezahlt. Aus die Maus!«

Das ist nun wirklich mehr als unfreundlich. Das sollte man nicht machen, wenn man in Haft sitzt, weil man einen Mord begangen hat. Selbst wenn man findet, dass man ihn nicht begangen hat, sollte man jemanden, der fähig sein könnte, Beweise dafür zu finden, nicht vergrätzen.

Aber da kannst du mal sehen, was die Haft aus einem Menschen macht, selbst wenn sie erst ein paar Wochen dauert. Olivers Dünnhäutigkeit kann natürlich auch daran liegen, dass der Neumünsteraner Knast schon etwas in die Jahre gekommen ist. Ein Wohlfühlteil im eigentlichen Sinne ist er nicht. Da gibt es wirklich deutlich schickere Einrichtungen. Vielleicht ist es aber auch nur das Gefühl, zu Unrecht einzusitzen, das an Olivers Nerven zerrt.

Wie dem auch sei, Wedel ist nicht zartbesaitet. Er hat sich schon ganz andere Dinge von ganz anderen Kunden anhören müssen. Das prallt alles an ihm ab.

»Ist schon recht«, sagt er begütigend. »Ich dachte nur, dass Sie vielleicht Hilfe brauchen könnten. Wer weiß, was Ihr Anwalt alles zu tun hat. Kann sein, dass der Sie hier erst mal schmoren lässt. Da kann es nicht schaden, wenn ich mich mal umhöre.«

Er hält Oliver seine Packung Zigaretten hin. Oliver ist Nichtraucher. Alle Schönheitschirurgen sind Nichtraucher. Sie wollen sich schließlich nicht irgendwann mal unter ihr eigenes Messer begeben müssen, um Korrekturen an der geräucherten Haut vorzunehmen.

Nichtraucher Oliver greift zu, nimmt die ganze Schachtel, holt eine Zigarette heraus, bietet Wedel eine an und steckt dann die noch fast volle Packung in die Tasche. »Danke.« Er bläst den Rauch genüsslich in die Luft, als ob er seit dreißig Jahren Kettenraucher ist. »Das tut gut«, sagt er und fängt an zu husten.

Wedel nickt, nimmt seine Zigarette von der rechten in die linke Hand, um schreiben zu können, und sieht Oliver erwartungsvoll an. »Na, dann schießen Sie mal los.«

Nach einer Stunde hat Oliver alles abgeschossen, was er weiß, sodass Wedel sich ausreichend gerüstet wähnt, um erneut für seinen Kunden tätig werden zu können.

»Wann kommen Sie wieder?«, fragt Oliver.

Wedel zuckt mit den Schultern.

»Na, egal«, sagt Oliver, »Hauptsache, Sie bringen wieder Zigaretten mit.«

Wedel nickt. »Hoffentlich ist das nicht das Einzige, was ich mitbringen kann«, sagt er und lässt sich vom Wachmann die Tür aufschließen.

KOK Janssen

KOK Janssen ist ein ordentlicher Mann. Er hat seinen Schreibtisch gern sauber, wenn ein Fall abgeschlossen ist. Er legt los, und nach kurzem Anpacken ist sein Arbeitsplatz clean. Alle Akten akkurat abgeheftet, die Asservate liebevoll beschriftet und verstaut, alles paletti. Da fällt ihm unglücklicherweise sein Denkzettel in die Hände. Statt ihn zusammenzuknüllen und mit Schmackes in den Papierkorb zu pfeffern, wirft er einen letzten Blick darauf. Schön blöd, kann ich da nur sagen. Blöd und gefährlich, denn schließlich ist Janssen Beamter.

Es gibt den Spruch: »Was hast du eigentlich gegen Beamte? Die tun doch nichts.« Aber es gibt eben auch den Spruch, dass ein Beamter immer im Dienst ist – besonders wenn er zuständig ist. Janssen gehört zu denen, die sich besonders heftig im Dienst fühlen, wenn sie zuständig sind. Und bei Mord ist Janssen halt zuständig. Da hilft nichts.

Er überfliegt den Zettel:

Frau von Weinstein
Mord? Ja
Wer? Horst

Horst von Weinstein
Mord? Nein
Wer? ~~Rick Ellen~~ Lea

Martina Frersen
Mord? Ja
Wer? Oliver
Motiv? Vertuschen einer Straftat
Alibi? ~~Mit dem Hund Gassi gegangen~~ Geplatzt!!

Beweise? Messer mit Fingerabdrücken und Liste von
M. Frersen (schrottige Implantate)

Das Motiv für den Mord an Martina ist bei Gericht anstandslos durchgegangen, aber Janssen ist trotzdem nicht glücklich damit. Ihm ist alles zu glatt gegangen. Da muss irgendwo ein Haken sein. Den will er finden, und zwar bevor Olivers Anwalt seine Drohung wahr macht und ihn in der Revision auseinandernimmt.

Was ist eigentlich mit dem Totenschein der alten von Weinstein? Die wurde von ihrem Sohn erwürgt, aber Oliver hat »Herzversagen« auf den Totenschein geschrieben. Hat er die wirkliche Todesursache bewusst unter den Teppich gekehrt? Das gilt es herauszufinden. Dann hat er was in der Hinterhand, falls Olivers Anwalt seinen Mandanten mit großem Hallo wieder freiboxen sollte.

»Hohes Gericht«, wird er sagen und dabei etwas betrübt dreinschauen, »Hohes Gericht, leider hat unser Unschuldslamm eine Straftat vertuscht«, und dann der ganzen Bagage den gefälschten Totenschein um die Ohren hauen, dass es nur so eine Lust ist. Wenn er dann noch die schrottigen Brustimplantate hinterherwirft und behauptet, dass so einem alles – auch ein Mord – zuzutrauen ist, kann sich der feine Herr Anwalt den Freispruch von der Backe putzen.

KOK Janssen schenkt sich Kaffee nach und grübelt sich weiter durch die Aktenlage. Nach vier Tassen Kaffee und drei durchgekauten Bleistiften beschließt er, dass Nachdenken im stillen Kämmerlein ihn nicht weiterbringt. Er muss sich noch einmal vor Ort ein Bild machen.

»Ich bin so ungefähr in zwei Stunden wieder da«, ruft er der Abteilungsassistentin im Vorbeigehen zu und ist aus der Tür.

***

»Ach, das ist ja nett, dass Sie noch mal vorbeikommen. Ich dachte schon, dass ich Sie nie wiedersehe – jetzt, wo alles vorbei ist.« Ellen strahlt Janssen an, öffnet die Tür weit und bittet ihn mit einladender Handbewegung herein. »Sie haben doch sicher Zeit für einen Kaffee?«

Zeit ist kein Ding für ihn, aber wenn er daran denkt, dass er schon etliche Kaffees intus hat und jetzt sicherlich noch einige weitere zu sich nehmen muss, steigt sein Blutdruck auch ohne Koffeinzufuhr. »Ein Kaffee wäre wunderbar«, sagt er und versucht zu lächeln.

Was tut man nicht alles, um im Rahmen der Beiläufigkeit aus der Witwe herauskitzeln, dass ihr Arzt-Lover alles gewusst und ihr einen Gefälligkeits-Totenschein ausgestellt hat.

»Wie geht es Ihnen denn so – jetzt, wo alles vorbei ist?« Er benutzt bewusst die Worte, die sie gebraucht hat. Hat er mal gelernt. Schafft Vertrauen, hat er gelernt. Zeig dem Gegenüber, dass man auf gleicher Wellenlänge kommuniziert. Das löst die Zunge. Das ist das, worauf er scharf ist: auf Ellens gelöste Zunge.

»Ach … wissen Sie«, antwortet Ellen gedehnt. »Nehmen Sie doch erst mal Platz. Soll ich Ihnen den Mantel abnehmen?«

Der KOK macht es andersherum, er lässt sich zuerst den Mantel abnehmen und nimmt danach Platz. Dann fängt er an zu warten, während sie mit seinem Mantel und ihrer noch nicht wirklich gelösten Zunge in der Küche verschwindet.

»Machst du Schularbeiten?«, fragt er Rick, der am Sekretär hinter seinem Computer hockt.

»Nein. Ich spiele ›Wer war's?‹«, antwortet Rick.

»Ah«, sagt Janssen, »was ist das denn? Kenne ich gar nicht.«

»Ein Computerspiel«, antwortet Rick.

Nicht sehr erhellend, wenn du mich fragst, aber offensichtlich will er sich nicht weiter dazu äußern. Jedenfalls sagt er sonst nichts, klimpert nur auf der Tastatur rum und fährt Kreise mit der Maus. Janssen wartet, ob Rick doch noch was sagt, aber der sagt nichts. Er lässt den Kommissar mit seinem Wunsch nach Kommunikation abblitzen.

KOK Janssen bemerkt die Abfuhr und weiß nicht, was er nun machen soll. Er überprüft angelegentlich seine Fingernägel, versucht, den kleinen Dreckrand unter dem Nagel des Ringfingers zu entfernen, und sein Lächeln ist echt, als Ellen endlich mit einem Tablett aus der Küche kommt.

»Gibt es einen bestimmten Grund, warum Sie uns besuchen?«, fragt Ellen, während sie dem Kommissar die Tasse fast bis zum Rand vollschenkt.

»Eigentlich nicht«, sagt Janssen und versucht, etwas Kaffee abzutrinken, damit noch Milch in die Tasse passt. Kaffee ohne Milch kann er auf den Tod nicht leiden. »Wollte nur mal sehen, wie es Ihnen jetzt so geht. Erst die Schwiegermutter tot, dann der Gatte tot und jetzt der Freund im Gefängnis, das kann man ja kaum verkraften. Vielleicht kann ich Ihnen irgendwie helfen?«

Ganz falsche Frage. Denn jetzt beginnt Ellen lang und breit zu erzählen, wie es ihr geht. Wie die Kollegen im Beruf so verständnisvoll sind, wie die Kinder ganz reizend sind, wie sie langsam, aber sicher in der neuen Situation Fuß gefasst hat, wie die Kinder wieder Fuß gefasst haben … Mit jedem Wort entfernt sie sich weiter von dem, was der Kommissar eigentlich aus ihr herausholen will.

»Und mit dem Haus ist alles in Ordnung?«, grätscht der KOK in ihren Redeschwall hinein.

»Wie meinen Sie das?«, fragt Ellen.

»Ach, ich dachte nur …«, sagt Janssen und nippt betont harmlos an seinem Kaffee, »manchmal werden die Behörden ja etwas seltsam, wenn eine unnatürliche Todesursache im Spiel ist.«

»Horsts Tod war eine ganz natürliche Todesursache, ein Unfall. Da hatte ich gar keine Probleme«, sagt Ellen und schenkt Janssen nach, obwohl seine Tasse noch halb voll ist.

»Ich dachte eher an den Tod Ihrer Schwiegermutter.«

Ellen rückt ihre Kaffeetasse zurecht, nimmt einen Keks aus dem Schälchen, legt ihn wieder zurück und dreht die Kaffeekanne. Als die Tülle nach mehreren Wendungen auf sie zeigt, sagt sie: »Sie hatte einen Herzinfarkt.«

»Natürlich.« Janssen nickt. »Steht ja auch im Totenschein.«

Beide sehen in ihre Kaffeetassen und schweigen eine Weile.

»Aber sie wurde erwürgt, wie wir wissen«, sagt Janssen.

Ellen nickt.

»Warum hat Herr Kallweg ›Herzversagen‹ auf den Totenschein geschrieben?«, fragt Janssen.

»Wegen des Schals«, sagt Ellen und gießt Kaffee nach, obwohl die Tasse des Kommissars beinah überläuft.

»Natürlich«, sagt Janssen. Wieder führt er vorsichtig die Tasse zum Mund, um Platz für die Milch zu schaffen. »Na, Hauptsache, es ist alles so weit in Ordnung. Ich will Sie dann auch nicht länger aufhalten. Bin nur vorbeigekommen, weil ich gerade in der Nähe war und dachte, ich schau mal bei Ihnen vorbei. Nichts für ungut.«

»Immer wieder gern«, sagt Ellen und schenkt ihm erneut ihr strahlendstes Lächeln.

»Bist du mit deinem Spiel weitergekommen?«, fragt KOK Janssen und dreht sich noch einmal zu Rick um, bevor er geht. »Weißt du jetzt, wer's war?«

»Natürlich«, antwortet Rick. »Sie auch?«

**

KOK Janssen fährt zurück ins Büro und holt seufzend die Akte zum Tod der alten von Weinstein wieder aus dem Schrank. Warum hat er es nicht auf sich beruhen lassen? War alles so schön unter Dach und Fach. Doch jetzt hat ihn Ellen misstrauisch gemacht. Er liest erneut den Bericht von der Exhumierung, den der anschließenden Obduktion und sieht sich die Fotos an, die dabei entstanden sind. Ja, das da bei der Kleidung der Toten, das könnte ein Schal sein. Der war ihm bisher gar nicht aufgefallen. Schließlich tragen alle alten Damen einen Schal um den Hals. Das scheint ab einem bestimmten Alter zur Standardausrüstung zu gehören.

»Wegen des Schals« hat Ellen auf seine Frage geantwortet. Ein prachtvoller Genitiv – und so schnell. Wie aus der Pistole geschossen kam die Antwort. Und so richtig. Wenn die Tote keinen Schal umgehabt hätte, wären Oliver die Würgemale sicherlich aufgefallen.

Dem Bestatter hätten sie eigentlich auch auffallen müssen. In Deutschland sind es nämlich oft die Bestatter, die Alarm schlagen, wenn sie zufällig auf ein Messer im Rücken des Verblichenen stoßen oder ein Loch im Kopf des sanft Entschlafenen entdecken. Ein Arzt kann sich schließlich nicht um jede Kleinigkeit kümmern, wenn er einen Totenschein ausstellt. In diesem Fall ist allerdings alles anstandslos über die Bühne gegangen. Vielleicht musste der Lehrling – Verzeihung, der Auszubildende – den Job machen. Junge Leute schauen ja nicht so genau hin, besonders nicht auf ältere Damen.

Der Kommissar kratzt sich am Kopf und beginnt wieder, Bleistifte zu essen. Was hat es mit dem Schal auf sich? Wenn er schon während des Erwürgens um den zu würgenden Hals gelegen hätte, wäre Ellens Antwort nicht so prompt und nachdrücklich ausgefallen. Dann wäre sie allenfalls nach einigem Überlegen auf die Idee gekommen, dass vielleicht der Schal die Ursache war, weswegen der Arzt, also Oliver, die wahre Todesursache nicht erkannt hat. Wenn überhaupt.

Da sie aber so prompt »Wegen des Schals« geantwortet hat, kann der Schal eigentlich erst *nach* dem Erwürgen ganz bewusst um Omis Hals drapiert worden sein, um die Würgemale zu verbergen.

Der KOK hat den ersten Bleistift durchgekaut, als er zu dieser Erkenntnis kommt. Für die Frage, wer Omi den Schal um den toten Hals geschlungen haben könnte, nimmt er einen frischen Stift. Horst? Ellen? Vielleicht sogar Oliver selbst? Wäre ja möglich, dass er auch Omi zur Strecke gebracht hat.

Dann hätte er allen Grund, eine natürliche Todesursache zu diagnostizieren.

Wer also war's? Janssen hat keine Ahnung. Er weiß nur eins: Ellen muss bei der Drapierung des Schals dabei gewesen sein.

Der Bleistift knirscht unter seinen Zähnen, während er sich Szenen mit Ellen vorstellt: wie sie hierhin und dahin geht, jede Menge Formalitäten erledigt, dabei die ganze Zeit die erdrosselte Schwiegermutter im Hinterkopf hat, sich aber nicht das Geringste anmerken lässt. Großartig. Ganz erstaunlich. Geradezu phantastisch, die schauspielerischen Fähigkeiten dieser Frau. Und Nerven wie Drahtseile.

Nerven wie Drahtseile? Das schien ihm bei den Besuchen bei ihr nicht der Fall gewesen zu sein. Wie sie immer die Gedecke hin und her geschoben hat. Ihre erstaunliche Aggressivität, wenn es um die Kinder ging. Und ihr festgefrorenes Lächeln. Die Frau hatte doch ganz merkwürdige Anwandlungen, schien zeitweise wie paralysiert, nervlich am Ende.

Wie passt das alles zusammen?

Janssen nimmt sich einen weiteren Bleistift und kaut, kaut in Gedanken noch einmal seinen letzten Besuch bei Ellen in allen Einzelheiten durch. Bis zum Schluss. Er hatte sich brav verabschiedet und im Gehen Rick gefragt, ob er mit dem Spiel weitergekommen sei. Wörtlich hatte er gefragt: »Weißt du jetzt, wer's war?« Und Rick hatte geantwortet: »Natürlich. Sie auch?«

Verdammte Scheiße. Der Junge weiß was! Der weiß viel mehr, als er bisher gesagt hat. Was hat der überhaupt bisher gesagt? Nichts hat er gesagt.

Es ist nicht verwunderlich, dass Rick nichts gesagt hat, denn Jugendliche werden nicht verhört, schon gar nicht, wenn es um den Tod von Vater und Großmutter geht. Bei so was sind die deutsche Strafprozess- und die Polizeiordnung pietätvoll. Und selbst wenn sie die Pietät einfach mal Pietät sein ließen und erlaubten, dass man Jugendliche trotzdem vernimmt, ist das ohne den Erziehungsberechtigten praktisch unmöglich. Mit anderen Worten: Die Mutter ist immer dabei. Außerdem ist der Junge nicht dazu verpflichtet, gegen die eigene Mutter auszusagen, nicht einmal, wenn er denn was gegen sie auszusagen hätte.

Der Bleistift ist am Ende, aber Janssen kaut weiter. Der Junge hat was zu sagen. Der will ihm was sagen, warum sonst hätte er so sibyllinisch gefragt: »Sie auch?«

Janssen sieht zur Uhr. Nee, jetzt kann er nicht noch einmal bei Ellen reinschneien und Rick in ein Gespräch verwickeln. Und ihn ohne seine Mutter aufs Präsidium vorladen kann er auch nicht. Im Grunde kann er gar nichts machen.

Der Kommissar knallt die Akte derer von Weinstein zu, grapscht nach seinem Denkzettel, zerknüllt ihn zu einer handlichen kleinen Kugel und pfeffert ihn mit Schmackes in den Papierkorb.

Wedel und Rick

Wedel lümmelt in der Nähe des Schulhofs rum. Hoffentlich sieht ihn keiner. Einzelne vor Schulhöfen rumlümmelnde Männer mittleren Alters werden von Müttern mit Argusaugen beobachtet und haben ruckzuck kreischende Frauen am Hals und eine Anzeige wegen unterstellten Kindesmissbrauchs an der Backe.

Er kneift die Augen zusammen. Dahinten der mit dem Käppi, das könnte Rick sein. Möglichst unauffällig, mit den Händen in den Taschen, schlendert er hinter ihm her.

»Hey, bist du nicht Rick?«, sagt er, als er Rick ganz allmählich und total unauffällig eingeholt hat.

»Ja«, sagt Rick.

»Ich kenne Oliver Kallweg«, sagt Wedel. »Bei dem habt ihr doch eine Zeit lang gewohnt.«

»Nee«, sagt Rick.

Beide gehen eine Weile stumm nebeneinanderher.

»Der Kallweg sitzt im Gefängnis«, sagt Wedel schließlich.

»Mmmh«, sagt Rick.

»Du magst ihn wohl nicht.«

»Wieso?«, fragt Rick.

»Weil du ihn im Gefängnis schmoren lässt, obwohl du weißt, dass er Martina nicht ermordet hat.«

Rick bleibt stehen. »Was wollen Sie eigentlich von mir?«

Auch Wedel bleibt stehen. Eine gute Frage. Was will er eigentlich von Rick? Wieso glaubt er, dass Rick ihm irgendetwas zu sagen hätte, das Kallweg entlastet? Ja, siehst du, das hat etwas mit Wedels Harn zu tun. Es ist eben so, dass er es im Urin hat, wenn er einem Geheimnis auf der Spur ist. Beinah möchte ich sagen, dass es das inwendig gebunkerte Abwasser ist, das einen guten Detektiv von einem schlechten unterscheidet. »Wissen Sie«, wünscht Wedel sich, dass Rick ihm sagen würde, »ich wollte nicht, dass dieser Kerl Mutti betrügt. Da habe ich die Schnepfe umgebracht.« Ja, das erhofft er sich.

NEIN, das erhofft er sich natürlich nicht. Wie schrecklich! Dieser Junge, noch ein halbes Kind und schon einen Menschen auf dem Gewissen. Am besten wäre es, wenn Rick den großen Unbekannten aus dem Hut zaubern würde, den er gesehen hat, als er ganz zufällig am Haus von Kallweg vorbeikam. Da hat er gesehen, wie dieser unbekannte blutrünstige Mörder blutüberströmt das Haus verließ. Ja, das wäre super, aber das wird nicht geschehen, denn das hätte Rick doch gleich sagen können, bevor man Oliver einbuchtete.

»Wie geht es eigentlich deiner Schwester? Wie heißt sie gleich? Leonie?«

»Lea geht's gut.« Rick setzt sich wieder in Bewegung.

»Das freut mich. Ist ja wohl auch nicht leicht für sie.«

»Wie meinen Sie das?« Rick ist wieder stehen geblieben.

»Na ja, nach all dem, was passiert ist …« Wedel könnte kotzen. Es fällt ihm schon schwer genug, Erwachsene so weit aufs Glatteis zu führen, dass sie sich verplappern. Bei diesem netten Jungen fällt es ihm noch schwerer. Aber Rick hat etwas zu verbergen. Etwas, an dem er schwer zu tragen hat, das spürt Wedel.

»Lassen Sie mich endlich in Ruhe«, schreit Rick auf einmal. »Ich kann sehr gut auf meine Schwester aufpassen. Der passiert nichts, dafür sorge ich. Wenn ich achtzehn bin, nehme ich sie zu mir.«

»Ja, das ist eine gute Idee«, kann Wedel nur mühsam herauspressen. Er ist total verblüfft. Was war das denn? Er kennt nur Jugendliche, die sagen: »Wenn ich achtzehn bin, ziehe ich von zu Hause weg.« Von Jugendlichen, die mit achtzehn ihre kleine Schwester zu sich holen wollen, hat er noch nie was gehört. Wieso denkt der Junge, dass er sich um seine Schwester kümmern muss? Dafür gibt es doch die Mutter. Anscheinend ist Rick davon überzeugt, dass sich seine Mutter nicht um

Lea kümmert. Aber wieso? »Da freust du dich sicher schon drauf«, sagt Wedel etwas lahm.

»Na klar«, sagt Rick. »Omi tot, Papa tot, Mutti in der Klapse, da freut sich ein Junge wie blöd, dass er wenigstens auf seine kleine Schwester aufpassen darf. Wissen Sie was: Sie sind ein richtiges Arschloch.«

Wedel wischt sich das Wasser von der Stirn. Das ist bei ihm immer so. Während des Stresses ist er die Ruhe selbst, kann nachdenken, cool und sachlich bleiben, aber wenn alles vorbei ist und er zu Hause in seinem Sessel sitzt, bricht ihm der Schweiß aus.

Wie ist er eigentlich aus der Nummer mit Rick wieder rausgekommen? Wenn er sich richtig erinnert, hat er dem Jungen einen Arm um die Schulter gelegt und irgendwas in Richtung »Na, na, Arschloch hat ja noch keiner zu mir gesagt« und »Du magst mich wohl auch nicht« gesagt. Er weiß es nicht mehr so genau. Aber dann ist er mit den Worten »Ich geh wohl besser mal« von dannen gestapft und hat diesen armen verstörten Jungen einfach sich selbst überlassen. Wenn Rick sich jetzt was antut, ist Wedel schuld.

Quatsch. Warum sollte sich der Junge was antun? Seine Mutter ist ja nicht in der Irrenanstalt. Außerdem will er sich doch um seine Schwester kümmern, wenn er achtzehn ist. Das denkt Wedel, in der Hoffnung, dass es ihn beruhigt. Tut es aber nicht. Unaufhörlich entstehen weitere Schweißperlen, wenn er sich die Stirn getrocknet hat.

Wieso glaubt Rick eigentlich, dass seine Mutter in die Psychiatrie kommt? Wie geht das Leben für einen knapp vierzehn Jahre alten Jungen weiter, wenn die Großmutter tot, der Vater tot und die Mutter weggesperrt ist? Und wie geht das Leben für ein kleines Mädchen weiter? Richtig! Die kommen beide ins Heim, wenn sich niemand findet, der sie aufnimmt.

Nachdem Wedel an der Tankstelle Zigaretten erstanden hat, fährt er nach Neumünster.

»Ah … wunderbar.« Oliver greift nach dem Päckchen Zigaretten, das Wedel ihm hinhält, und zündet sich eine an. »Lange keine mehr gehabt«, sagt er nach dem ersten tiefen Zug. Das »gehabt« geht beinah in einem Hustenanfall unter.

»Wie geht es Ihnen?«, fragt Wedel. Mit irgendwas muss er schließlich das Gespräch beginnen.

»Super«, sagt Oliver. »Man kümmert sich hier ganz reizend um mich. Einzelzimmer mit Sanitärtrakt. Die Rundumverpflegung ist allerdings gewöhnungsbedürftig. Wir haben auch eine Bibliothek, leider ist nichts für meinen Geschmack dabei. Und einen kleinen Laden fürs Nötigste. Wirklich alles sehr entspannt. Füße hoch den ganzen Tag. Relaxen pur. Fast wie Urlaub in der Türkei. All inclusive, nur eben keine fünf Sterne. Und ohne Meerblick.«

Wedel nickt. »Schön, dass es Ihnen so gut gefällt. Da wäre es ja beinah schade, wenn ich Sie hier wieder rausholen würde.«

»Wieso? Haben Sie was rausgekriegt?« Oliver hatte ganz weltmännisch, die Beine übergeschlagen und locker zurückgelehnt, auf seinem Stühlchen gesessen. Bei den Worten von Wedel richtet er sich jedoch auf und beugt sich weit zu ihm vor.

Doch anstatt die Frage zu beantworten, sagt Wedel: »Erzählen Sie mir von Ellen.«

»Eine Granate, diese Frau.« Oliver lehnt sich wieder zurück, und Wedel sieht, dass jetzt wohl gerade einzelne Erlebnisse mit ihr an Olivers innerem Auge vorbeiziehen. Es müssen schöne Erlebnisse gewesen sein, dem Strahlen nach zu urteilen.

»Können Sie sich noch an den letzten Abend mit ihr erinnern?«

»Natürlich. Wir haben uns gestritten.« Jetzt strahlt Oliver nicht mehr.

»Und?«

»Nichts ›und‹. Wir haben uns gestritten, sie hat mit Rotwein um sich geschmissen, und dann haben wir uns einvernehmlich getrennt.«

»Ich habe vielleicht einen Zeugen«, sagt Wedel.

»Zeugen für was?«, fragt Oliver.

»Dafür, dass Sie sich *nicht* einvernehmlich getrennt haben.«

»Ach …«, sagt Oliver, jetzt wieder ganz Mann von Welt, der rein zufällig in dieses drittklassige Etablissement geraten ist, »das sollte mich wundern. Soweit ich mich erinnere, war niemand dabei, als unsere Einvernehmlichkeit im Schlafzimmer ihren Höhepunkt erreicht hat.«

»Genau«, sagt Wedel, »darum geht es.« Er holt Bleistift und Notizblock hervor. »Sie müssen sich jetzt erinnern. Ganz genau. An jedes Detail – und mag es Ihnen noch so unwichtig erscheinen.« Er sieht ihn gespannt an.

»Ich hätte gar nicht gedacht, dass Sie so erpicht auf Schlafzimmerdetails sind«, sagt Oliver und grinst.

»Wir fangen vorher an – viel vorher. Am besten am Morgen vor dem Streit. Bitte schön: in allen Einzelheiten.«

Nun ist es leider so, dass eine Besuchsstunde im Knast nicht ewig dauert. Wenn Wedel Olivers Anwalt wäre, dann vielleicht. Wedel aber gilt als ganz normaler Besucher, und ganz normale Besucher haben bei Knackis nichts zu suchen. Oder wenigstens nicht allzu lange. Das stört die Gefängnisruhe und ist der Psyche eines Gefangenen abträglich. Zumindest kann ich es mir nur so erklären. Eine Gefängnisstrafe ist schließlich Freiheitsentzug. Wo kommen wir denn da hin, wenn sich ein Gefangener die Freiheit nehmen könnte, jederzeit Besuch zu empfangen. Dann wäre es ja keine Strafe mehr. Obwohl mancher es vielleicht anders sieht, wenn bestimmte Verwandte zu Besuch kommen.

Oliver ist jedenfalls mit seiner Schilderung noch nicht einmal beim frühen Nachmittag angekommen, als der Aufpasser Wedel aus dem Besucherzimmer scheucht.

»Schreiben Sie alles auf, was Ihnen zum Streit mit Ellen

einfällt«, kann Wedel gerade noch rufen, bevor ihn der Vollzugsbeamte endgültig aus dem Besucherraum wedelt.

※※※

Rick geht denselben Weg wie jeden Tag. Von der Kieler Gelehrtenschule quer durch das Gayk-Wäldchen zur Reventlouschule, wo Lea schon auf ihn wartet. »Du könntest mir aber wirklich mal ein paar Schritte entgegenkommen«, sagt er und zerrt sie hinter sich her.

»Aua, du tust mir weh«, sagt Lea, fängt aber trotzdem an zu hüpfen und versucht, nicht auf die Fugen zwischen den Gehwegplatten zu treten.

»Lass das blöde Gehampel und beeil dich. Mama wartet sicher schon.« Ungeduldig zerrt Rick sie weiter.

»Das glaubst du ja wohl selber nicht«, sagt Lea. »Mami wartet nie – auf mich schon gar nicht. Sie ist ja böse mit mir.«

»Wieso?«

Sie bleibt stehen. »Du weißt doch ...«, flüstert Lea.

Rick zieht die Luft tief ein und lässt sie nur langsam wieder raus. Ja, er weiß. Eben noch hatte er sich mit Tobi und Kevin ausschütten wollen vor Lachen, weil Hendrick bei einem Minisalto das Gleichgewicht verloren hatte. Seit Tobi den Fuß bandagiert hat, versucht Hendrick seine Künste auf dessen Skateboard. Er braucht allerdings noch hundert Jahre, bis er mit Tobi mithalten kann. Nein, war sein Bauchklatscher komisch gewesen. Doch jetzt ist die ganze Fröhlichkeit dahin. Wie ein Faustschlag in die Magengrube sind Leas Worte. Die Realität hat Rick wieder fest im Griff.

»Wie schön, dass ich euch hier treffe«, sagt Wedel und lächelt die beiden an. Er ist schon eine ganze Weile hinter ihnen hergegangen und hat beschlossen, dass die Zeit jetzt günstig ist, noch einmal mit Rick zu sprechen.

»Wir dürfen nicht mit Fremden reden«, sagt Lea und versteckt sich hinter Rick.

»Na, na, so richtig fremd bin ich ja nun nicht. Dein Bruder kennt mich doch, er weiß sogar, dass ich ein richtiges Arschloch bin.«

»Das glaub ich sofort«, sagt Lea.

»Wollen wir da zu dem Kiosk gehen und mal sehen, was die für Eis haben?«

»Nein«, sagt Rick.

»Jaaa«, sagt Lea.

»Ich hab dir einen Vorschlag zu machen«, sagt Wedel zu Rick, während Lea versucht, mit dem Eis in der einen Hand, ihrer Haarschleife in der anderen und der Schultasche auf dem Rücken auf den flachen Begrenzungssteinen des Blumenbeetes zu balancieren. »Was hältst du davon, wenn ich mich mal umhöre, ob es eine nette Familie gibt, bei der ihr unterkommen könnt, falls es mal nötig sein sollte?«

»Wieso?«, fragt Rick abweisend.

»Ich habe gute Beziehungen zum Jugendamt und kann dir helfen«, lügt Wedel. »Das geht natürlich nur, wenn du mir auch hilfst.« Richtig scheiße fühlt er sich dabei, wie er den Jungen zu übertölpeln versucht, damit der ihm sagt, was er weiß.

»War ja klar«, sagt Rick, »Jugendamt! Was soll das denn? Sie können sich mit Ihrem Jugendamt einpökeln lassen.« Um seinen Worten den nötigen Nachdruck zu verleihen, lässt er sein Eis, an dem er eben noch genüsslich geleckt hat, demonstrativ auf den Boden fallen. Leider hat Lea zur selben Zeit die gleiche Idee und purzelt obendrein hinterher. Jetzt kommt sie heulend mit aufgeratschten Händen und einem blutenden Knie auf Rick zugerannt.

»Wie willst du das alles durchstehen?«, flüstert Wedel, während Rick etwas unbeholfen versucht, Lea zu trösten, und sagt dann laut zu Lea: »Wollen wir ein neues Eis kaufen?«

»Nein«, schluchzt Lea, »ich will zu Mami.«

Man kann beinah zusehen, wie im selben Moment der Blitz der Erkenntnis in Lea einschlägt, dass Mami ja böse mit ihr ist. Hemmungslos weinend vergräbt sie ihr Gesicht in Ricks Windjacke.

✽✽✽

»Haben Sie über unser letztes Gespräch nachgedacht?«, fragt Wedel, nachdem er endlich wieder einen Besuchstermin bei Oliver ergattern konnte.

Doch, ja. Oliver hat mächtig nachgedacht. Schließlich hat er ja viel Zeit in seiner drittklassigen Unterkunft am Arsch der Welt in Neumünster, wo die Ablenkung sich auf drei Mahlzeiten, einen Hofgang pro Tag und die Lektüre von Groschenheftchen beschränkt. Acht eng beschriebene Seiten kann er vor Wedel ausbreiten.

»Jetzt ist mir ja erst klar geworden, wie mächtig die Frau einen an der Waffel hat. Ist mir während unseres Zusammenseins gar nicht so richtig aufgefallen. Dabei war es quasi mit Händen zu greifen. Wie sie zum Beispiel immer –«

»Was ist am Abend des Streits genau passiert?«, fällt Wedel ihm ins Wort.

Oliver wühlt in seinen Blättern. »Also, ich hab ihr gesagt, dass ich sie und ihre Kinder nicht mehr in meinem Haus rumwuseln haben möchte.«

Wedel, der schon gespannt seinen Bleistift gezückt hatte, lässt ihn entnervt wieder sinken. »So geht das natürlich nicht. Ich brauch das genau: Sie hat gesagt – dann habe ich gesagt – daraufhin hat sie geschrien und so weiter.«

Oliver lacht auf. »Das weiß ich doch jetzt nicht mehr.«

»Das müssen Sie aber, wenn Sie hier wieder rauskommen wollen.«

Es dauert eine geschlagene Stunde, in der der Wachmann die beiden zweimal ermahnt, endlich zum Schluss zu kommen, bis Oliver sich endlich zu erinnern meint, dass er in der Hitze des Streits eventuell Martinas Namen fallen gelassen hat. Es habe dann nicht mehr lange gedauert, bis Ellen sich wieder beruhigt hatte. Eventuell. Also, genau weiß er es nicht. Aber so meine er, sich nun erinnern zu können. Ja, es sei durchaus möglich, dass es so ähnlich war. Vielleicht – irgendwie so. »Wissen Sie, wir hatten beide was getrunken. Da rutscht einem schon mal was raus. Aber nageln Sie mich nicht drauf fest.«

Nichts liegt Wedel ferner. Oliver soll nur Geld geben. Festnageln will er ganz jemand anderen.

Wie hoch Wedels Benzinrechnungen in letzter Zeit sind, möchte man sich gar nicht so genau ausrechnen. Der Sprit ist ja nicht das Einzige: Wertmindernde Kilometer werden gefressen, dass es nur so eine Art hat, und vom Reifenabrieb will ich gar nicht reden. Na, macht nichts, das wird sich alles in der Abschlussrechnung niederschlagen, die Wedel Oliver präsentieren will. Ob Oliver sie bezahlt, steht auf einem ganz anderen Blatt, denn eigentlich hat er Wedel gar nicht beauftragt, für ihn tätig zu werden – zumindest nicht schriftlich.

Oliver schwimmt im Geld. Zwar sind gerade diejenigen, die Geld ohne Ende haben, meist eher zurückhaltend, wenn es darum geht, sich von Teilen ihres Vermögens zu trennen. Oliver aber gehört zu denen, die durchaus mal ein paar Tausender lockermachen. Als solchen hat Wedel ihn kennengelernt, und darauf baut er, als er tags darauf noch einmal den Gesucht- und-Gefundenen besucht, der Olivers Mutter übergebügelt hat.

»Was ist Ihnen lieber: mit Ihrer Frau und Ihrem Sohn friedlich in diesem Haus zu leben oder wegen Fahrerflucht für etliche Jahre in den Bau zu gehen?«, fragt er Matthias, als der ihn nach einigem Zögern hereingelassen hat.

Also wirklich! Wedel hat manchmal eine Art, Sachen direkt anzugehen, dass einem schwindelig werden kann. Aber wenn die Gattin weiterhin in Luft aufgelöst bleibt und Tobi mit seinem Hinkefuß Freunden beim Skaten auf der Rampe zusieht – wenn also Matthias einsam und allein zu Hause ist, dann kann Wedel mit ihm schon mal ganz unbelauscht Tacheles reden.

Und Matthias kann natürlich ebenso unbelauscht endlich die ganze Last von sich werfen. »Es ist alles so schrecklich. Diese arme Frau, die ich überfahren habe. Und nun die ganzen Lügen. Ich bete jede Nacht, alles ungeschehen machen zu können.«

»Vielleicht können Sie das«, sagt Wedel, steht auf und geht zur Tür. Dort dreht er sich noch einmal um und sieht in Matthias' verzagtes und doch irgendwie hoffnungsvolles Gesicht. »Hab ich Ihr Wort?«

Matthias nickt.

Soll man nicht machen. Besonders, wenn man keinen Schimmer hat, wofür man sein Wort gibt. Aber da kannst du mal sehen, wie verzweifelt Matthias ist. Denn seien wir mal ehrlich. Den Tod der alten Frau wird niemand ungeschehen machen können, so was gibt es nur im Märchen. Da kann er für alle Zeit einen Haken hinter machen. Was also erhofft sich Matthias von Wedel?

Und wofür gibt er ihm sein Wort?

Nun gibt es ja bekanntlich Menschen, die es mit Konrad Adenauer halten und sagen: »Was interessiert mich mein dummes Geschwätz von gestern.« Doch bei Matthias denke ich, der ist anders. Der hält sein Wort. Falls Wedel irgendeine Idee hat, wie er Buße tun und so seine Frau zurückholen und den Respekt seines Sohnes wiedererlangen kann, dann wird er es tun.

Ja! Dann wird er das tun. Darauf hat er Wedel sein Wort gegeben.

∗∗∗

Ein Richter hat es nicht leicht. Erstens sowieso und zweitens überhaupt. Aber drittens kann auch Folgendes passieren: Kaum hat er im Namen des Volkes Recht gesprochen und damit die Sache vom Tisch, fällt ihm das Ganze wieder auf die Füße.

So in diesem Fall.

Oliver sitzt hinter schwedischen Gardinen, konnte nur grad mal schnell das Zimmer wechseln und von der U-Haft in den regulären Vollzug umziehen, da steht auch schon eine Wiederaufnahme seines Verfahrens ins Haus. Denn es hat sich ein Zeuge gefunden. Ein gewichtiger Zeuge, obwohl man von der Statur her eigentlich von einem Leichtgewicht sprechen müsste.

Doch der Reihe nach.

Wedel kommt sich langsam extrem blöd vor, wie er jetzt schon wieder vor Ricks Schule rumlümmelt. Aber er muss mit ihm sprechen – und zwar allein, ohne eine hinfallende kleine Schwester und vor allem ohne die Mutter.

»Ich hab null Zeit«, sagt Rick, als Wedel freundlich auf ihn zugeht. »Muss mich beeilen, Lea wartet.«

Doch so leicht lässt sich Wedel nicht abschütteln. »Ich habe die Lösung all deiner Probleme«, sagt er, während er versucht, mit Rick Schritt zu halten.

Es sind vier Minuten bis zu Leas Schule. So lange hat er Zeit, Rick die Lösung zu verklickern. Das allein wäre zu schaffen. Aber in dieser Zeit muss er ihn obendrein davon überzeugen, die Lösung auch anzunehmen. Das ist eigentlich nicht zu schaffen.

Und richtig: Als sie an der Schule sind, hat Wedel immer noch einen störrischen Jungen vor sich und ist im Grunde keinen Schritt weitergekommen.

»Ja ... so ... äh«, sagt Wedel, »soll ich dann mal wieder gehen? Deine Schwester kommt sicher gleich.« Er wendet sich zum Gehen.

»Sie hat eigentlich seit zehn Minuten Schluss«, sagt Rick. »Die blöde Kuh. Statt mir entgegenzugehen, hampelt sie immer irgendwo rum, und ich kann sie aus irgendwelchen Ecken einsammeln.«

»Wollen wir mal gemeinsam gucken, wo sie sein könnte?«, fragt Wedel, als er Ricks leicht beunruhigten Blick bemerkt. Rick nickt, und die beiden machen sich auf den Weg, um hinter Hecken und Büschen nach Lea zu suchen.

Nun ist es ja so, dass *Männer* und *finden* zwei Dinge sind, die nicht zusammenpassen. Welche Frau hätte es noch nicht erlebt, dass ein Mann fragt: »Wo ist eigentlich …?«, und sie antworten muss: »Gleich fällst du drüber.« Deshalb mache ich mir auch nicht wirklich Sorgen, als Wedel und Rick nach einer halben Stunde immer noch jede Hecke und jeden Busch umbiegen, ohne eine völlig verträumte Lea beim Hinke-Hopsen dahinter zu finden.

Als aber die weit nach Schulschluss noch aufgetriebene Lehrerin sagt, dass alle Kinder schon lange zu Hause sein müssten, ist endgültig klar, dass Lea wieder einmal verschwunden ist.

»Vielleicht ist sie ja diesmal allein nach Hause gegangen und sitzt schon vergnügt mit deiner Mutter beim Mittagessen.«

»Todsicher nicht«, sagt Rick. »Erstens hat sie keinen Schlüssel, und zweitens würde es an ein Wunder grenzen, wenn Mutti schon zu Hause wäre.«

Um zu überprüfen, ob nicht doch ein Wunder geschehen ist, legen die beiden die gut anderthalb Kilometer von Leas Schule zu Omis Anwesen in einer Rekordzeit von elf Minuten dreiundzwanzig zurück, aber weder Ellen noch Lea sind da.

Ich will jetzt nicht sagen, dass es an einem Badeanzug für hundertneunundachtzig Euro neunundneunzig gelegen hat, dass dem Richter von Oliver das Wiederaufnahmeverfahren auf die Füße gefallen ist. Denn Ellen hat am Ende nicht den Badeanzug genommen, sondern sich für einen Bademantel in Pink mit türkisfarbener Kapuze entschieden. Aber die Tatsache, dass Ellen nach der Arbeit durch die Geschäfte streift und selten vor halb drei zu Hause ist, wird ihren Teil dazu beigetragen haben, dass Rick sich in seiner Verzweiflung der rettenden Lösung von Wedel öffnet.

Zitternd sitzt er auf dem Sofa und lässt sich von Wedel beruhigen, der behauptet, dass Lea wahrscheinlich jeden Moment klingelt und sich wütend auf ihn stürzt, weil er sie angeblich nicht von der Schule abgeholt hat. »Es ist ihr bestimmt nichts passiert. Sie ist doch schon öfter weggelaufen und dann immer gesund und munter wiederaufgetaucht.«

Aber Rick hört nicht auf zu zittern. Selbst als Lea nach einer weiteren qualvoll verwarteten Viertelstunde tatsächlich klingelt und sich wütend auf ihn stürzt, weil er sie angeblich nicht von der Schule abgeholt hat, kann er das Klappern seiner Zähne kaum unterdrücken. Kein Wort bringt er heraus, sondern hört sich stumm ihr Geschimpfe an.

»So, Madame«, sagt Wedel schließlich, fasst Lea leicht an den Schultern und schiebt sie zur Treppe, »du gehst jetzt mal schön nach oben, wäschst dir die Hände und beruhigst dich. Schnapp dir ein Buch oder mach Schularbeiten oder sonst was. Wir wollen hier unten in der nächsten halben Stunde keinen Mucks von dir hören.«

Während Lea beleidigt die Treppe hochstapft, startet Wedel seinen zweiten Anlauf, fragt Rick, ob er tatsächlich glaubt, das noch länger aushalten zu können, oder ob er sich nicht endlich Wedels Lösung des Problems zuwenden will. Lange könne es nicht mehr dauern, sagt er, bis Rick unter dem Druck seines schlechten Gewissens und der Last der Verantwortung für seine kleine Schwester zusammenbrechen wird.

Ja, siehst du, deshalb denke ich, dass es auch nicht der Bademantel gewesen ist, der Ricks Fass zum Überlaufen gebracht hat und weswegen der Richter das Verfahren nun wiederaufnehmen muss. Oder zumindest nur zum geringen Teil. Im Grunde ist es Wedel zu verdanken, wenn Oliver freigesprochen wird und wieder nach Hause darf.

✳✳✳

Wenn ein Wiederaufnahmeverfahren anberaumt wird, geht die Sache hopp, hopp, denn wenn der Delinquent tatsächlich freigesprochen wird und zu Unrecht eingeknastet war, muss die Staatskasse für den Schaden aufkommen. Bei Oliver würde sie mächtig zur Kasse gebeten werden, denn einen Schönheitschirurgen aus dem Verkehr zu ziehen ist nicht billig. Aber vielleicht ist das doch nicht der Grund, denn manche behaupten, dass es nur fünfundzwanzig Euro pro Tag sind, die als Schadensersatz gezahlt werden, egal ob ein Straßenkehrer oder ein Generaldirektor zu Unrecht eingebuchtet wurde. Hätte man gar nicht gedacht, dass der deutsche Staat so gerecht sein kann.

Jedenfalls sitzt Rick nach kurzer Zeit wieder im Landgericht. Diesmal aber nicht unter den Zuschauern, sondern im Zeugenstand.

Das mit dem Zeugenstand ist so eine Sache. Der harmlose Fernsehzuschauer könnte vielleicht meinen, dass ein Richter vor Gericht zum ersten Mal hört, was ein Zeuge zu sagen hat. Das ist natürlich nicht so. Was ein Zeuge zu sagen hat, hat er schon zigmal vorher gesagt. Nämlich bei Vernehmungen durch die Polizei, die das fein säuberlich dokumentiert. Oder, im Fall, dass der Zeuge noch nicht volljährig ist, vor einem Psychologen, der ja bekanntermaßen ein viel besseres Gespür für das Gemüt junger Menschen hat als ein Polizist.

Nun denkst du, dass ein Zeuge während dieser Befragungen in seinem Gehirn kramt, das Gefundene prüft und dann entscheidet, ob er es sagen oder lieber nicht sagen soll, damit das Gesagte dann zu einer dicken Akte zusammengestellt werden kann und der Richter den Zeugen lediglich so lange zu kitzeln braucht, bis er herausbekommt, ob der gelogen hat oder nicht.

Ja, Pustekuchen. Das Gehirn ist nämlich keine Festplatte. Selbst wenn ein Zeuge nicht bewusst lügt, kann seine Erinnerung dennoch falsch sein. Die Erinnerung wandelt sich nämlich. Mit jedem Herauskramen und Wiedereinsortieren verändert sich das Bild. Hinzu kommt, dass mancher Polizist und erst recht mancher Psychologe vor der Formulierung von Suggestivfragen nicht gefeit ist, was zu weiteren Verschiebungen der Erinnerung führen kann. Ein Richter steht am Ende vor dem Scherbenhaufen, den das ständige Umpacken von Erinnerungen aus der Realität gemacht hat, und muss ihn wieder zusammensetzen.

Wenn die Erinnerung denn überhaupt jemals vollständig war. Schließlich ist es durchaus möglich, dass ein Geschehen – nach dem Motto, dass nicht sein kann, was nicht sein darf – von vornherein durch moralische oder vorurteilsbehaftete Filter gepresst wird und selbst die allererste, reine Erinnerung stark von dem abweicht, was tatsächlich passiert ist. Aus diesem Grund weiß manch erfahrener Kriminalbeamte: Einen Zeugen kannst du in der Pfeife rauchen.

Ganz tief in seinem Herzen wird der eine oder andere Richter dem beipflichten. Aber was soll er machen? Der Zeuge ist nun einmal das Salz in der Prozess-Suppe.

Deshalb wird Rick vor Gericht gezerrt. Aber nicht so, wie du vielleicht denkst, also im Zeugenstand an dem kleinen Tischchen mit erhobener Hand: so wahr mir Gott helfe. Nein, nein. Der Richter unterhält sich mit ihm in einem privaten Zimmerchen. Und doch ist es vor Gericht. Denn wenn ein Richter dabei ist, ist es immer vor Gericht, egal wo es ist.

Rick erzählt dem Richter von den merkwürdigen Zuständen und Aussetzern seiner Mutter, die mit der Zeit immer heftiger geworden sind. Dass sie nach Streiten mit Omi manchmal wie versteinert vor sich hin gebrütet habe, dass sie aus heiterem Himmel plötzlich den Garten umgegraben oder die Wasserhähne gewienert habe, dass sie ganz unpassend fröhlich war, nachdem Omi tot war. Und nach Papas Tod erst recht.

Schließlich berichtet Rick vom Abend des Streits zwischen Ellen und Oliver. Er ist an jenem Abend von den immer lauter werdenden Stimmen aufgewacht und leise nach unten geschlichen, hat seine Mutter völlig aufgelöst und in Rage gesehen und auch einen Oliver erlebt, der sich nicht mehr im Griff hatte. Gerade als er sich bemerkbar machen wollte, sei es dann passiert: Oliver habe seiner Mutter ins Gesicht geschrien, dass er wieder mit Martina zusammen sei.

»Das hätte er natürlich nicht machen dürfen, der Idiot«, sagt Rick zum Richter.

»Warum denn nicht, wenn es doch die Wahrheit war?«

»Meine Mutter ist unberechenbar«, sagt Rick. »Früher hat sie sich bei so was in eine Ecke gesetzt und gezittert. In letzter Zeit wird sie eher ruhig und beherrscht. Aber das ist nur äußerlich. Innerlich kocht sie. Es war saudämlich von Oliver, ihr die Wahrheit ins Gesicht zu sagen. Sie hat nach seinem Geständnis zwar noch ein bisschen rumgezickt, damit er nicht drauf kommt, wie sehr ihr das einen Stich gegeben hat, aber dann ist sie friedlich und sanft geworden. Wenn sie friedlich und sanft ist, ist sie am schlimmsten. Denn dann denkt sie sich irgendwas aus. Oliver, der Blödmann, hätte doch schon früher merken müssen, wie sie in Wirklichkeit ist. Aber der hat natürlich von nichts eine Ahnung.« Rick hört auf zu reden und schaut auf seine Schuhe.

Auch der Richter schweigt und lässt Rick Zeit. Vielleicht sagt der Junge ja noch was.

»Ich glaube«, sagt Rick schließlich, »ich glaube, sie hat auch was mit Omis Tod zu tun gehabt. Vielleicht hat sie mit Papa so lange rumgezetert, bis der Omi totgemacht hat.«

»Wieso denkst du das?«, fragt der Richter.

»Sie war danach richtig fröhlich. Ich war auch froh, denn Omi hatte in letzter Zeit wirklich total genervt, und die ganze Familie ging auf dem Zahnfleisch. Aber nach Papas Tod war Mutti erst recht total ausgelassen. Da ist mir dann eingefallen, dass sie ihn vorher immer so eisig angelächelt hat. Und jetzt lächelt sie mich genauso an.«

Der Richter hatte vor Ricks Vernehmung vor Gericht die Akte mit Ricks polizeilichen Aussagen rauf und runter gelesen und sich darauf vorbereitet, dass Rick gegen seine Mutter im Fall Frersen aussagen wird. Aber das, was ihm der Junge jetzt auftischt, hat er in seinen Unterlagen nirgends gefunden. Er versucht, mit angelegentlichem Durchblättern der Papiere Zeit zu gewinnen, bis er sich wieder einigermaßen gefasst hat.

»So«, sagt er schließlich, »das ist ja … äh.«

Ja, wie ist das eigentlich? Zu dem Mord, weswegen sie doch hier zusammensitzen, hat der Junge nicht viel gesagt, obwohl doch Olivers Anwalt das ganze Wiederaufnahmeverfahren auf Ricks Aussage stützt. In dieser Hinsicht ist das Ergebnis eher dünne, zumal Rick ja auch nicht dabei war, als es geschah. Dafür hat er zur psychischen Verfassung seiner Mutter umso mehr gesagt und sogar durchblicken lassen, dass sie sowohl beim Tod seiner Großmutter als auch beim Tod seines Vaters nachgeholfen haben könnte.

Der Richter denkt über Ricks letzten Satz nach: »Und jetzt lächelt sie mich genauso an.« Soll das etwa heißen, der Junge denkt, dass sie ihm etwas antun will? So ein Unsinn. Natürlich hat der Richter schon davon gehört, dass manche Mütter ihre Kinder umbringen, aber das waren doch allesamt ganz anders gelagerte Fälle. Dieser schon leicht verpickelte Junge kommt offensichtlich gerade in die Pubertät. Da fangen Jugendliche bekanntlich das Spinnen an. Hat er ja schon immer gewusst: Die Aussagen von Zeugen kann man in der Pfeife rauchen. »Na, na«, sagt er, »so schlimm wird es schon nicht werden, mein Junge«, und begibt sich wieder in seinen Gerichtssaal. Schließlich geht es um Oliver und seinen eventuellen Freispruch.

Jetzt ist KOK Janssen dran. Der hat noch einmal seinen Job gemacht, diesmal sogar besser, weshalb er sich schweren Herzens von Oliver als Meuchelmörder verabschieden musste. Tröstlich allenfalls, dass er dafür einen anderen aus dem Hut zaubern konnte. Denn wenn man mal ehrlich ist, sprechen die Indizien, die anfangs gegen Oliver gesprochen haben, genauso gut gegen Ellen. Außerdem hat sie kein Alibi mehr, denn der Kellner erinnert sich jetzt daran, dass er sie an dem fraglichen Donnerstag beim Mittagstisch im »Mercato« *nicht* gesehen hat. Obendrein sind zusätzlich zu Olivers auch *ihre* Fingerabdrücke auf der Tatwaffe – und zwar deutlich mehr.

Ein Gutachter kann bestätigen, was Rick gesagt hat: Ellen hat eine Schacke. Nun ist das natürlich noch kein Grund, jemanden des Mordes zu bezichtigen. Wo kämen wir denn dahin? Dann müsste ja im Grunde jeder Zweite hinter schwedische Gardinen. Wenn man es genau betrachtet, sind doch die meisten Menschen – vorsichtig formuliert – reichlich merkwürdig. Oder ist das in deiner Familie und in deinem Bekanntenkreis anders?

Erst als der Gutachter nach intensivem Befragen durch den Richter damit herausrückt, dass Ellen sich, nachdem Oliver sich von ihr getrennt hat, in einem psychischen Ausnahmezustand befand, in dem sie nach seinem Dafürhalten sehr wohl zu einer Kurzschlusshandlung bis hin zum Mord fähig gewesen wäre, spricht der Richter ein Urteil.

So kommt es, dass Oliver – wieder im Namen des Volkes – verurteilt wird. Diesmal allerdings zur Freiheit. Im selben Atemzug ordnet der Richter Ellens Einweisung in die geschlossene Psychiatrie wegen des Verdachts auf Tötung zuungunsten von Martina Frersen an.

Zuungunsten von Martina Frersen! Ja, so geschraubt sprechen Richter, wenn sie Recht sprechen.

Bei der Frage, was denn nun mit den Kindern werden soll, derweil die Mutter in der Geschlossenen weilt, kann Wedel punkten. Die fallen nicht etwa der Staatskasse anheim, sondern werden – dank der guten Vorarbeit des Detektivs – bei Tobis Eltern untergebracht. Sollte es dabei zu finanziellen Engpässen kommen, wird Oliver einspringen. Die paar Euro ist ihm seine Freiheit wert, auch wenn er dazu die Umbauten an den Busenbomben von sechs Damen offiziell unentgeltlich vornehmen muss und wahrscheinlich noch den einen oder anderen Tausender als Verschwiegenheits- und Schmerzens-geld an die Damen abdrücken wird.

Friede, Freude, Eierkuchen möchte man sagen.

Na ja, nicht ganz. Heidi Kramer hat ihre liebe Not mit der kleinen verheulten Lea, die besonders nachts ihre Mami ver-misst und darüber des Öfteren den Gang zum Klo vergisst.

Auch Rick erlebt nicht immer nur gute Nächte. Zwar hat er ein eigenes Zimmer, gleich neben Tobi, aber nachts werden Gedanken, die er tagsüber verdrängen kann, übermächtig. Ebenso wie er früher manchmal aus dem Schlaf geschreckt ist, weil seine Mutter ihm im Traum an die Gurgel wollte, wacht er jetzt oft mitten in der Nacht auf und kann nicht wieder einschlafen, weil seine Gedanken kreisen und er eine schreckliche Zukunft auf sich zukommen sieht.

»Meine Güte, Rick, du hast ja wieder ganz dunkle Ringe unter den Augen«, sagt Heidi dann am nächsten Morgen und legt liebevoll den Arm um ihn. Das mag er gar nicht. Hat er schon bei seiner Mutter nicht gemocht. Er ist fast vierzehn und wird behandelt wie ein Baby. Nur widerwillig lässt er es sich gefallen, denn eigentlich will Heidi ja nur nett sein.

Sooft es geht, fährt Familie Kramer mit den drei Kindern auf den Campingplatz nach Grönwohld. Mehr können sie sich nicht leisten. Aber das muss sein, weil sie die Kinder möglichst umfänglich von den Kieler Erinnerungen fernhalten wollen.

Und da passiert es dann.

»Rick, kannst du mal kommen?«, flüstert Heidi. Sie steckt den Kopf durch den geöffneten Reißverschluss. Die beiden Jungen sind nachts immer im Zelt neben dem Campingwagen, in dem das Ehepaar schläft und in dem für Lea jeden Abend nach dem Essen ein Bett in der Sitzecke aufgeschlagen wird.

»Was issen?«, fragt Rick verschlafen und krabbelt aus sei-nem Schlafsack.

»Lea weint so heftig. Ich weiß gar nicht, wie ich sie be-ruhigen soll.«

Während Rick sich um Lea kümmert, setzt sich Heidi unter

dem Dach des Vorzeltes in einen Campingsessel, nimmt ein Glas Wein und bläst Zigarettenrauch in den nächtlichen Sternenhimmel.

»Sie schläft«, sagt Rick, als er nach geraumer Zeit wieder aus dem Campingwagen kommt.

»Ich danke dir«, sagt Heidi und hält ihm ein Glas hin. »Magst du auch was?«

Ja, er mag.

Die beiden reden und reden. Es wird schon langsam hell, als Rick nach dieser langen Nacht unter dem Vordach ins Zelt zurückkehrt.

Wirklich passiert ist eigentlich nichts, wenn man davon absieht, dass Rick es nicht mehr so schlimm findet, sich von Heidi in den Arm nehmen zu lassen, wenn er morgens Ringe unter den Augen hat.

Er lässt sich sogar manchmal in den Arm nehmen, obwohl er keine Ringe unter den Augen hat.

Oliver

Bei Matthias trudeln zwei Tausender auf dem Konto ein. »Verwendungszweck: Kinder«. Nun gehört Matthias nicht zu denen, die ständig auf ihr Konto schauen. Es ist sowieso immer zu wenig drauf. Solch ein Trauerspiel sieht man sich am besten nicht allzu oft an. Doch wenn am Monatsende das Konto schier überfließt, obwohl Ebbe herrschen müsste, guckt man natürlich etwas genauer hin.

Das Geld kommt von dem Mann, dessen Mutter er überfahren hat. Warum überweist der ihm so viel Geld? Für die Kinder? Die Kinder hat ihm doch dieser Wedel als Buße aufs Auge gedrückt. Dafür hatte er ihm sein Wort gegeben. Aber es ist eigentlich gar keine richtige Buße. Tobias ist, seit Rick bei ihnen wohnt, viel fröhlicher geworden, er knufft seinen Vater sogar manchmal freundschaftlich gegen den Arm und sagt: »Hey, Paps, alles roger?« Und seine Frau ist seither viel ausgeglichener, flicht dem Mädchen bunte Fäden ins Haar und strahlt, wenn die Kleine völlig eingesaut vom Spielplatz zurückkommt.

Und nun lässt der Sohn der überfahrenen Mutter, für die er Buße tut, zwei Tausender für die Kinder rüberwachsen!

Matthias überlegt, was er tun soll. Schließlich kauft er einen Fressnapf, füllt ihn mit Hundefutter und steht lange vor einem Regal mit diesen bunten Tüchern, die Hunde um den Hals tragen. So was findet er scheußlich. Aber was soll's. Warum sollen Hunde nicht Nickitücher schick finden. Man steckt halt nicht drin in deren Modeangelegenheiten.

Mit Napf und Tuch bewaffnet steht er vor Olivers Haus, atmet tief ein und klingelt.

»Bitte verzeihen Sie mir«, sagt er, als Oliver die Tür öffnet.

Oliver erkennt ihn sofort. Sein Bild hatte Wedel ihm zur Präsentation sämtlicher Ermittlungsergebnisse an den Abschlussbericht getackert. Dieses Gesicht wird er nie vergessen, so gern er es auch möchte.

Ihm schießen die Tränen in die Augen. So viel ist seit dem Tod seiner Mutter passiert: Er hat sich verliebt, hat die arme Martina aufs Abstellgleis geschoben, hat durch Ellen das Elend eines Familienvaters kennengelernt, ohne die Freuden zu haben, und ist schließlich als Mörder in einer winzigen Zelle gelandet.

Das Schicksal wirft eben manchmal mit lockerer Hand Schrecklichkeiten auf einen und schickt Augenblicke später einen kleinen Jungen, um den Leidgeplagten aus den Abgründen der Hölle zu retten.

Beinah hätte er darüber seinen Schmerz wegen Mutters Tod vergessen.

Er hasst diesen Menschen, der da mit Hundefutter vor ihm steht, hasst ihn mit jeder Faser seines Herzens. Er hat Wedel beauftragt, ihn ausfindig zu machen, wollte wissen, wer das eigentlich ist, den er hasst. Mehr nicht. Er wollte keine Strafe für ihn. Welche Strafe könnte es geben, die seinen Schmerz lindern, ihm vielleicht sogar Genugtuung verschaffen würde?

Und nun klingelt dieser Mensch an seiner Tür und bittet ihn um Verzeihung.

»Kommen Sie rein«, sagt Oliver, »Roxy hat noch nichts zu fressen gekriegt.«

So ist das manchmal: Menschen, über die man nur das Schlechteste denkt, werden im Geiste zu Ungeheuern, die man zutiefst verabscheut. Doch dann stehen sie dir plötzlich leibhaftig gegenüber, entpuppen sich als Menschen aus Fleisch und Blut, mit Stärken und Schwächen, gewinnen bei näherer Betrachtung immer mehr, bis sie dir manchmal sogar sympathisch sind.

Wenn dir das passiert, könnte es dir wie Oliver gehen, der sich nach einem langen Gespräch plötzlich sagen hört:

»Haben Sie Lust, am nächsten Freitag mit Ihrer Frau und den Kindern mal auf einen Kaffee vorbeizukommen?«

Es bleibt nicht bei dem Freitag. Und es bleibt auch nicht bei Kaffee.

Oliver hat einen traumhaften Grill. Mit allem, was gut und teuer ist. Fast möchte ich sagen: den Rolls-Royce unter den Grillen – oder sagt man Grills? Ist egal, denn was nützt ein Grill, wenn man die Gasflasche nicht zum Laufen kriegt? Manchmal kann Oliver wirklich erstaunlich ungeschickt sein. Aber vielleicht hat er auch bloß noch nie Menschen kennengelernt, die ein Zwei-Kilo-Steak den eleganten Häppchen in einem Edelrestaurant vorziehen.

»Das Fleisch steht in Flammen«, sagt Matthias, als der Grill endlich seinen Job macht, und lacht. Er schüttelt seine Flasche Bier und löscht die Stichflammen mit einer gezielten Bierfontäne aus zwei Metern Abstand.

»Wow«, sagt Oliver anerkennend.

Die Wochenenden, wenn die Kramers bei ihm einfallen, sind schön. Alles ist so herrlich unkompliziert. Die beiden Jungen verwüsten den Garten, Lea streichelt Roxy, bis dem beinah die Ohren abfallen, wofür er sie von oben bis unten ableckt, bis sie quietscht. Heidi verwandelt die Küche in ein Schlachtfeld und zaubert irgendetwas, das oft sehr merkwürdig aussieht, aber meist phantastisch schmeckt.

»Was ist das?«, fragt Oliver mit vollen Backen.

Heidi zuckt die Achseln. Keine Ahnung. Sie nutzt die Ausflüge zu Oliver, um kulinarische Neuheiten auszuprobieren, zu denen sie in ihrer eigenen Küche weder die Zeit noch die Traute hat. Matthias ist kein Feinschmecker. Er braucht lediglich irgendwas Warmes, wenn er von der Arbeit kommt. Aber hier, wo auf jeden Fall gegrilltes Fleisch auf ihn wartet, ist er mit den Beilagen großzügig. Alles, was ihm suspekt vorkommt, lässt er weg und konzentriert sich ganz auf den Würstchen-Nachschub. Oliver und die Kinder hingegen wissen Heidis lukullische Experimente zu schätzen, und wenn Lea ihr mit ihren Foxy-Streichelhänden beim Schnippeln hilft, ist sie glücklich. »Erwartest du noch jemanden?«, fragt sie Oliver. »Ich glaube, da linst jemand durch die Hecke.«

Nein, Oliver erwartet niemanden. Für seinen Geschmack ist der Garten schon gut genug gefüllt angesichts zweier pubertierender Jünglinge, die durch seine Rabatten pflügen. Auch den Lärm, den sie veranstalten, findet er ausreichend und atmet innerlich auf, wenn sie endlich mal still sind. Doch da wird dann Heidi unruhig. Da ist sie ganz Mutter und weiß, dass stille Kinder, selbst wenn sie vor zwei Minuten noch einen Heidenlärm veranstaltet haben, wahrscheinlich eines plötzlichen Kindstods gestorben sind.

Du siehst, es ist immer mächtig was los an solchen Wochenenden bei Oliver. Alle haben ihren Spaß, und Oliver genießt die Zeit, wenn sie da sind. Aber auch die Zeit, wenn sie wieder weg sind. Er hat alles, was er braucht: seinen Job, in dem er an der Damenwelt Verschönerungen jeder Art vornehmen kann, seine entspannenden Abende, an denen er die Füße hochlegen und Mozart hören kann, und den Familienanschluss mit viel Hallo. Und das Beste: Montags kommt Hertha, die Haushälterin, die schon zu Mutters Zeiten für Sauberkeit und Ordnung gesorgt hat, und verwandelt das Chaos in der Küche wieder in ein Paradies, während Herr Kreuzer, der Mann mit dem grünen Daumen, die totgetrampelten Rabatten wieder zum Leben erweckt.

An Martina denkt er noch oft, besonders wenn die neue Sprechstundenhilfe mal wieder für Unordnung in den Patientenakten sorgt und die Termine durcheinanderbringt. Ach, Martina! Nein, er darf nicht dran denken, sonst … Roxy schläft jetzt beinah jede Nacht bei ihm am Fußende des Bettes und kommt nur manchmal vorsichtig unter der Bettdecke nach oben gekrochen, wenn er das Gefühl hat, dass er Herrchen ein wenig Wasser aus dem Gesicht lecken muss.

An Ellen denkt Oliver selten. Sie sitzt in der geschlossenen

Abteilung der Psychiatrie, und das ist gut so. Von der will er nie wieder etwas hören. Mit dem Kapitel hat er abgeschlossen.

Nur ganz manchmal denkt er daran, was sie wohl macht.

Ellen

Ellen steht in dem kleinen Wartehäuschen und sieht den Bus ran. Sie weiß natürlich inzwischen, dass es diese wunderbare App gibt, mit der man genau sieht, wann der Bus kommen wird, lange bevor er um die Ecke biegt. Aber man hat ihr das Handy abgenommen. Es ist wirklich eine ziemliche Zumutung, was die sich da so alles mit ihr erlauben. Die Verpflegung ist okay, da kann man nicht meckern. Aber nur ein einziges kleines Zimmer ist ein bisschen knapp, wenn man ein großes Haus mit zwei Etagen gewöhnt ist.

Dafür ist der Garten sehr geräumig. Wirklich herrlich. Da hat sie dann auch dieses kleine Loch im Zaun entdeckt. Sonst wäre es wirklich ein bisschen öde, beinah einsam nur mit diesem netten Mann, der sich regelmäßig nach ihrem Wohlergehen erkundigt und mit dem sie immer diese interessanten Gespräche führt. Allerdings, ein bisschen schlampig gekleidet ist er schon, der Gute. Glaubt wohl, wenn er sich einen weißen Kittel überzieht und auf Arzt macht, dass sie nicht merkt, wie er drunter immer denselben Pullover trägt. Und über seine Schuhe möchte sie wirklich überhaupt kein Wort verlieren. Wie kann man nur?

Sie hat sich inzwischen vier Paar neue Schuhe gekauft. Das hat er aber noch nicht bemerkt, weil sie immer einen neuen und einen alten Schuh anzieht, um ihn ganz allmählich an den Anblick zu gewöhnen. Denn es darf ja keiner wissen, dass sie sich gelegentlich eine Auszeit nimmt von dem ganzen Schwachsinn in ihrem neuen Etablissement. Aber diese Erholung braucht sie, sonst könnte sie schier verrückt werden.

Jetzt muss der Bus aber wirklich bald kommen, sonst schafft sie es nicht mehr rechtzeitig. Beim Mittagessen sind die immer besonders auf dem Quivive und passen höllisch auf, dass man rechtzeitig vor seinem Tellerchen sitzt. Sonst schicken sie gleich reitende Boten, bollern an die Tür und schreien: »Es gibt Ääääääässen, Frau von Weinstein.« Auch so eine Zumutung. Aber immerhin muss sie das Essen nicht mehr selber kochen. Das hat doch was.

Ja, es ist wirklich eine Entlastung, sich an einen gedeckten Tisch setzen zu können, den Fernseher so laut und vor allem so leise zu stellen, wie man will, und nicht mehr die ganze elende Hausarbeit an den Hacken zu haben. Obendrein kein Rasenmähen mehr, und der Garten ist trotzdem immer picobello. Was kann es Besseres geben?

Die Kinder fehlen ihr natürlich. Jeder guten Mutter sollten ihre Kinder fehlen, wenn sie nicht da sind. Aber es hat auch sein Gutes, obwohl sie das nicht denken sollte, damit Omi, die von ihr immer als Rabenmutter gesprochen hat, nicht am Ende doch recht behält. Überhaupt, Omi! Ständig dieses Gemecker, diese Vorwürfe. Da musste sie sich wirklich nicht wundern, dass Ellen schließlich der Geduldsfaden gerissen ist. Omis dummes Gesicht, als sie den Schal immer fester um ihren Hals gezogen hat, das war wirklich beinah komisch. Wahrscheinlich hat die Alte damit am Ende ihres Lebens noch mal was ganz Unbekanntes kennengelernt: das Staunen.

Man darf sich wirklich nicht einfach immer alles gefallen lassen. Man muss sich wehren, wegräumen, was im Wege steht. Großartig, wie sie nach der Sache mit dem Schal schnell abhauen konnte und Horst dann dachte, er hätte Omi erdrosselt. Ja, sie ist ein Schoßkind des Glücks. Ihr kann nichts passieren, egal was sie tut. Sie will sich nicht loben, aber das war wirklich grandios. Vielleicht sollte sie das mal diesem verkleideten Arzt erzählen. Dann kann der sehen, was sie alles so draufhat. Nein. Der soll sich erst mal einen neuen Pullover kaufen.

Ah, da kommt der Bus. Wurde aber auch höchste Zeit, wenn sie noch pünktlich nach Hause kommen will.

Nach Hause?

Doch. Stimmt. Sie fühlt sich tatsächlich beinah schon

ein bisschen wie zu Hause da, wo sie jetzt wohnt. Es ist ein wirklich schönes Leben. Nur dass *ihr* Oliver so gut ohne sie zurechtkommt, das stört sie denn doch ein wenig. Hätte sie wirklich nicht gedacht, dass der sich so gut berappelt, nachdem sie seine Holde mit dem Messer beiseitegeräumt hat, weil sie das Einzige war, was ihrem Glück im Wege stand.

Es hat schon etwas geschmerzt, als sie ihn heimlich durch die Hecke beobachtet hat. Was denkt der sich eigentlich dabei, so fröhlich in den Tag hineinzuleben! Er albert mit diesem Muttermörder von Porschefahrer herum und tobt mit *ihren* Kindern durch den Garten, als ob es sie, Ellen, gar nicht gäbe. Und dann macht er auch noch der Frau dieses unsäglichen Fahrerflüchtlings schöne Augen!

Also wirklich. Sie sollte sich wieder eine Drohne besorgen.

Eigentlich schade – das mit Horst. Aber er ist wirklich immer pampiger geworden, da waren dann schon mal ein paar Sturzflüge mit der Drohne nötig, um ihm zu zeigen, wer der Chef ist. Dass er dabei so eklig unter die Räder kommen würde, hat sie natürlich nicht gewollt. Oder doch?

Nee, das mit der Drohne wird wahrscheinlich nicht noch mal klappen. So viel Glück hat man nur ein Mal. Sie sollte sich was anderes überlegen.

Ellen steigt in den Bus.

Es ist ja noch nicht aller Tage Abend. Bis sie sich das nächste Mal eine Auszeit von ihrer neuen Behausung nimmt, wird ihr sicher was eingefallen sein. Sie hat schließlich genügend Zeit zum Nachdenken.

Gut, dass KOK Janssen Ellen überwachen lässt. So ein ungeklärter Mord wie der derer von Weinstein senior und junior schlägt ihm auf den Magen und lässt ihn bisweilen sogar schlecht schlafen. Vielleicht fällt ihm bei der Überwachung von Ellens unerlaubten Freigängen beizeiten ein Beweis in den Schoß. Deshalb schleichen immer zwei unauffällige Herren in unauffälligem Tweed hinter ihr her, wenn sie durch das Loch im Zaun entfleucht.

Wollen wir mal hoffen, dass Ellen den beiden nicht wieder entwischt – wie schon öfter geschehen, wenn sie sich allzu lange in einem Blüschen-Laden aufgehalten hat. Sollten die Herren nämlich nicht mitkriegen, wie sie bei dem kompetenten Verkäufer in dem kleinen Laden in der Holtenauer Straße wieder einen dieser wunderbaren Ferraris unter den Messern kauft, könnte es vielleicht zu spät sein – für Matthias.

Oder für Heidi.

Oder vielleicht sogar für Oliver.

Wer weiß, was Ellen beim Nachdenken einfällt.

Cornelia Leymann
KIELER SPROTTE
Broschur, 176 Seiten
ISBN 978-3-95451-279-9

»Mit sehr charmantem, hintersinnigem Witz und äußerst unterhaltsam wird die Geschichte von Frau Wegener erzählt und der Leser dabei auf vergnügliche Weise immer wieder auf Kieler und menschliche Unzulänglichkeiten gestoßen.« Lebensart im Norden

Cornelia Leymann
MOIN, MOIN
Broschur, 192 Seiten
ISBN 978-3-95451-655-1

»Ein humorvoller, mit bissigem Witz, Lokalkolorit und viel Urlaubsfeeling ausgestatteter Krimi.« KIELerleben

Cornelia Leymann
DUMM TÜCH
Broschur, 192 Seiten
ISBN 978-3-95451-976-7

»*Cornelia Leymann hat unverkennbar Freude an der Sprache. Sie verpackt die Geschichte in eine permanente Unterhaltung mit dem Leser. Ich war stets neugierig auf die nächsten Sätze, auf eine todsichere Überraschung, egal ob groß oder klein.*«
meine-kommissare.de

Cornelia Leymann
KIEL AHOI!
Broschur, 208 Seiten
ISBN 978-3-7408-0422-0

»*Eine leichte, genreuntypische Lektüre mit feiner Ironie, allgegenwärtigem Sarkasmus und einem lockeren Plauderton. ›Kiel ahoi!‹ ist geistreich, punktgenau, bissig und gemein, bietet viele Schmunzler und noch viel mehr laute Lacher.*«   KIELerleben

»*Witziger Kiel-Krimi: Wie gewohnt bei Cornelia Leymann geht es mit viel Augenzwinkern auch in ihrem neuen Buch erneut kräftig rund – und natürlich sind die Lachmuskeln bei der Lektüre wieder gefordert.*«   Lebensart im Norden

www.emons-verlag.de

Cornelia Leymann/Henning Schöttke
KIELER BAGALUTEN
Broschur, 208 Seiten
ISBN 978-3-7408-0963-8

Wer hätte gedacht, dass eine altehrwürdige Brücke am Nord-
ostseekanal so viel kriminelle Energie freisetzen kann? Und das
nur wegen ein, zwei Gläschen Eierlikör, die Frau Heerten dazu
brachten, die kleine Maunzi am Fuß der Alten Levensauer zu
verbuddeln. Dabei findet sie Spuren eines Mordes, die sie erst
in die Arme eines jugendlichen Liebhabers und dann in einen
mächtigen Schlamassel treiben.

www.emons-verlag.de